新潮文庫

情　事

志水辰夫著

新潮社版

6540

情事

1

道に迷ってしまったらしい。途方に暮れた顔をしていた。そのくせ静夫の車が通りかかると、そっぽを向いてごまかそうとした。人家一軒ない山のなかだ。人目を引かないほうが不自然で、ほんとうは静夫のほうがぎょっとしたくらいだ。髪を茶色に染めていた。黄色いセーター、黒のスラックス、ボックス型のバッグ、かかとの高い靴、一見風俗系かと思われる外見だった。年はそろそろ三十だろう。

行きすぎて車を止め、内村静夫は窓から顔を出した。

「どうしました？」

「いえ、あの、ちょっと……」

口を濁した。助けが欲しいような、欲しくないような、どっちつかずの態度だが、それなりの媚《こ》びは身につけていた。体脂肪率の高そうな肉づきのいい体軀《たいく》、背丈はそれほどなく、スタイルもいいとはいえない。いわゆるぽってりしたタイプで、顔は丸く、唇が半開きになっていた。前歯にわずかだが紅が付着している。マスカラ、マニキュア、ピアス、施せるものは全部施してある。

「なにか探しているんですか？」

うながすと、ようやく決断がついたようだ。顔を上げてうなずいた。

「あのう、この辺に、鶏小屋はありませんか」

「鶏小屋？　養鶏場だったら、この先に、大きなのがひとつありますけど。行ったことはないんです。まだだいぶ先ですよ」

「そんなに大きいのじゃないんです。ふつうの、家で飼っているくらいの、小さな小屋なんですけど。それも、いまはやってなくて、草におおわれているみたいなんです」

備前訛《なま》りはなかった。手に紙片らしいものを持っている。静夫は車を降りて、女のほうに近づいた。なんとなくだが、女が観念したような顔をした。化粧品の匂《にお》いが鼻をついてきた。衣服の下に詰まっている肉体を意識した。

地図が書いてあった。一本の川が三本に枝分かれしている。起点が吉井川で、それが吉野川、立会川へとさらに分かれる。記入されている道路は吉井川からそのまま山を越えて、立会川へ達している。ふつうだと吉野川沿いの国道を通ってくるはずだから、この辺りの地理に詳しいものが書いたにちがいなかった。ただしそのさきがはっきりしなくなる。この近くにある大平橋を渡って山の中に入り、枝道が何本か。一キロぐらい、という説明がつけられているだけだ。ほかにビニールハウスのある農家、鶏小屋の跡、とあって、それが目印のすべて。事務系の仕事に携わっているものが書いたと思われるそこそこ教養のありそうな筆跡なのに、説明のほうはずさん、なんとも大ざっぱな地図だった。

鶏小屋が目的地ではなかった。それが最後の目印で、その先から林道に入り、これを五百メートル行ったところとある。

「どこだろう？　漠然としすぎて、見当もつかないが」

静夫は地図と、女の顔とを見比べながら言った。

「それが、本人も、車で通っただけなので、うまく説明できないらしいんです。行ったらわかる、と言ったんですけど」

「これで見ると、相当な山のなかですね。訪ねた先の名前はわからないんですか」

「人の家じゃないんです。置いてきた車を取りに来たんですけど」

「車ですか？　なるほど。しかしこれだと、この鶏小屋というのを見つけないと、どうしようもありませんね」

「てっきりそこだと思ったものですから」

女は悲しそうな顔で前方を指さした。静夫の進行方向だった。それほど俊敏そうな顔ではない。

「鶏小屋がありましたか？」

「ええ。草のなかに鉄骨みたいなのが。道路からはだいぶ離れていたんですけど」

「そういえば、なにかあったな。しかし、かなり古いものですよ。鶏小屋だったかなあ」

「場所をまちがえたんでしょうか」

「だと思います。この地図じゃむりもないけど」

地図を手に、もう一度位置の確認を試みた。地図の南を上にして、起点になっている大平橋のほうへ躰《からだ》を向けた。女が静夫の手のなかをのぞき込んできた。花粉のような匂いが鼻をついてきた。頭髪が顔をくすぐりそうな近さにある。襟足の奥まで見えた。

女がそういう静夫の目を意識しているとは思えなかった。警戒していないというより、そういう感覚そのものが欠けている。先ほどのためらいが嘘《うそ》みたいだった。

舗装こそしてあるが、小型車がやっとという幅の狭い山道だった。近くの住民が利用するだけで、抜け道にもなっていないから、交通量はきわめて少ない。そういう淋《さび》しいところで、しかも見知らぬ男とふたりきりになっているという自覚を、この女が持っているようには思えなかった。

「ここまで、なんで来ました」

「タクシーです。さっきの小屋がそうだと思ったから、帰ってもらったんです」

「すると、その車に乗って帰るつもりだったんですね」

「はい」

「どこから来ました」

「岡山です」

「この地図を書いてくれた人に連絡をとって、もう一度聞いてみたらどうですか」

「ええ」浮かぬ顔になった。「携帯電話なら持っているんですけど、向こうが、連絡のとれないところにいるものですから」

「友だちですか」

「父なんです」

今度は静夫が女の顔を見なおした。全体的に平べったい顔で、鼻孔がふくらんでいる。いくらか目が出て、歯並びは悪い。部分的にはどこといって形のいいものがないのに、まあ見られる顔になっているのは、化粧がうまいせいだ。

「なんならぼくの車で、この辺を一回りしてみましょうか」

「すみません。お願いします」

女はほっとした体で答えた。地図を返すと、なんの抵抗もおぼえていない感じでついてきた。そして自分から助手席のドアを開けて乗り込んできた。車のなかが女の匂いで満たされた。

「車はなんですか」

「アルトです。色は白」

静夫の車も軽だが、車種はワゴンRだった。色は黒。岡山へ帰ってきたときの足代わりとして使っているもので、二か月前に買ったばかりだ。

「それにしても、おとうさんはどうしてこんなところへ車を置きざりにされたんですか」

スタートしてから尋ねた。

「山菜を採りに来て、道に迷ったらしいんです。ようやく道路に出たら、それがまったくちがうところだったとかで。疲れていたから、そのまま帰ってきたというんです」

「いつです」

「一週間ほどまえです」

「すると、一週間ほったらかしだったんですか」

「ええ。わたし、勤めているものですから、すぐには来られなくて」

「通勤には車を使ってないんですね」

「はい。電車で通ってますから」

「だったらおとうさんが来るべきでしょうね。本人が迷ったくらいなら、ほかの人だとなおわからないですよ」

「そうなんですけど、それが、いま、入院しているものですから」

「それはごめんなさい。よけいなことを言いました」

この辺り、標高はそれほどないものの、懐《ふところ》の広い山塊が連なっていて、見た目が明るいわりに鄙《ひな》びたところだ。人家や耕地の大半は、吉井川とその支流の吉野川流域に集中しており、それから外れた山のなかはお定まりの過疎《かそ》地になっている。人家はすべて農家、絶対数が少ないから、路上で人に出会うことはまれだ。

「おとうさん、この辺りの地理をごぞんじなかったんですか」

「そうだと思います。山にはしょっちゅう出かけてるんですけど」

「お仕事はなにをなさってるんです」

「もう定年になりました。それで、暇を持て余しているんです」

十数分、そこらを走り回った。山間《やまあい》を抜けたり、丘陵を横切ったり、農家の横をかすめたりしたが、鶏小屋の跡らしいものは見かけなかった。

「ありませんね」タイミングをみはからって言った。「ほかに道はないと思うんですがね。失礼だけど、おとうさんの記憶ちがいじゃないでしょうか。車で走っていると、意外と風景が見えないものなんです。まして交通標識も、目標物もない山のなかですから。錯覚したり、勘ちがいしたりするケースが、少なくないと思うんです」

「わかりました。どうもありがとうございました。もう一回聞いて、出直してきます。こんな淋しいところだとは思わなかったものですから」

「つぎは、いつ来ます」

「来週でしたら。火曜日が休日なものですから」

「じゃあそれまでに、ぼくのほうも暇を見て、探しておいてあげますよ。なにかわかったら連絡しますから、電話番号を教えてくれますか」

女はためらった。静夫はそれを無視して、グローブボックスに入っているメモ用紙を取りだした。結局携帯電話の番号を書き込ませた。

「お名前は？」

「どうもすみません。河内亜紀です」

「ぼくは内村静夫といいます。あなたのおとうさんよりは若いけど、それほど差はないでしょう。職業はなし、失業中です。事情があって、いま岡山へ帰ってきているところです」

「どこから帰ってきたんですか」

「東京です。自宅があるのは神奈川県の厚木というところですが」

「あ、厚木ですか。わたし、生まれは小田原なんです」

「どうりで。言葉がちがうなと思ってました。小田原には、いまでもどなたかいらっしやるんですか」

「いいえ。もうだれもいません。内村さんは厚木のほうにだれかいるんですか」

「家族がいます」

「じゃあ、単身赴任?」

「似たようなものですね。母が入院しているので、その看病ということで帰ってきているんです。といっても、完全看護だし、付添婦にも来てもらってますから、実際にぼくがすることはなにもないんですけど」

「いいなあ、厚木か」

先ほどまでとちがって、河内亜紀は急にリラックスしてきた。前に出した足が開いている。シートにだらしなくもたれかかっていた。

「岡山へは、どこから帰ります」

「来るときは、和気からタクシーに乗りました」

「そのほうが近いでしょうね。じゃあついでだから、和気まで送ってあげますよ」

「わあ、すみません。ラッキー」

「ただそのまえに、家に寄らせてください。冷蔵庫に入れなきゃならないものがあるので」

帰途についた。吉野川沿いの国道374号線に出て、吉井川まで下る。それから国道とわかれ、左岸の淋しい道を五分くらい。今宮川という小さな川があって、そこでまた左折、山のなかに一キロほど入る。そのどん詰まり、岡山県久米郡佐田町字《あざ》塩谷というところに内村静夫の生家があった。

山懐に建っている一軒家である。城のような石垣の上に築かれている。もともとこの界隈《かいわい》には石垣を巡らせた家が多いのだが、内村家の石垣は高さがおよそ十メートル、左右が五十メートルくらいあって、下から見上げるとまことに威風堂々、見栄《みば》えがよかった。実体はただの百姓家だ。没落地主の残滓《ざんし》といえばいいか。築八十年を越す母屋《おもや》と、四つの付属建物、ふたつの蔵が、九百坪の敷地内で朽ちかけていた。使用人が十数人いたころの建物だから、使いづらいといったらなかった。さらに明治の末期、内村家が相場に失敗して逼迫《ひっぱく》していた時代に建てられた家なのでそれほど金はかけられておらず、保存の対象になるほどの造りでもなかった。

家は五百メートルくらい手前から見えてくる。石はほとんど野面《のづら》積みだ。角のところだけ切り込みはぎになっていて、構造的には城郭の石垣と変わらない。正面の石段を上がっていったところに長屋門があり、その左右に土塀《どべい》を巡らして、入母屋《いりもや》づくりの屋根や漆喰《しっくい》塗り込めの壁がその上からのぞくという趣向だ。赤い石州瓦《がわら》が庭木や背後の山の緑によく映え、心憎い演出になっていることはたしかで、車がその家に向かいはじめたときから、亜紀の口が開きっぱなしになっていた。はじめて連れてきた人間の、こういう表情は見慣れている。五十数年前、この土地には縁もゆかりもなかった母親が、関東からはるばる輿入《こしい》れしてくるようになった遠因も、祖父がこの家構えを見て、いっぺんにいかれてしまったからだろうと、静夫はいまでも疑っていない。

長屋門の下へ達する道路とはべつに、手前右手から山裾《やますそ》を上がって行く坂道がある。もともとは大八車が出入りするための道だったそうだが、いまでは拡張されて、こちらがメインストリートになっている。上がったところにある駐車場は、もと使用人の住んでいた長屋の跡だ。長屋と裏庭との境にあった板塀も取り払われ、母屋の勝手口とじかにつながっている。郵便受けや新聞受けのボックスも、いまではこちら側の軒下に設けられていた。

黙って坂を上がって行き、駐車場で車を回してから止めた。

「一、二分待ってくれますか」

エンジンも止めずに車を降りた。後部座席に置いてあったビニール袋を手に、裏庭へ入る。出かけるときはなかった雑誌が郵便受けに入っていた。母が購読している短歌誌だった。ほかにだれか来た形跡はない。鍵《かぎ》を使って戸を開けると、そこが土間。いま使っている客間のほうへは、土間をまるまる横切って行かなければならない。

ビニール袋の中味は発泡スチロールの箱で、千ミリリットル入りの牛乳瓶が入っている。叔母の寛子のところからもらってきた牛乳だった。彼女はいま残っている父親の唯《ゆい》一《いっ》の直系で、ここから車で三十分ほどの距離にある大原町で牧場を営んでいた。こちらへ帰ってきている間、入院ちゅうの母親のために、週に一回、ジャージー種の牛乳をもらいに行っていた。じつはきょうもその帰りだった。

牛乳を冷蔵庫に入れて車に戻った。亜紀はやや不安そうに静夫の戻りを待っていた。田舎の家に慣れていない人間には、古さと静けさとはそのまま気味悪さにつながってしまうのだ。

「すごく大きな家ですね」車を出すと、ほっとしたみたいに言った。「ちょっと怖かったわ。だって、全然物音がしないんだもの」

「はじめて連れてきた人は、たいていびっくりしますね」

「いまご家族は何人なんですか」

「母がひとりで暮らしてました」

「えー、信じられない」

「子どもが三人いるけど、だれも家に残ってやらなかった。かといって、これぱかりはしようがなくてね。家も古いし、場所も辺鄙《へんぴ》だし、いまの時代に合うものがなんにもないんです」

「でもあんなに家が大きいと、お掃除するだけでも大変でしょうね」

「使わないところは、放ったらかしですよ。ぼくが帰ってきている間くらいは雨戸を開け放すけど、建てつけがずいぶん悪くなってきました。そのうち開かないところがでてくるでしょうね」

「おかあさんはどこに入院されているんですか」

「岡山市内の、国立病院です。あなたも岡山市内ですか」

「はい。舟橋町ですけど」

と言われても、すぐにはぴんとこなかった。岡山の人間にはちがいないのだが、岡山の事情にはきわめて疎《うと》いのだ。

「ご自宅？」

「いいえ。マンションを借りてます」

「ご家族は」

「父とふたりです」

「さっき、たしかおとうさんは入院中とおっしゃったが、どこの病院ですか」

「高柳病院というところです。備中《びっちゅう》高松駅の近くです」

むろんその病院も知らない。備中高松くらいはわかる。岡山から吉備《きび》線に乗って五、六駅行ったところだ。秀吉の水攻めで有名な高松城がむかしは田んぼのまん中にあった。いまでは市街地に取り囲まれて、道路からも鉄道からも見えなくなっている。

「どこがお悪いんですか」

「いえ、ちょっと足を怪我《けが》したものですから」

　やや歯切れが悪かった。

「あなたのお勤めは？」

「一番街のジルというお店です」

　一番街というのは、岡山駅の地下街につけられている名前だ。たしか三番街まである。ファッション関連の店が多いから、彼女が勤めているのもたぶんそういった店だろう。そういえば、マヌカンという言葉がぴったりの容姿だった。

　ふたたび吉井川を下りはじめると、途中からまた国道に戻って道がよくなる。和気までかれこれ二十分の道のりだ。以前は和気から柵原《やなはら》まで、吉井川沿いに片上鉄道が走っていて、帰省するときはもちろん、岡山へ出るときも、すべてこの列車を利用していた。廃止されたのは十年くらいまえで、交通機関としてはとうに役目を終えていたにもかかわらず、地方の私鉄としては最後まで頑張っていた。いざなくなってしまうと、過疎化の進行やこの土地の生彩を欠くのに、さらに拍車をかけてしまったことがよくわかる。

　岡山までの距離からいえば、山陽本線の和気《わけ》へ出ようが津山線の建部《たけべ》へ出ようが大差はなかった。列車の本数が圧倒的にちがうから和気を使うことが多く、静夫も帰ってくるたび、岡山で乗り替えて和気からタクシーに乗っていた。ただし駅前が狭いから車を長く止めておくことはできない。車は探してあげますから、と念を押して亜紀を降ろすと、すぐ引き返した。

自宅にではなく、さっき亜紀と出会ったところへ直行した。正確には先ほどのところを突っ切って、なお一キロくらい行った。そして簡単に見つけた。

鶏小屋ではなく、豚舎の廃墟《はいきょ》だった。いつごろのものか定かでない鉄骨の残骸《ざんがい》が、道路脇《わき》に一棟残っていた。いまでは蔦《つた》に半分埋もれており、外観からではなんの廃墟だかもわからなくなっている。亜紀に話を聞いたときからピンときていたのだが、さっきはわざとこちらへは足を踏み入れなかったのだ。

林道もすぐに見つけた。乗り入れてみると、すでに使われておらず、はじめのうちこそ明るかったものの、そのうち暗くなるくらい視界が閉ざされてきた。伸び放題の藪《やぶ》や小枝が左右から車体を叩《たた》く。なお行くと、平坦《へいたん》な杉林があって、そこで行き止まりになっていた。薄暗い林のなかに、白い車が乗り捨ててあった。アルトだ。むろんドアはロックされていた。なかをのぞくと、助手席のフロントガラスに小さな熊《くま》の縫いぐるみがぶら下がっていた。

湿った地面にタイヤの跡が残っている。この車のタイヤの跡だ。二、三回は来ているようだ。

自分の車のタイヤ痕《あと》をつけないように車を回した。静夫は家に引き返し、牛乳を哺乳《ほにゅう》壜《びん》に詰め替えると、今度は岡山に向かった。

2

ぼくにできることはきみのできないことよりもっと少ないから、と静夫が会社を辞めて半年になる。母親の発病、入院という事情があったにせよ、三十年勤めてきた商社を辞めるからにはそれなりの覚悟があったはずなのに、彼からそのような痕跡《こんせき》を見つけだすことはむずかしかった。彼は淡々と、若いころ札幌や福岡の支社に転勤していたころと同じくらいの平常心で失業者となり、郷里の岡山と厚木の自宅とを往復しはじめた。物事にこだわるとか、ひとつことを深く追求するとかいったことにはだいたいが無縁な男だった。すべてあるがまま、気がつくとここまで来ていたというのが実感で、ある意味では、なにもかも他人事《ひとごと》のような、借り物のような人生だったといわれてもしかたのないところがある。根っこというものがどこにもないのである。とりあえず食うのに困らないという経済上の強みがあったにしても、辞めることで、事前に夫婦で話し合ったことすらないのだった。

妻の治子は、夫が会社を辞めたいと申し出たときも、ことさら意見らしい意見は言わなかった。会社を辞めてどうするの、と尋ねただけである。そして静夫が、しばらく岡山と東京の間を往復して暮らすことになるだろうと答えると、あなたがそれを最善の道だと思うなら、わたしはかまいませんと答えた。彼女自身親子のきずなの強い家庭で育ち、住居までわざわざ親元の近くにかまえたくらいだから、夫が長期療養の必要になった母親の世話をしたいと考えたとしても、当然だと受け入れる土壌はあるにはあったのだ。

労務管理室という部下なしのポストについて三年、静夫の退職は会社のほとんどのものに知られることなく終わった。そのまえから忘れられた存在であったといっていい。いちばん長くいた生産事業部の有志が、一夕慰労の宴を開いてくれたくらいだ。そして退職手続きをすませて帰ってきた翌日、彼はもう岡山へむけて出発していた。

といっても母親のほうには、静夫を必要とする要素は精神面をのぞくとほとんどなかった。いちばんの手間といえば洗濯だが、下着類は週に三回来てくれる付添婦がやってくれていたから、彼がしなければならないのは細々した買い物とか、タオル類の洗濯くらい、二、三日に一回顔を出せば用そのものは足りた。母親としては、静夫が男性であるために、おしっこの処理ひとつまかせるわけにいかず、そういう意味では、現在三鷹《みたか》と浦和に住んでいるふたりの娘に付き添ってもらったほうが、もっとありがたかったろう。しかしふたりは主婦であり、子どもが大学生や受験生ということもあって、それほど時間を割ける状況になかった。静夫が会社を辞めて付き添いを買ってでたと聞いて安心したか、以前より足が遠のいてしまったくらいだ。

母親の病気はくも膜下出血だった。さいわい大事にはいたらなかったが、倒れたときに縁側から敷石の上に転げ落ちて、肋骨《ろっこつ》と左の手の骨を折っていた。当初はまったく動くことができず、完全な寝たきり状態が三か月以上つづいた。その安静期間がかえって体力を低下させた。七十六歳とまだそれほどの年ではなかったにもかかわらず、活力や生気がおどろくほど衰え、何よりも本人の気力を萎《な》えさせた。いまでも半身不随に近く、これから長いリハビリをはじめなければならない状態だ。退院まで、この先相当な紆余《うよ》曲折がありそうで、最悪の場合は車椅子《くるまいす》が必要になるかもしれないと静夫は覚悟していた。

病院へは毎日一回顔を出すようにしていた。といっても母親のそばにいるのはせいぜい三時間くらい、あとは病院を抜け出して本屋巡りをしたり、喫茶店で時間をつぶしたりするのが常だ。しかたがないとは思うものの、決まりきった会話や話題に毎日つき合うのは相当な苦行である。顔を見せるのが最大の孝行ということにして、あとは自分の時間にしているのだった。

というわけで、午前中はたいてい自宅にいた。刺激がなくて単調、なによりも隔絶感が強いところだから、家にいるとさぞ退屈するだろうと思いがちだが、これが意外とそうでもない。これほどなんにもない環境というものも、かえってさばさばして気持ちがいいのだ。なにかをしなければならないという強迫観念が成立しないから、一日ぼーっとしていて、いっこう飽きることがない。静夫はこの、ぼーっとしているのがなにより も好きだった。

これは多分、母親の血を受け継いでいるせいではないかと思う。内村君子はいったいにおっとりした性格で、人と争うとか、自己主張するとかいうことを、およそしたことがない人物だった。というより、いるのかいないのかわからないような存在感の薄いところがあって、そのため、父なきあとは侮《あなど》られて、ずいぶん苦労している。三百年つづいた内村の家が、たぶんあと数年のうちになくなってしまいそうなことでは、地元に残っている父方の親戚《しんせき》縁者間では、それが母のせいだという評価になっているくらいだ。

東京生まれで東京育ち、いまも一族のすべてが首都圏に住んでいる木暮家のなかで、なぜ長女の君子ひとり、係累《けいるい》のまったくないこんな片田舎に嫁いできたのか、静夫は長いことその事情を知らなかった。知ったのは中学生になってからで、練馬の祖父の家に寄宿して、都内の中学校へ通いはじめてからのことだ。彼が大学を終える直前、君子の父、つまり祖父の木暮要蔵が九十四歳で亡《な》くなった。彼は深川の貧しい経木《きょうぎ》職人の家に生まれ、口減らしのため七つで薬屋へ奉公に出され、以後薬事業界一筋に生き、最後は二部上場の医薬・医療品取扱商社を残したそれなりの人物だった。

祖父が人並みはずれたやり手であったことはまちがいなく、三十で独立して自分の店をもち、戦前の段階でかなり大きな薬種問屋を営むまでになっていた。ただ本格的な飛躍を遂げるには、やはり戦後の高度成長期を待たなければならず、それまでは相当な浮き沈みもあったようだ。創業者、大祖父として、会社や一族に最後まで君臨しつづけたこの要蔵が、生涯で犯した最大のミス、それがほかならない、長女をこのような片田舎の農家へ輿入《こしい》りさせてしまったことだった。

君子が結婚したのは昭和二十年、終戦のわずか六か月まえという時期である。夫となった人は陸軍の将校で、生家は代々庄屋《しょうや》や村長をつとめてきた名門の家柄だった。ただし君子は、夫となった人に婚前一度会っただけで、自分の嫁ぎ先がどのようなところか、その位置さえ正確に知らなかった。広島の陸軍病院へ商用に出かけた要蔵が、帰りに内村家へ寄って、その場で話をまとめてきたからだ。

挙式後、わずか一週間で新郎は任地の満州へ出発、新婦はこのとき神戸以西の地にはじめて足を踏み入れ、ハネムーンがてら下関まで同行して、以後は岡山の婚家に落ち着いた。抜け目がなくて万事に目端の利《き》いた要蔵は、この戦争が負け戦であることを早くから見抜いていた。だから軍の医務局に取り入る一方、戦後対策を考えてその手を打っておくことも忘れなかった。彼が食糧である米の確保と、万一の場合の家族の疎開《そかい》先とを考えて、三人いる娘のひとりを、内村家に差しだしたことはまちがいない。事実その思惑は当たり、新たにできたこの親戚のおかげで、あの非常時にも一家は飢えなくてすみ、安全な避難場所を手に入れることができた。

ただしその混乱期は、要蔵が考えていたほど長くはつづかなかった。朝鮮動乱の勃発《ぼっぱつ》で景気が一変し、世の中が順調に回転しはじめて、経済は予想以上の速さで戦前のレベルを追い越してしまったからだ。そのころは内村家を当てにしなければならない要素は、あっという間になくなった。内村家が、農地改革で田畑のほとんどを失っていたからなおさらである。つまり結果としては、終戦前後のわずか数年間のために、長女が人身《ひとみ》御供《ごくう》にされてしまったことになる。君子にとってせめてさいわいだったのは、夫がほどなく帰還し、夫婦仲そのものは悪くなくその後を経過したことだろう。

こうして昭和二十六年を境に、内村家と木暮家との立場は逆転してしまった。まして内村民夫が昭和三十年を待たずに他界し、生計手段を失ってからは格差が開く一方だった。そしてついには、木暮家からの経済的援助なしに内村家は成り立たなくなっていた。

静夫は地元の小学校を卒業すると東京へ呼ばれ、祖父の住んでいる練馬の家から都内の中学校へ通いはじめた。以後ふたりの妹も同じ道をたどった。郷里からは切り放されて育ってきたわけで、内村家の人間としての意識も育てられないまま終わったことになる。祖父の要蔵は、機会あるごとに、内村静夫としてではなく、木暮家の一員としての自覚を持つよう促したくらいだ。そのころの静夫は、祖父が自分にどのような期待をかけているか、よくわかっていた。その期待にこたえることが、自分の歩かなければならない道であることを、当然のものとして理解していた。

その静夫が、自分には自分の意志や感情のあることを、身をもって主張したのは、治《はる》子《こ》との結婚問題が持ち上がったときだった。会社へアルバイトにきたのが縁で知り合ったとき、静夫は二十六歳、治子は短大在学中の十九歳だった。結婚するまでには三年の歳月を必要としている。これほど長引いたのは、静夫の一族、とくに木暮家側がこの結婚を歓迎しなかったからにほかならない。治子が農家の娘で、名もない短大生にすぎなかったことが、この国の最高学府を出て木暮家の一員としての将来を約束されていた静夫には、あまりにも不釣り合いだと評価されたからだ。要蔵が生きていたら、おそらくふたりの仲は簡単に裂かれていたことだろう。そのいちばん重い足かせが、そのときは取れていた。静夫は木暮家の意向を袖《そで》にすることで、グループからはじき出されるという報復を受けながらも、自分の意志を貫いた。結果として彼は、これまでになかった解放感を味わった。半ば意地になって治子との恋を貫いたのも、彼にとってはそれが自分というものを確認できる最大の手段だったからである。

静夫の選択はまちがっていなかった。治子は突出したところこそなかったが、温和で、明るく、人から好かれ、自分では凡庸だと思い込んでいる謙虚な女だった。治子と一緒にいると気が休まると、彼女の資質を最初に見抜いてくれたのは母親の君子である。木暮家の出でありながら一族とは一線を画してきた母親の支持が、最後は静夫の支えになってくれたのだ。

一方治子の実家である金子家にとって、静夫は一族はじまって以来という婿《むこ》だった。厚木の郊外で代々農業に従事してきただけの、都市化の拡大という恩恵を受けなかったら、社会の上層部へ浮上する機会などまずなかった階層だったのだ。大学出の人間などいまだかつてひとりも輩出していなかった一家に、突然英語とフランス語が話せてラテン語の読める婿がやってきたのだ。どうやったらこの花婿に報いてやることができるか、治子の父金子富太郎は、当時横浜支社勤務だった静夫に百坪の土地と三十坪の新築家屋、それに通勤用の車とをプレゼントして自分たちの誠意の表われとした。またのちには、財産分与のかたちで治子に十二所帯あるアパートも建ててやっている。

おかげで静夫は結婚当初から、海老名《えびな》まで車で出て、そこから相模《さがみ》鉄道の始発に乗るという恵まれた通勤生活を送ることができた。もっともそれは、新宿副都心にある本社勤務に戻ってからもつづいたため、今度は通勤地獄をたっぷり味わうことにもなるのだが、静夫は有料の特急を利用することでそれをしのいだ。

結婚生活は順調に推移した。子どもはふたりでき、長男のほうは夭折《ようせつ》したが、長女の聡子《さとこ》はいま大学二年になっている。治子のいいところばかり受け継いだような自慢できる娘である。家のほうも二年前、全面的に建て直して、いまでは倍近い広さになっている。しかし一家の生活は、十数年まえから、思わぬ方向へ軌道がずれはじめていた。

治子が友人に誘われ、ほんの義理のつもりではじめた生命保険の勧誘が、彼女の埋もれていた才能を開花させてしまったのだ。一度会ったら絶対に顔を忘れないという特技や、人当たりの柔らかさ、聞き上手、いつまでも抜けない素人《しろうと》っぽさといったものが、彼女の商売ではすべてプラスに働いた。一年たってみると、横浜支社管内でベスト五に入るというスーパーセールスレディになっていたのだ。しかもそれは日がたつにつれ拡大再生産をうながし、彼女をよりハイレベルな個人企業家へと変貌《へんぼう》させた。企業経営者、医師といった上流階級からのお覚えがことにめでたく、それがよりネットワークを拡大させて、ここ七年横浜支社管内でトップという業績を維持している。いまでは横浜駅の東口にあるスカイビル内に自分のオフィスを持ち、女性スタッフをふたり使う完全な個人経営者に納まっていた。静夫との収入差は八年前に逆転したまま、以後開くばかりである。

一方静夫のほうは、三十をすぎたあたりから完全な頭打ちになっていた。自分を賭《か》けたことも、我を通すこともない中途半端《はんぱ》な性格は、企業という組織のなかでは埋没してしまうほかない。社内での自分の評価が低下しているのを知りながらも、それが苦にならないのだからどうしようもないのだ。温和とは平凡の、円満とは無気力の謂《い》いにすぎない競争社会の論理では、すでにその段階で落伍《らくご》者の烙印《らくいん》を押されていたも同然だった。むしろこれまで会社にいられたのは、そういう評価やランクづけに対する感受性が鈍かったからで、通常の神経の持ち主なら、事業部を外された段階でいたたまれなくなって辞めているはずだった。これまで面と向かってリストラの対象にされなかったのは、入社したときのそもそもの事情に、いずれ木暮グループに行くという上層部の了解事項みたいなものがあって、それがずっと残っていたからだ。したがってもし母親が倒れるというアクシデントさえなかったら、いまでもまだ会社に残っていたにちがいなかった。

昨年九月、内村静夫はこうして三十一年勤めてきた会社を退職した。これまでの彼の人生のなかでは、結婚と並んで最大のできごとだったといっていい。それにしては切実感も現実感も希薄だったが、これはもう注文するほうが無理というものだ。彼にしてみたら、これによって新しい生活と新しい人生とがはじまるかもしれないと考えていたのである。

3

岡山駅に隣接したホテル内の喫茶室は静夫のほうから指定した。亜紀の職場から近いし、母親の入院している病院からも歩いて十分ぐらいの距離だったからだ。ただふだんの彼は、岡山駅周辺を自分の行動圏から除外していた。なんといってもあわただしく、旅行者のような落ち着かない気分にさせられるからだ。現にいまも、時刻が五時半とあって窓の外をせかせかした足取りが通りすぎていた。

亜紀は十五分遅れてやってきた。裾《すそ》の短い黒のワンピースに同色のカーディガン。バッグは先日と同じものだったが、靴のヒールはもっと高くなっていた。しかし山のなかで見たときほど突飛でも派手でもなく、色調のせいかむしろシックに見えた。たしかに昨今は、着ているもので人を判断することができなくなっている。

「すみません。出る間際《まぎわ》になって、お客さんが重なったものですから」

「いや、ぼくのほうこそ、お呼び立てしてごめんなさい。早番だと、いつもこれぐらいの時間になるんですか」

亜紀の胸に目を走らせてから言った。

「ええ。いちおう五時ということになってるんですけど、すぐには帰れないことも多くて」

「お店には、何人ぐらいいるんです」

「三人です」

「けっこう大きいんですね」

「いいえ。ひとりはパートなんです。日中はたいていひとりなんですよ。それで休憩から お休みまで、全部こなさなきゃならないから、ローテーションが大変なんです。急に休まれたりすると、がたがたになっちゃって」

「売り上げのノルマみたいなのはあるんですか」

「そんなのあったら、働く人はいなくなります」

表情が硬かった。というよりなんとなくよそよそしい。きのう見せた無防備感がどこにもなかった。

「それじゃあ本題に入りましょう」コーヒーを注文してから言った。「あの地図、やはりまちがってました。おとうさんの記憶ちがいだと思うんですが、左右が入れ替わっていたんです。夕方になって、ひょっとと思ったものですから、行ってみたら簡単に見つかりました。鶏小屋というのも、いまは使われていない豚舎の跡でした」

紙の上に地図を書いて説明してやった。左右が入れ替わるということは、百八十度方角が狂うわけだから、これではいくら探しても見つからなかっただろうと。亜紀の表情がややほどけてきた。しかし声はない。紙片をのぞき込んでくるときでさえ、きのうより距離を取っていた。

「キーをください。ぼくがあす、取ってきてあげます」

やや押しつけがましく言って手を出した。

「でも、これ以上、ご迷惑をおかけしても」

「かまいません。どのみち、あすも岡山へ出てくるんですから」

「でもそうしたら、どうやって帰るんですか」

「和気からバスに乗ります」

「それじゃあ申し訳なくて」

「なにか、気にいらないことでもあるんですか」

「父に叱《しか》られました」

「ぼくが余計なことをしたというわけ？」

「いえ。わたしがご迷惑をかけたからです。自分で探せばよかった」

「たしかに、よけいなおせっかいだったかもしれません。かといって、あんなところで、女性がひとり困っていたら、見すごして通り過ぎるわけにはいかないでしょう」

「ほんとは、すごく助かるんです。勤めが終わってからだと、早番の日でも、着くころは暗くなってますし、このつぎの休みは、ちょっと予定が入りそうなので」

「この道、きのうのところより、ずっと淋《さび》しい道ですよ」図を示して言った。「いまはもうほとんど使われていません。暗いし、木の枝は茂り放題だし、半分ふさがっています。昼間、男でもひとり歩くのは、ちょっと気味が悪いようなところです」

「わたしも、きのう行って、ほんとはもう、いやになってるんです。あんな淋しいところ、ひとりで歩いたことなんかないので」

「おとうさんには、自分で行って取ってきたということにすればいいじゃないですか。

ぼくのことは黙っていたらいい」

「そうですかあ。じゃあ、お願いしようかしら」

内心は、そのほうを望んでいたようだ。動きが急に軽くなると、バッグからキーを取り出した。

「車はご自宅まで運んでおきます。舟橋町のどこですか」

きのう家で地図を見て、場所の確認はしていた。岡山市内を縦断して流れる旭川沿いにあり、位置としては、市の中心部からいくらか南へ下ったところだ。清輝橋という市内電車の終点から、歩いて五分くらいの道のりだった。

「清守稲荷《いなり》神社という小さなお宮がありますから、すぐにわかると思います。その横にある矢野パーキングというところの8番です。マンションは道路を一本置いて建っていて、お宮の斜め前くらいになります」

亜紀は地図を書きはじめた。書くとか、図で表現するとかいうことは、ふだんやっていないようだ。彼女の表現能力がどの程度のものか、図らずもあらわになってしまった。

「明日の勤務は？」

「フルタイムです。ですから、終わるのは九時になります」

「じゃあキーはどうしましょう。なんなら、部屋のドアの中に入れておきますが」

「ドアには郵便受けがついていないんです。ですから玄関の、５０７号室の郵便ボックスに入れておいてください」

そう言うと、足を組みかえた。緊張感がうすれ、きのうと同じ警戒レベルに戻った。生活感というものがまったく感じられない。

「きょうは、なにか予定があるんですか」

「いいえ。家へ帰るだけですけど」

「食事は自分でつくるんですか」

「だいたいは。スーパーでできあいのものを買って帰ることが多いんです。ひとりだと、面倒くさくって」

「ぼくもそうです。だから夕食はほとんど外ですませています。そんなに料理が得意というほどでもありませんので。どうです、かまわなかったらつき合いませんか。といっても、ここの二階ですまそうと思っているんですけど」

「あら、うれしい」前歯を見せて言った。「ひとりだと、なに食べても、おいしくないんですよね」

それで二階のレストランへ場所を変えた。気取ってはいるがふつうのレストランである。中クラスのコース料理を取って、ビールを一本頼んだ。まだワインというほどの打ち解け方ではない。

「車じゃないんですか」

乾杯したときに亜紀が言った。

「車ですよ。病院の駐車場へ入れてあります。まだ時間がありますから、そこへ帰り着くころには醒《さ》めているでしょう」

「岡山の人、割合平気なんですよね」急になれなれしくなった笑みを浮かべて言った。

「おいしい」

アルコールには強そうだ。素直に相好をくずした。

「ひとりだと、なかなかこういうところで食事する気になれなくて」

「おとうさんとは、食べに行ったり、飲みに行ったりしないんですか」

「全然。人前に出るのが嫌いですから。煙草《たばこ》だって買いに行かせるんです」

「じゃあ家のなかで、なにをしているんです」

「テレビ見てます。あと、雑誌を読んで、煙草の空き箱がたまると、それで鍋敷《なべし》きをつくって」

「鍋敷き？」

「お鍋ややかんを、コンロから下ろしたとき敷く、こんなのです」

手で輪をつくった。

「山歩きが趣味じゃないんですか」

「出かけることは出かけるんです。山とか、ギャンブルとか。競馬や競輪や競艇なんかにもよく行ってるみたいです。予想新聞がいっぱいたまってますから」

「人前に出るのはきらいだけど、山とかギャンブル場だったらいいということですか」

「そうなんでしょうね。ほんとはよく知らないんです」

投げやりに聞こえる口調になった。あまり話題にしたくないのか、避けようとしているふしがうかがえる。

「小田原には、いつごろまでいたんですか」

「小学校までです。早川の、港の近くで、祖父が仕出し屋をやってました」

「すると、転勤でこちらへ来たんじゃないんですね」

「祖父が亡《な》くなって、商売をやめたんです。父は魚屋が嫌いですから。魚の臭《にお》いが嫌いだと言うんです。内村さんは、厚木のどこですか」

「山のほうです。鳶尾《とびお》というところ」

「あ、知ってます。団地がありますよね」

「鳶尾団地を知ってるんですか」

「友だちのおばあさんが住んでました。一度遊びに行ったことがあります」

「岡山へは、来てどれくらいになります」

「まだ一年ちょっとかな」

「こっちで暮らすの、はじめてでしょう」

「ええ。西は京都までしか、来たことなかったから」

「関東の人はたいていそうなんです。どうですか、こっちでの生活は」

「割合気に入ってます。暮らしやすいから。食べものもおいしいし。これで近くに友だちがいたら、いうことないんですけど」

「こちらに知り合いはないんですか」

「最近ふえましたけど、お店の関係の人がほとんどだから。ほんとうの意味での友だちとは、ちょっとちがうんですよね」

亜紀とは八時すぎに別れた。病院の駐車場が九時までなので、それまでに車を出さないと閉鎖されてしまうからだ。面会時間はとっくに過ぎていたがひとまず病室へ顔をだした。おやすみを言うつもりだったが、母親はもう眠っていた。それで横顔だけを見て出てきた。道路が空《す》くのを待って、意識的に時間を遅らせることはよくある。この時間になると、一時間もあれば家に帰り着くことができるのだ。

翌日は午前中、洗濯をしていた。母親の使うタオルと、自分の下着くらいだから、三日に一回やれば十分である。以前は洗濯などやったこともなかった。治子が働くようになってからはじめたもので、もともとは彼女の家事を、すこしでも軽減してやろうと思ってはじめたことだった。そして意外というか、日常のこういう細々したことが、それほど苦ではない自分を発見した。いまの一種の単身赴任をそれなりに楽しんでさえいる。

ここで不自由するものといえば、たったひとつしかない。

洗濯物を干し終わってから、亜紀の車を取りに向かった。家から現場までは歩くと一時間くらいかかる。タクシーを呼ぶことも考えたが、急がなければならない理由もないから、歩くことにした。桜にはまだ早いが、春の芽吹きのシーズンで、山間《やまあい》にはまだ梅の花も残っている。これからが山里のいちばんいい季節だった。古いスニーカーに履き替えると、十一時すぎに家を出た。

大平橋という中間点まで四十分かかった。このぶんだと一時間以上かかりそうだと思いはじめたとき、追い抜いていった小型トラックが数十メートル先で止まった。助手席の窓が開き、帽子をかぶった女性が顔を出した。

「内村さんじゃない？」

母親の友だちで、この先の檜山《ひやま》という集落に住む多田安子という女性だった。年は六十すぎと母より若いのだが、地区の婦人会を通じて知り合い、以後かなり親密なつき合いをしていた。彼女が大阪の出身で、ふたりともよそ者同士だったことが、より親近感を持たせたのかもしれない。たしか病院へも、一度見舞いに来てくれている。近づくと、運転席には夫の峰吉がいた。

「やっぱり静夫さんね。どうも見たことがあると思うたら。帰っておいでてたの。お久しぶりね」

「どうも。ごぶさたしてます。お元気でしたか。ぼくのほうは、ここんとこ割合頻繁に帰ってきているんです」

「お母さんのためね」

「ええ。役には立たないんですけど、顔でも見せてやれば、多少は気がまぎれるかと思って」

「それはよかったわ。おかあさん、喜んでなさるでしょう。その後の具合はどう？　ここんとこ、ごぶさたしっぱなしで申し訳ないんやけど」

「ありがとうございます。だいぶよくなってきました。時間はかかるんですけど、ごはんも食べられるようになりまして」

「まあ、それはよかったわあ。ごめんなさい。なかなかお見舞いに行けなくて」

「とんでもない。いつぞやはわざわざ来ていただいたそうで、母も喜んでました」

荷台は空だったが、牛の糞《ふん》の臭《にお》いが残っていた。この夫婦は肉牛を飼っている。どこかへ牛を出荷していった帰りのようだ。

「どこまで行きなさるの？」

峰吉が言った。

「ええ、この先まで。車を乗り捨ててきたので、それを取りに行くところです」

「それなら、乗って行く？　狭いけど、乗って乗れないことはないわよ。どうぞ」

安子がドアを開けて言った。彼女は小柄だったから、詰めれば三人乗れないことはない。ありがたく乗せてもらった。

「リハビリ、だいぶかかりそうですか」

「一年はかかるかもしれませんね。つらいと思いますけど、こればっかりはがんばってもらわないと。もっと早くから付き添ってやるべきだったと、いまになって後悔しているんです。そうしたら、もうすこし早くはじめられたでしょうから」

「この道でいいの？」

峰吉が聞いた。

「ええ、もうすこし先まで」

途中、別当神社という地区の小さなお宮がある。こんもりした森があって、そこだけ道路が暗くなる。その前を通り抜けようとしたとき、峰吉が急ブレーキを踏んだ。車の前を、仔狐《こぎつね》らしいものが横切ったのだ。

「縁起でもないなあ。スピードを落としてたからよかったけど、ふつうに走ってたら、轢《ひ》いてたかもしれん。こないだと同じだ」

安子が説明してくれた。

「こないだ、ここで、怪我《けが》した人を拾うたのよ。山菜を採りに来て、崖《がけ》から転げ落ちたらしいんだけど、大怪我をしてなさって」

「男の人ですか」

「ええ、六十近い年だったかしらねえ。わたし、牛を積んでたし、急いでたから、119番に電話して、救急車を呼んであげたけど」

「鎖骨と臑《すね》の骨、肋骨《ろっこつ》まで折ってたんだって。それに、躰《からだ》じゅう引っ掻《か》き傷だらけでよ。落ちたところから、車の通るところまで、必死に這《は》ってきたらしいんだ」

「どんな人でした」

「どんなって、頭の毛は白かったけど、ふつうの男だよ。ジャンパーに、ふつうの靴、あ、ふつうの靴だったよな。あんな靴で山菜採りに来たというのがまちがいだよ」

「いまの、お宮のところから出てきたんですか」

「その後ろの茂みからだ。亀《かめ》みたいにのそのそ這いだしてきたから、見つけるのが一、二秒遅れたら、轢いていたかもしれん」

「その人の名前は、わかります？」

「なんとかいうたけど、覚えてないなあ。菅原病院で聞くとわかるんじゃないかな。たしか、この地区の救急病院はあそこだから」

豚舎の廃墟《はいきょ》の先で降ろしてもらった。礼を言ってふたりに別れ、林道に入っていった。車はそのままの状態で放置されていた。ドアを開けて乗り込むと、はじめに車内を改めた。車の名義人は河内亜紀となっている。しかしそれ以上なにかを物語るようなものは入っていなかった。ティッシュペーパー、高速道路の半券、折り畳み式くず入れ、CDが何枚か。トランクも空だ。

とりあえず車を運転して自宅に戻った。

帰ってくると、電話をかけはじめた。多田夫婦に発見された怪我人というのは、やはり河内亜紀の父親だった。名前は河内忠洋、六十一歳。隣町の菅原病院へひとまず収容されたあと、二日後に、岡山市内の高柳病院へ転院していた。動かすのがむりなくらいの重傷だったにもかかわらず、本人のたっての要望でそうしたとのことだった。

4

地下街の奥のほうにある女性専門ファッションプラザの一角だった。ＪＩＬＬというロゴがすぐに見つかった。思ったより大きな店で、店員がふたりいた。客足が途切れているせいか、私語している。右側の黒いニットスーツを着ているほうが亜紀だった。きょうはとびきり高いヒールの靴をはいていた。隣のブースからそれを確認しただけで、静夫はすぐさまきびすを返した。

和気からタクシーで自宅へ帰った。帰り着いてまずすることは、昼だろうが夜だろうがおかまいなしに、家のなかを開け放すことだった。といってもそれは、現在居住しているところだけで、全体のおよそ三分の一は放棄されている。いま使っているのはむかしの客間の部分で、風呂場《ふろば》の横の土間に小さな台所を設け、トイレを簡易水洗にしたほかは、あまり手を加えていなかった。母ひとりなら二部屋もあれば十分なのだ。建物はむかしのままだし、気密性はないに等しい。それにがたがきているものだから、風は素通りで、冬など寒くてやりきれなかった。

母にはこれまで何度も、東京へ出てくるのをすすめたり、建物の一部を取り壊して離れをつくったらどうかと説いたりしてきた。しかし母親はそのどちらにもうんと言わなかった。この家でいいと言うのだ。

「お姉さんの意地なのよ。おじいちゃんへの面当《つらあ》てもあるでしょうし」

母のすぐ下の妹の道子はそう言っていたものだ。静夫も当初はそう思っていたが、いまではそれが、うがちすぎであることを知っている。母はものごとを深刻に考えるのがおっくうなのだ。いまごろ東京へ戻っても、すべてをまた一からはじめなければならない。また新しい離れを建てたとしても、古い建物のすべてがなくなるわけではないから、それとどうつき合ったらいいか、これも考えるだけでうんざりしてくる。結局いまのままでいいよ、ということになるらしいのだ。車を運転することなく終わった母にしてみれば、動くということは周囲が考える以上にエネルギーを必要とすることなのだった。

風呂から上がってテレビで九時のニュースを見ていた。母の入院以後新聞は止めてもらっているから、テレビ以外ニュースソースはない。当初は一日一回必ず見るようにしていたが、このごろではそれが怪しくなりかけていた。それでいっこう困らないからだ。社会との接触を持たなくても生きてゆくには差し支えないということが、いまの静夫にはかえって新鮮だった。

電話がかかってきた。予想通り亜紀からで、車を運んでもらったことへの礼を言ってきたものだ。

「それより、おとうさんを助けてくれた人への、挨拶《あいさつ》はしてあるんですか」

「いいえ。気にはなっているんですけど、お名前を聞いてなかったとかで」

「それがきょう、たまたま耳にしたんです。この町の、檜山というところに住んでいるご夫婦ですけどね。通りがかりにおとうさんを見つけて、救急車を呼んでくれた人です。できたら挨拶ぐらいしておいたほうがいいと思いますよ」

「わかりました。父に言っておきます」

「おとうさんには、ぼくから聞いたことは言わないほうがいいでしょう。あなたが車を取りに行ったとき、たまたま知り合った人から、教えてもらったということにするほうがいいと思います」

「はい、そうします。それで、先方の家をごぞんじなんですか」

「知ってます。ぼくのところへ来てくれたら、案内しますよ。来るまえに電話してください」

そう言って受話器を置いた。

翌日朝食をすませると、トレーナーにスエットパンツという格好で家を出た。足下はきのうのスニーカー。車に乗って、まっすぐ例の林道へ向かった。状況は先日と同じ。誰にも会わない。轍《わだち》を残さないよう、手前の、路面の固いところに車を止めた。

河内忠洋がここでなにをしていたか、それを知りたかった。それで周囲を歩いてみて、痕跡《こんせき》を探してみようと思ったのだ。静夫は車から離れると、地面を慎重に調べはじめた。轍の先のところに、男ものの靴跡が二、三残っていた。森の奥の方へ向かっている。それで静夫も向かった。ごく古い踏み跡のような道が残っている。

一体に岡山の山林は植物相が貧弱だ。戦時中に伐採しすぎた報いで、静夫の幼いころの記憶では、山という山にろくろく木がなかった。その後植林がはじまったけれども、それが終わりきらないうちに今度は外材が入ってくるようになり、人間の生活も山林を必要としなくなって、山はふたたび放置された。いまではどの山にも雑木が茂り、一見豊かになったように見えるが、森の極相林ができあがる状態にはほど遠い。いまはまだすべての樹木が、相手よりすこしでも早く大きくなろうと、生長を競い合っている段階だ。

しばらく杉林がつづいた。地形的には山間に延びている浅い谷で、この道も、もとは山仕事をするために設けたものだろう。杉林がつきると明るい雑木林になった。道はけもの道みたいに細くなり、歩きにくさが増してきた。そしてすこしずつ登りはじめた。この谷は川を伴っていない。そのため地面が乾き、その後足跡は発見できなかった。視界も利《き》かない。春の陽気のありがたさが感じられる日で、気温はもう十五度を超していそうだ。躰が次第に汗ばみはじめた。

煙草《たばこ》の吸い殻を見つけた。靴でこなごなに踏みつぶしてあった。それほど古いものではなさそうだが、フィルターつきという以外なにもわからなかった。静夫は煙草を吸わないから、銘柄にもくわしくないのだ。

谷がつきると勾配《こうばい》は一気にきつくなった。それと同時に、周辺の植物や地質が変わってきた。具体的には松や照葉樹がふえ、赤土の地肌が露出しはじめた。森としては貧弱であることに変わりなく、松はこの地方に多い赤松である。斜面の急なわりに、こういう地形のほうが登りやすかった。地味が瘦《や》せて雑草が生えてこられないため、地肌が剝《む》き出しになっていて歩きやすいのだ。

人間の痕跡を見つけた。赤土の地肌に、刃を立てたような跡がついていた。長さが四、五センチ、深さが一センチくらい。なんによって、どういう状況でこういうものが刻まれたかわからないものの、斜面を登るとき、なにかを杖《つえ》代わりにしたらしい跡であることはわかった。斜面の急なところに、一定の間隔を置いて、いくつか並んでいたからだ。四、五十メートルの急勾配がつづいたあと、ゆるい登りとなり、やがて尾根筋のようなところへ出た。道はすでになくなっていたが、雨が降ったときの流れの跡だとか、左右の分水嶺《ぶんすいれい》になっているところとかの地肌が露出して、歩くにはまったく困らない。その代わり、ところによっては何本もの道があることになり、追跡はこれまで以上にむずかしくなった。地面に刻まれていた痕跡もその後は現れない。地面の乾き具合で、自分の靴跡のつくところもあった。一雨きたらたちまち消えてしまう程度の跡にすぎないが。

地形は多少のアップダウンをしながら、全体的にはまだ登っていた。標高は三百メートルくらいのはずで、方角的には先ほどの杉林の方へ後戻りしていた。植物はヒサカキ、ヤマモモ、クロガネモチ、シラカシといった照葉樹が主で、その隙間《すきま》を埋めるようにツツジが群生している。アセビが釣り鐘型の白い花をつけ、レンギョウも造花のような黄色い花をそこここで見せはじめていた。視界のほうは一貫して利かない。しかし傑出した大きな木がないため、日差しはさえぎられることなく頭上へ降り注いできた。ワラビが芽を出している。しかし山菜はほとんどない。山菜採りの人間が入ってくる山ではなかった。

岩が現れはじめた。地形とはなんの関係もなしに、それはいきなりごろんと現れた。いずれも花崗岩《かこうがん》で、ここらではもっともありふれた岩だった。地中から突き出ているものもあれば、置き忘れられたみたいに地表へ転がっているものもある。どの岩も面取りしたみたいに角がまるく、表面はなめらかで、いくつかの岩が隣接しているところでは、まるで造化の妙をつくした人工の構築物にさえ見える。桃太郎伝説が、吉備《きび》で生まれたことが素直にうなずけるような独特の岩山風景なのだ。

その後はなにひとつ痕跡を発見できないまま、数十分が過ぎた。風景はまた森になった。山が変わったのではなかった。地形の関係で歩けるところが数十メートル下ったものので、そのぶん森が濃くなってきた。斜面が急になり、ヤマザクラやクスやモクレンの木が茂っていて、そこだけ日差しが消えていた。傍らに大きな岩がひとつ、くさびみたいに突き刺さっている。岩の上に登ると、前方の木立を透かして、眼下に川が見えた。両岸を道路が走っている。人家は見えないが、立会川であることはまちがいなかった。標高四百メートル近くまで上がってきたようだ。この岩の上で五分ほど休憩を取った。

そこをすぎるとふたたび尾根に戻り、同じような岩山や赤土になった。視界はいっそう利かなくなり、周囲の山が取り巻くように迫ってきはじめた。いつの間にか、道が下りになっている。静夫は足を止め、周辺を見回して状況の確認を試みた。しかしなんの確証も得られない。なおすすむと、傾斜がどんどん急になり、地形の荒廃が目立ちはじめた。雨の流れた跡が地面を削り取って深い溝《みぞ》を刻みはじめている。松の倒木が行く手をふさぎはじめた。

とうとう足を止めた。これまであった手応《てごた》えみたいなものがなくなっていた。河内忠洋は、ここまで来ていないという気がした。その気配みたいなものが、消えているのだ。いつの間にか、忠洋の行動圏より先まで来てしまっていた。

もう一度手がかりを求めて引き返した。来たとき以上に目を光らせたつもりだが、なにも発見できなかった。結局同じコースをたどって、車のところまで戻った。急がなかったせいもあって、出発して三時間がたっていた。

舗装道路に戻ると、そこに車を止めて、周囲の地形をもう一度観察した。河内忠洋が這いだしてきたという別当神社へも行ってみた。アルトの止めてあったところからだと、山ひとつ離れていた。あの山に登った人間が、こんなところで発見されなければならない道理はどこにもなかった。方角がまるっきりちがうのだ。

5

亜紀はスポーツシャツにジーンズという服装で現れた。靴もふつうのパンプスで、バッグも買い物袋みたいなおとなしいもの。化粧の濃すぎることをのぞけば、むしろこちらのほうが彼女には合っていた。ただいつものことだが、着ているものが窮屈すぎる。

ヒップをきっちりつつんだジーンズの食い込みに、静夫は何度も目をやった。

菓子折を提げていた。多田夫婦への手みやげかと思うと、静夫へのお礼だった。髙島屋の紙袋に入っていた。来たのが二度目にしては馴《な》れた顔だ。気後れも、遠慮もしていない。幼さがもろにでて、こういうときの顔は二十ぐらいか、それ以下になる。実際の年齢は、正直なところ三十近いのではあるまいか。

「これが道順です。まちがえることはないと思いますが、わからなかったら電話をください」

「ひとりで行くんですか」

静夫についていってもらえると思っていたか、地図を差し出されて、意外そうに言った。

「おとうさんには、どういうふうに言ったんですか？」

「通りかかった人に、教えてもらったって」

「だったら多田夫婦にも、そういうことにしておいたらどうですか。ぼくから聞いたということは、言わないほうがいいと思います」

「お土産に、魚を買ってきたんですけど」

「魚？」

「養殖ですけど、新しい鯛《たい》があったので。もともと魚屋の娘ですから、わたし、魚を見るの、割合得意なんです」

「それはよかった。喜ぶと思いますよ。帰りにもう一度寄ってくれますか。じつは大あわてで掃除しているところで、まだ終わってないんだ」

「今度は、門から入ってきていいですか」

「ご自由に」

「やったぁ」

幼い表情になって歓声を上げると、亜紀は出かけていった。ところが、三十分もあれば帰ってこられるだろうと思っていたのに、一時間たっても帰ってこない。時計を見たり、家の前に出てみたり、静夫はすっかり落ち着きをなくしてしまった。その時間が一時間半になると、これ以上じっとしていられなくなった。ようすを見に行こうと、駐車場まで出ていった。すると向こうから、白い車がこちらへ走ってくる。静夫は杉の木の後に身をかくして、ようすを見ていた。亜紀はじかに家のほうへ乗り入れてこようとはせず、門の下まで行って車を止めた。それから門をまぶしそうに仰ぎ見ながら、石段を上がってきた。いくらか気取った足取りになっている。やや重そうなビニール袋を提げていた。

静夫は家に戻って彼女を迎えた。

「あんまり遅いので、事故でも起こしたんじゃないかと心配していたんだ」

「お茶を呼ばれて、話しこんでたんです。奥さんしかいなかったんですけど、とても楽しかった。これ、奥さんが、内村さんにって」

「ぼくの名を言ったの?」

「ええ、聞かれたからつい。いけなかったですか」

「いや、べつにかまわないけど」

静夫の当惑をよそに本人は饒舌《じょうぜつ》だ。

「話し好きで、おもしろいおばさん。大阪の出身なんですって。わたし、ああいう開けっぴろげな人、大好き。今度遊びに行く約束までしたんですよ」

袋のなかには新じゃがが入っていた。

「ずいぶん入っているなあ。こんなにたくさんいりませんよ。週末からまたしばらく、東京へ帰る予定だから。あなた、半分お持ちなさい」

「わたしの分はべつにあるんです。でも東京へ帰るんですか。いいなあ。わたし、ここんとこ、だいぶ行ってないから」

「向こうに、どなたか知り合いがいるの」

「友だちがいます。でも、東京と田舎を行ったり来たりできる優雅な身分じゃないから」

「そんなんじゃありませんよ。この間言ったでしょう。ぼくは失業者なんだ」

「でも、こんなお屋敷があるだけでもいいじゃありませんか。おうち、見せてもらっていいですか」

「どうぞ」

一通り案内して回った。

「風通しがよさそうですねえ。冬は寒かったでしょうね」

「いまでも寒いですよ」

「むかしの人は皮膚が丈夫だったのかしら」

「我慢してただけです」

十一代ものご先祖の位牌《いはい》がある仏間と仏壇では、うなされそう、という感想をもらした。正直な言葉だ。静夫自身、古色蒼然《そうぜん》とした仏壇や位牌を、一度も気持ちのいいものだと思ったことはない。いまでこそ墓地は長命寺というところに移してあるが、むかしの墓は裏山の中腹に設けてあって、貞享《じょうきょう》を最古とする自然石の墓碑が二十いくつ残っている。

「蔵にはなにが入っているんですか」

「空っぽです」

「嘘《うそ》?」

「ほんとですよ。父が早く亡《な》くなって、あとは売り食いだったんです。ぼくも、母も、百姓のくせして百姓仕事はやったことがない。米以外に現金収入のないところですからね。その米がつくれないとなると、あとは売り食いするほかなかったんです」

「あの屋根に掛けてあるビニールシートは雨よけですか」

「そう。現実に漏れはじめているんです。直す気もないし、その金もない。こういう状態になったら早いんです。あと十年たったら、塀《へい》と門しか残ってないかもしれない」

「もったいないわ」

「みなさんそう言ってくれます。しかし積極的に直してまで住みたいという人はいない」

「おかあさん、この家でずっとひとり住まいだったんですか」

「ええ。ぼくも、ふたりの妹も、みんな中学生から東京へ出て行きましたからね。ざっと三十年、ひとりで暮らしていた計算になります」

「かわいそう」

「だから帰ってきたんです」

「わたしはやっぱり、こういうとこには住めないな」気分が変わったとばかりひとりでうなずくと、妙に老成した顔になって鼻をうごめかした。「ときどき来て、やっぱり田舎の空気はおいしいねー、と言ってるのがいちばん似合っているかもね」

居間で亜紀の買ってきてくれたケーキを食べた。お茶は煎茶《せんちゃ》。熱湯を急須《きゅうす》に取って、一度湯飲みに移してという手順を一通り踏んだ。亜紀は一口すすって、おいしい、と相好をくずした。味蕾《みらい》が敏感らしい。先日の食事のときも同じ表情をした。恍惚《こうこつ》の表情といってもよかった。

「多田さんから、内村さんのことを聞きました」

「どんな話が出たんです」

「いろいろ。東大を出て、日本商事にお勤めだったんですってね」

「もう辞めてます」

「でも辞めることって、すごく力のいることじゃないですか。ふつうの人は、辞めたくても辞められないんだから。何年勤めたんですか」

「ざっと三十年」

「すごいな。わたしなんか、これまで、いくつ仕事変えてきたかしら。飽きっぽいとは思わないけど、ときどき急に、ふっといやになるんですよね。そしたらもうだめなんです」

「そのほうが、自分には忠実なのかもしれない」

「あ、そうかあ。そういう見方もできるんだ」

「今度はどうなの。いまの仕事、つづきそうですか」

「割合、つづくかも。いまのところ、仕事替えたり、よそへ行きたくなったりする理由、ないから」

「それはよかった。おとうさんはいつもあなたの行くところについてくるの？」

「そんなのいやだわ。暇でしょうがないから、押しかけてきたんです。気にいられて、迷惑してるんですよ。怒りっぽくて、疑り深くて、自分勝手だからいやなの」

「怪我《けが》はまだかかりそうなの」

「かかると思います。本人は戻って来たがってますけど。病院にいるのがいやでいやでしょうがないみたい。行くたびに文句言ってます。食事がまずいとか、本が読めないとか、眼鏡をなくしたから字が読めないとか。できあいの老眼鏡を買ってきてやったんですけど、乱視があるから、合わないらしいんです」

「眼鏡は山でなくしたんですか」

「そうじゃないですか。崖《がけ》を転げ落ちたと言ってますから。えっ、もうこんな時間？」

きょうはこれからエアロビクスに行く予定だという。静夫のほうも引き止められるとは思っていなかった。

「また、来ていいですか」

「いつでもどうぞ」

「わー、うれしい。多田さんところへも、また来ますからって約束してきたんです。わたし、お年寄りが好きというか、どっちかというと、年上の人のほうがつき合いやすいんですよね。若い人はつまんなくて」

「来月の中旬にはまた帰って来ますから。なにか、欲しいものはありますか」

「とくに、ないかな。鯵《あじ》の干物《ひもの》が好きなんですけど、そんなものは、こっちにもあるし」

「干物はぼくも好きですよ」

「おいしいですよね。わたし、割合和食党なんです。朝も、どっちかというと、トースト、コーヒーより、納豆に味噌《みそ》汁《しる》のほうが好き。父はわたしと正反対で、朝からステーキでいいって人なんです。手がかかるんですよ」

「しかし、娘の手料理が毎日食べられるなんて、おとうさんはしあわせだな」

「そんなんじゃありません」口をとがらせたが、すぐ思い直した。「でも、いいか。ちょっとしゃべりすぎたみたいだから。いつもしゃべりすぎるんです。それでしょっちゅう叱《しか》られてます」

門の下まで送っていった。午後三時になろうとしているところで、山には春霞《はるがすみ》がかかっていた。ぼんやりした視界と、それに輪をかけたおだやかな気温、一年のうちでもいちばん平穏な季節だ。静夫は亜紀の後を歩きながら、終始そのヒップをながめていた。

翌日朝、また山へ出かけて行った。先日と同じ捜索を試みたのだが、今回も結果は同じ、なんの手がかりも得ることができなかった。忠洋がなにをするためにこんな山のなかへ入ってきたか、その推測さえできない。人間が人目を避けなければならない理由なら、何百でも思いつけるからだ。

地形がほぼわかったので、帰りは近道をすることにした。わざわざもと来た道を戻らなくても、尾根を横切るかたちで北に向かえば、杉林の上に出られることがわかったからだ。ただし、傾斜がきつかった。下りるのは不可能と思われる崖もあって、そこでは遠回りを余儀なくされた。

高さが三十メートルくらいある急斜面の雑木林だった。落ち葉の積もっている地面に、一条の線が印されているのを見つけた。灌木《かんぼく》の枝や根っこをつかんで慎重に近づいてみると、十メートル以上にわたって落ち葉の層がむらになっていた。明らかに滑り落ちた跡だ。ようやく見つけた。

安全なところへ下りるまで、五分以上時間がかかった。そこは斜面の中間にある、棚のようなところだった。上から落ちてきた落ち葉が厚く積もっていた。足の先でその山を掻《か》き分けていたところ、靴先がなにかを探り当てた。引き出してみると、スコップだった。

柄の長さが五、六十センチくらい、携帯用のスコップだ。似たようなものなら、アウトドア用品売場で見たことがある。まったくの新品だった。刃の先についた土は拭《ふ》き取ってある。しかし柄と金属の接合部のところに、この山の土と思われる赤土がこびりついていた。急斜面の登りについていた切れ込みの正体もこれでわかった。これを杖代《つえ》わりにして斜面を登ったのだ。ここにあったのも、自然に埋もれたものではない。隠そうという意図のもとに、落ち葉のなかに突っ込んであったのだ。

引きつづき眼鏡を探したが、これは発見できなかった。スコップはもと通り、落ち葉のなかに戻した。しばらく、忠洋の這《は》った跡が残っていた。少なくともこの段階で、歩くことができなくなっていたらしい。その先にまた滑り落ちた跡が残っていた。しかし多田夫婦に発見されたところから逆算すると、おどろくほどの距離を移動している。多分そのために、怪我をより悪く、複雑にしたのではあるまいか。怪我をした近くでは発見されたくなかったのだ。

翌日は東京へ帰る予定になっていたので、その日も朝早くから三時間ほど山に登っていた。どこかを掘って、なにかを埋めたとわかった以上、探す対象は大幅に限定されたわけで、今度こそ探し出せると考えたのだが、やってみるとそれほど簡単なことではなかった。面積が広すぎる。スコップの大きさからすると、それほど大きなものを埋めたとは思えないから、それだけ掘った穴も小さかったことになる。見つけにくいということだ。結局その日も収穫を得ることができないまま、時間切れになってしまった。

家に帰って着替えると、身支度と戸締まりをして、タクシーを呼んだ。和気から山陽線。岡山駅に着くと、荷物をロッカーに預け、一番街のジルを遠巻きに見て、亜紀が出勤しているのをたしかめた。それから国立病院に行き、母親の病室へ行って別れの言葉を交わした。病院の前からタクシーに乗る。行き先は備中高松だ。運転手には高柳病院が通じなかった。聞いたことがないという。しかし国道から最上稲荷《もがみいなり》のほうへ道を入ると、すぐさまその病院が現れた。

五階建ての、冴《さ》えない総合病院だった。リニューアルされているようだが、建物自体は相当古く、周囲の環境も雑然としている。午前中の診察は終わったあとで、待合室では少数の患者がテレビを見ているだけだった。

「河内忠洋さんは何号室ですか」

部屋番号を聞いて五階へ上がっていった。間もなく安静時間です、というアナウンスが流れているわりに、病院全体がざわざわしていた。いろいろな患者が混在しているからだろう。人の出入りが多く、見舞客もけっこういる。

突き当たりにある５０１号室のドアは閉まっていた。廊下の名札には、河内忠洋ひとりの名しか書かれていない。周囲の状況からすればふたり部屋のようだ。エレベーターホールのベンチまで戻って、ようすをうかがっていた。奥にあるトイレの臭気が漂ってくる。外来や入院患者の表情が、国立病院で見るそれに比べてより鄙《ひな》びている印象を受ける。老人の顔が圧倒的に多かった。

十分ばかりたったがなにも起こらなかった。あきらめて腰を浮かしかけたとき、看護婦がふたりやってきて病室を巡回しはじめた。それで５０１号室側の廊下の端へ行き、外をながめているふりをしながら待ち受けた。左側をすすんできた看護婦が、ひとつ手前の５０２号室に入った。この部屋にも名前はひとりしか出ていない。しかし看護婦はなかに入るなりドアを閉めた。

出てきた看護婦が５０１号室に入った。ほんとうはその前で待ち受けるつもりだったが、５０２から出てくるのが早すぎて間に合わなかったのだ。それで今度は５０２号室との境目まで行き、油断せず待っていた。一分足らずで看護婦は出てきた。ドアを開けたところで、なかに振り返ってなにか言った。ドアのノブに手をかけたままだ。静夫は行きかけている姿勢を保ちながら、なにげなくという顔で振り返った。看護婦の陰になって、ほんの一瞬しか見えなかった。個室になっていた。頭髪を刈り上げたやや長い顔が見えた。鋭い目。頭が半白で、耳がことさら大きく見えた。右の足がギプスで固定されていた。男の目が、看護婦越しに静夫をとらえたような気がした。少なくとも姿は見られた。静夫はあわてて目を逸《そ》らした。

二時すぎに出る始発のひかりに乗った。この列車は三島に止まるから、小田原まで乗り継ぐのに便利だった。七時半には自宅へ帰り着くことができるからだ。

6

治子と聡子が台所で夕食の支度をしていた。治子の腕時計が食卓の上に置いてあったところをみると、帰ってきてまだ間がないようだ。スーツの上だけ脱いでエプロンをつけていた。

「パパ、お帰り」

「お帰りなさい」

笑顔に迎えられて、ただいまと笑顔を返した。岡山駅で買ってきた土産の安政柑《かん》を差し出した。ただしこれは広島産の果実である。

「あら、たくさん買ってきたのね」

「おとうさんのお見舞い用にもと思ってね。どうなの、おとうさんは?」

「ええ、ありがとう。順調よ。おかあさんのほうは」

「こっちも変わりない。躰《からだ》は思うようにならないけど、頭のほうははっきりしている。よろしくって」

「わたし、ゴールデンウイークにはたずねて行くから」

「ありがとう。聡子の手紙をいちばん喜んでるよ」

「ごはん、すぐたべますか」

「ああ、お腹空《なかす》いた」

「じゃあすぐはじめますから」

家は外観が二階建て、内部は三階になっている。静夫の書斎兼プライベートルームを地下に設けたからだ。静夫はその部屋まで下りて行き、着替えると手を洗った。上がって行くと、もう食卓に料理が並べられていた。

今夜のおかずは純和風。鮪《まぐろ》の刺身に里芋と筍《たけのこ》の煮付け、ほうれん草の和《あ》え物、すずきの香草焼き、味噌汁。ほかにビールのつまみとしてぬたの小鉢が整えられていた。

静夫は聡子と向かい合わせに、エプロンを取った治子がふたりの間の南向きに腰を下ろした。これが内村家のいつもの定位置ということになる。聡子が缶ビールを抜いてグラスに注いだ。以前はふつうの缶ふたつで用がたりたのだが、聡子が大学生になってからはロング缶になり、それがいまでは平均二本から三本必要になっていた。ただし毎晩ではなく、原則として週末ということにしてある。

「どうも、長い間留守をしてすみませんでした」グラスを手にとって静夫は言った。

「お互い健康に気をつけて、いつまでもおいしく食べられ、おいしく飲めるよう気をつけましょう。みんなの健康を祝して、乾杯！」

グラスを合わせる。静夫はピルスナーグラスを一息に飲み干した。

「うわー、おとうさん、すごい飲みっぷり。向こうでも飲んでるのね」

「冗談じゃない。一応冷蔵庫には入れてあるけど、全然減らないよ。こんなもの、ひとりで飲んだって、全然うまくないもの。やっぱりみんなで飲むからご馳走《ちそう》なんだ」

「言い訳しなくてもいいじゃないの。おいしかったら、こんなにしあわせなことないんだから」

「だからひとりでは、そのおいしさに欠けるんだよ」

治子の赤い唇を見ながら静夫はぬたをつまんだ。いつもの味と変わりないような気はするが、聡子がつくったのではないかという思いも頭をかすめた。ただし口には出さず、治子に言った。

「きみこそ、飲みっぷりがよくなったんじゃないの」

「ばれたか。最近お酒がおいしくなって困ってるの」

濡《ぬ》れた唇を見せながら言った。もともと治子は口許《くちもと》がきれいだった。とくに容貌《ようぼう》がすぐれているわけではなかったが、全体に均整がとれ、あくの強くない、いわゆるすっきりした顔立ちだった。細面で、やや童顔だったせいもあり、とても四十六という年には見えない。また生来健康で、いくら食べても太らないという、得な体質にも生まれついていた。いつぞや横浜で、聡子と買い物していて姉妹とまちがえられたこともあるという。

聡子のほうも、最近はなんらかのまぶしさなしには見られなくなっていた。治子の体質を受け継ぎ、やや大柄ながら、伸びやかで、屈託を感じさせない体軀《たいく》は、父親の目から見てもどきどきするくらい魅力的だった。性格も母親以上に明るい。とくに笑ったときの笑顔がかわいらしく、静夫がはじめて出会ったころの治子に、最近ますます近づきつつあった。

「おばあちゃん。治ったら、今度こそ東京へ出てきたらいいのにね」

「出てきたい気持ちが、ないわけじゃないみたいなんだ。しかしそれより、あの家を捨てられない気持ちのほうが強いんじゃないかと思うよ。なんにも言わないけど、この家と一緒に朽ちてゆくんだ、という覚悟を決めているような気がする」

「むりないわね。いくらこちらの出身でも、向こうで暮らした時間のほうがずっと長いんだもの」

「それと、おやじの影響だろうね。最近、割合おやじの話をするんだ。夫婦仲は悪くなかったからね。いまでもおやじを愛してるんじゃないかと、最近思いはじめている」

「うわー、いいな。純愛なんだ」

「たしかにはじめは人身御供《ひとみごくう》だったかもしれない。しかし結果的にはいい結婚だったんだよ。おやじがね。長生きしてくれなかったことが誤算だった」

「最大の誤算よ。そう思うと、やっぱりおかあさん、かわいそうだわ」

「そういう弱みを見せないところが、あの年代の偉さなんだ。きみんちのおとうさんだって、ちっとも弱音を吐かないだろう」

「あれはただ強情なのよ。若いときは母がずいぶん泣かされたんだから。病気して、やっと角が取れてきたみたい。いまは母の言いなりだもの」

治子の父親金子富太郎は、静夫の母より四つ年下の七十二歳だった。もともと勤勉な農夫だったから頑健な体軀なのだが、食生活に無頓着《むとんちゃく》だったのが災《わざわ》いしたか、十年ほどまえから腎臓《じんぞう》病の症状が出はじめ、半療養生活を送っていた。入院したのはインフルエンザにかかってその合併症が出たからで、いますぐどうこうという症状ではなかったが、家族がよってたかって入院させてしまった。むしろ本人の鼻っ柱が折れ、慢性病と長くつき合ってゆこうとする気になったことが、家族にとってはさいわいになっているみたいだ。

食事のあと、ふたりが後片づけしている傍らで、静夫はカウチに寝そべり、テレビのナイター中継を見ていた。そのうち眠ってしまった。そんなに酔っぱらっていた覚えはないのだが、あわただしい一日だったのと、久しぶりにわが家へ帰ってきた安心感とが手伝って、すっかり気が緩んでしまったものだ。治子が毛布を掛けてくれたのは覚えている。

目が覚めると、テレビのスイッチは切られ、ナイター中継も終わっていた。聡子は二階の自分の部屋へ引き上げたか、居間にいない。台所の奥にある家事室で洗濯機の回っている音がしていた。昼間は家を留守にしているせいで、治子はだいたい夜洗濯をする。最近は静夫も聡子もするようになったが、そういう家族の好意を当てにするようなことはしなかった。働きに出るとき、家事の手は抜かないといった約束を、いまでも守っているのだ。家事と仕事の両立を、べつに悲壮がらず、軽々とやってのけるのが治子のいいところで、どんな局面でも、平常心で、さりげなくこなすことができた。この資質こそ、彼女を名うてのセールスレディに押し上げているいちばんの要因ではないかと静夫は思っている。

「お風呂《ふろ》に入ったらどうですか」

静夫が目覚めたのをみて治子が言った。

「聡子《こ》は」

「あの娘は遅いわよ。お疲れみたいだから、先に入って、おやすみになったら」

静夫は生返事をして、またテレビをつけた。見たい番組があるわけではない。時間を稼ごうとしただけだ。しかし十時をすぎて、治子から再度うながされると、しかたなく腰を上げた。彼は地下に引き上げて行き、湯船に湯を満たすと、時間をかけて浸《つ》かっていた。それからパジャマに着替えた。

そのあと、留守中に来た郵便類に目を通した。ダイレクトメールが主で、急ぎのものや返事をしなければならないものはない。岡山にいる間、自宅には毎日電話しているから、それらしい手紙が来たときは、治子に開かせて電話口で読んでもらっている。読まれて困る手紙は来たことがなかった。

彼の部屋は十二畳大の洋間だった。床はフローリング、南面は全面ガラスにして一メートルくらい開口部をつくり、観葉植物を置いてある。天井はトップライトにしてあるから、ここから日光が入って、外は見えないものの日中はそれほど暗くなかった。地下にはそのほか、トイレ、風呂、書庫兼用の物置きが設けてある。トイレは各階にあるから、この家には三つのトイレがあるわけだ。

部屋のなかには、シングルベッドと両袖《りょうそで》机、椅子《いす》、パソコン、キャビネット、ソファなどがあって、壁の二方は全面つくりつけの書棚になっていた。だいたい静夫は、趣味らしい趣味を持っていなかった。テレビ、ビデオ、ステレオ、カメラといったものは一通りそろえているものの、テレビは十五インチだし、ステレオはただのラジカセ、カメラも自動式、それもあまり使ってはいなかった。年代的にも、音楽や映像がなければ落ち着かないという世代になり損ねていた。

十一時すぎに聡子が風呂に入り、父親におやすみの声をかけて、引き上げていった。三人しか家族がいないせいか、内村家では親子の間柄が緊密だった。娘が父親を敬遠することもなく、もちろん本当の悩みごとや考えごとを打ち明けるほどオープンではないのかもしれないが、気軽に声を交わせる習慣だけはいまでも維持されていた。

雑誌に目を通しながら、静夫はトップライト越しに、一階のほうをときどきうかがっていた。明かりがいつまでも消えないから、さっきから多少いらついているところだ。この家には、治子が暗いのを好まないため、間接照明というものがなかった。どこもかしこも徹底的に明るくしてある。だから治子が寝る用意をはじめたらすぐわかる。しかしもう十二時が近いというのに、治子はいっこう風呂に入るようすがなかった。明日は金曜日だから仕事に出かけなければならず、その下調べでもしているのかもしれない。

やっと彼女が風呂に入った。その物音を聞くと、静夫はいっそう落ち着きをなくした。雑誌にはもう身が入らず、テレビもつけているだけ。ひたすら彼女が布団《ふとん》にはいるのを待っていた。パジャマのポケットには、とうからコンドームをしのばせている。

治子が風呂から出てきた。静夫はもう寝たと思っているのか、声もかけずそのまま上がっていった。一階の明かりが消えるまで、さらに三十分かかった。その数分後、静夫は足音をしのばせて二階へ上がっていった。庭の明るさは、二階の聡子の部屋にまだ明かりがついていることを示している。

治子は一階の和室を自分の部屋にしていた。もう布団に入っていて、明かりを就寝用の豆ランプに落としていた。枕元《まくらもと》の目覚まし時計を迂回《うかい》すると、静夫は彼女の横に潜り込んだ。治子はもう遅いわ、という目を向けてきたが拒絶まではしなかった。その躰に手を回し、引き寄せた。治子が上体を預けてきた。心地よい温もりが伝わってくる。キスをした。多少儀礼的ではあるが、治子も応《こた》えた。静夫は身を起こし、治子の上にのしかかった。それから布団を剝《は》ぎ、治子のパジャマを脱がすと、両足を抱えて、その股間《こかん》に顔を埋《うず》めた。

治子はセックスに淡泊だった。自分から求めてきたことは一度もなく、没入するのにも時間がかかった。すでにわかっていることだが、今夜の反応も鈍かった。計算するとまる十八日遠ざかっていたことになる。静夫ほどすぐには感覚が戻らないのだ。一通り舌をはわせ、吸い、なめ、指を入れてみたが、分泌《ぶんぴつ》液も少なければ、粘りも足りなかった。ときどき躰をよじらせるが、半分は逃れようとしている。それで愛撫《あいぶ》は四、五分で切り上げた。静夫は治子の上にまたがり、自分の性器に手をそえて、なかに入れた。柔らかくて、温かくて、ほかのなにものからも得られない充実感が身を包んできた。感覚を局部に集中させ、ゆっくり腰を動かした。体重のすべてをそこに預け、押しつけた。弾力のある治子の肉体が、それを受け止めた。心地よい快感が性器の粘膜を通して伝わってくる。治子の躰はいまでも静夫にとって無限の存在だった。

突き、引き、押し、離れ、回転させ、数分その感覚を楽しんでいた。治子の反応を注意しながら見守っていたが、声をわずかに殺しているだけで、はじめとさほど変わらなかった。乳首をまさぐっても同じこと。半開きになっている唇に唇を重ねると、ただ苦しがった。このまま射精してしまおうと思えばできなくもなかった。しかしその手前のところでやめた。治子にショーツとパジャマをはかせ、布団を引き寄せて、おやすみのキスをした。それから耳元に口を寄せ「ありがとう」と言った。治子はわずかにうなずき、彼の手を握り返した。治子が頭を彼の胸にあずけてきた。二、三分もすると、寝息が聞こえてきた。治子はいつ、どこでも寝られる女だった。

二十分ぐらいそのままの姿勢で治子を支えていた。それからそっと腕を外し、布団を抜け出した。治子が目を覚ましかけたので、おやすみと言って、頬ずりし、素早く部屋を出た。二階の明かりが消えていた。自室に戻るとウイスキーを引っかけ、眠くなるまで本を読んでいた。

7

翌朝十時すぎ、誰もいない居間で、静夫はひとりコーヒーを飲んでいた。朝刊を先ほど読み終え、溜《た》まっていた二週間分の新聞にざっと目を通しているところだ。気のない調子というか、浮かぬ顔をしていた。ほかでもない、昨夜遅くまで起きていたため、今朝寝すごしてしまい、九時すぎに目を覚ましてみたら誰もいなくなっていたのだ。

『ごめんなさい。昨夜《ゆうべ》言うのを忘れてました。今夜は新栄工業さんところのパーティに顔を出さなければなりませんので、すこし遅くなります。食事はすませてきます。治子』

治子のメモがテーブルの上に残されていた。さらにその後へ、聡子までが書き足している。

『わたしもきょうはコンパで遅くなります。ごはんはいりません』

静夫としては、今朝方、もう一度治子のところへ押しかけるつもりだった。だから昨夜は、簡単に引き下がったのだ。治子はいつも朝六時ごろトイレに行く。その水音が聞こえてきたら一階へ上がって行き、昨夜のやり直しをするつもりだった。昨夜のあれはいわば前戯で、すこし間をおいた翌朝同じことを試みると、治子の躰の順応性が増して、反応がすばらしくなるのだ。その楽しみがふいになってしまった。ということは、今夜また、一からはじめなければならないということでもある。

十一時すぎに、トーストとミルクで朝昼兼用の食事をとった。果物は冷蔵庫にイチゴが入っていた。そのあとふたりの残していった食器を洗い、居間と台所に掃除機をかけた。昼になるとテレビをつけ、天気予報とニュースを見た。それから庭に下り、小鳥の給餌《きゆうじ》箱にヒマワリの種や粟《あわ》を追加し、梅の枝に刺した蜜柑《みかん》を取り替え、水を替えた。いつもはひよどりのためのラードも出してやるのだが、冷蔵庫を見ると切れていた。内村家の女ふたりは、小鳥が来ることは歓迎しても、水や餌《えさ》の用意を欠かさない熱意には欠けていた。

自宅は厚木市から国道412号を北上した丹沢山塊の山麓《さんろく》にあった。周囲にだいぶ家が建ってきたものの、まだ畑のほうが多い鄙《ひな》びた郊外で、内村家の周囲も畑だった。それだけ日当たりはいいし静かでもあるが、冬は空っ風がもろに吹きつける。巻き上げられた畑の土で、視界が黄色くなることも再々だった。

交通機関には恵まれていない。バスか、自家用車しかないからだ。いま内村家には、家の車とした小型車と、治子が通勤用に使っている普通車とがある。治子はふだん海老《え》名《な》の駐車場に車を入れ、そこから電車で横浜へ通っている。小田急の成城まで通っている聡子は本厚木までバイクかバス、雨が降ったときは母親の車に同乗したり、もう一台の車に乗って行ったりする。通勤事情を考えたら必ずしもいい立地とはいえなかったが、二十年もたてば、それほど不便はおぼえない。むしろ四季の移り変わりが目の当たりにできるだけ恵まれていると思っている。

冷蔵庫をのぞいてみたが、今夜ふたりの食事がいらないとなると、買い物に行く必要はなさそうだった。それで二時すぎから、自分の部屋で昼寝をした。静夫には自分のライフワークと定めている目標がひとつある。大学時代に専攻したイギリスの詩人ウイリアム・ブレークの詩を、自分の手で現代語訳を試みることだ。もちろん出版のあてがあるとか、個人出版にして出したいとかいうほどの熱意があるわけではない。いま思うと、商社勤めから得られなかったものの代償として、思いついたものではないかという気がしないでもない。それが証拠にいざ会社を辞め、郷里と自宅とを往復しはじめると、精神の集中ができないという口実のもとに中断され、それきりになっているからだ。

夕飯は冷蔵庫のなかにあった鮭《さけ》をムニエルにし、インスタントのスープとプレーンサラダですませた。静夫はなんでも食べるし健啖《けんたん》家でもあるが、食いものに一家言あるタイプではない。ひとりで食事したり、ありあわせのもので間に合わせたりすることもいっこうかまわないほうだった。ただ治子や聡子が帰ってきて、お茶漬けでも食べたいと言いだした場合のことを考えて、冷凍庫や冷蔵庫のなかをチェックし、いざとなったらなにを出してやるか、その心づもりぐらいはした。

あとはすることがなかった。それでテレビのナイターを見ていた。治子から電話がかかってきたのは九時すぎだ。

「遅くなってごめんなさい。まだ横浜なんです。これから帰りますから」

オフィスからだろう、事務的な声だった。

「飲んでいるの?」

「わかります?」含み笑いをした。「ほろ酔いなの」

「だったら車はやめたほうがいいよ。ぼくが駅まで迎えに行こう」

「あら、いいわ。面倒くさくなっちゃったから、タクシーで帰ります」

「じゃあ気をつけて」

「聡子はもう帰りました？」

「まだだけど」

「いけない娘《こ》ねえ」

歌うような調子でいって、電話は切れた。横浜からここまでタクシーで帰ってくると、いくらかかかるだろうか。治子が自分の稼いだ金で乗るのだから、とやかくいう筋合いではなかった。どうせ必要経費として落とすのだ。使わなければ税金で持って行かれるだけ。治子の予定納税額は、今年など一千万円からあった。

十時すぎに車の着く音がした。出迎えると、治子がケーキの箱を手に入ってくるところだった。目が笑って、唇が赤い。

「ごめんなさい。せっかく帰ってきたばかりなのに、ほったらかしにして」

「いいよ。その埋め合わせは、きっちりしてもらうから」

そう言って玄関先で抱きすくめた。甘酸《あまず》っぱい匂《にお》いがした。服装は毎日替わるが、スーツにブラウスという基本的な組み合わせはほとんど変わらない。そうせざるを得ないのだろうが、フォーマルな服装は、必ずしも治子に合っているといえなかった。化粧すると完全なよそ行きになってしまう。

唇をむさぼったが、治子は逃げなかった。むしろ合わせてくる。しかし力を入れて強く引き寄せようとすると、のけぞって笑い出した。

「だめ。聡子が帰ってきたらどうするの」

ひとしきりもみ合いをしたが、最後は静夫が手を放した。治子は鼻歌を歌いながら奥へ入って行った。和室の襖《ふすま》を閉めながら、入って来ちゃだめよ、と言った。目に挑むような媚《こ》びがあった。着替えはじめたのを聞きながら、静夫はテーブルの上に置かれたケーキの箱を見つめていた。

「聡子から連絡ありました?」

和室から治子は言った。

「ないよ」

「ほんとに、いつも遅いんだから。このところ、ろくに家で食事してないのよ」

「いまどきの大学生だから、しょうがないよ。それでなくても面白くてたまらない年だ」

「そんな物分かりのいいこと言って、あんまり甘やかさないでください」

「あの娘は、それくらいの判断力は持っているよ。きみがぼくとはじめて出会ったときの年になるんだ」

着替えて出てきた治子は流し目をくれて台所に立った。

「ごはん、なにを食べました」

「鮭があったからムニエルにした。あと、スープとサラダ」

「それだけ?」

「ごはんを二杯食べた」

「かわいそうなだんなさま。ケーキ、食べますか」

「食べる」

「じゃあお茶をいれます。紅茶でいいですか」

「ミルクティがいいな」

治子は湯を沸かしはじめた。

「おとうさんのお見舞いに行かなきゃいけないだろう」

「明日行くつもりだったの。ちょっと忙しくて、先週も行けなかったのよ」

「そりゃおとうさん、淋《さび》しがってるよ」

「だからあしたは、一日向こうにいるつもりよ。あなたは適当に帰っていいわ」

「いいよ。ぼくだってずっと不義理している。あしたは親孝行の真似事《まねごと》でもしよう」

「ねえ、うしろめたいことがあると、相手の人にやさしくなれると思わない?」

治子は振り返って言った。笑っていたが、半分真顔だった。

「そうかもしれない」

　ふたりで紅茶を飲み、ケーキを食べた。かなりボリュームのあるショートケーキを、治子はあっという間に平らげてしまった。

「なんにも食べてないのか」

「食べたけど、パーティ料理って、どこに入ったか、わからないじゃないの。カロリーは足りてるんだろうけど、満腹感がないのよね。聡子の分も食べちゃおうかしら」

「だめだよ。しかしあの娘、遅いな」

　その聡子が電話をかけてきたのは、十一時半近かった。

「ごめーん、終電になっちゃった」

「いまどこだ」

「ううん、まだ成城。これから帰るから」

「じゃあ海老名まで迎えに行ってやるよ」

「ありがとう。じゃあお願いね」

　時刻表で調べてみると、それほど余裕がなかった。預けてある治子の車で帰ってくることにし、タクシーを呼んだ。夜半だったので、思ったほど時間はかからなかった。二十分まえに着いてしまい、あとは車のなかで待っていた。この時間になると、出迎えの自家用車がけっこう詰めかけてくる。

聡子は十二時半に下りてきた。小田原行きの、文字通り終電だった。

「ごめんね、おとうさん」

「しかたないだろう。これくらいは親の義務だ」

「物わかりいいなあ。だからおとうさん好きなんだ」

「酔っぱらってるな」

「へへへ。お酒って、おいしいね」

「ほどほどにしとけよ。六分か七分目で止めとかなきゃだめだ。なんといってもまだ二十なんだからな。隙《すき》を見せたら、狼《おおかみ》の餌食《えじき》になることだけは忘れるな」

「わかってるわ。忠告ありがとう」

聡子はシートを倒すと、大きな息で呼吸した。

「おかあさん帰ってきた？」

「帰ってるよ」

「何時ごろ」

「十時すぎだったかな」

「ちくしょう。負けたか。けど、あの人もこのごろ、けっこう遅いのよ」

「忙しいみたいだね」

「おとうさん、平気？」

「なにが」

「だって、おとうさんが会社やめてから、安心したみたいに遅くなりはじめたじゃない」

「いいんだ。主婦業が逆転したんだから」

「まあ、おとうさんがかまわなきゃ、それでいいけど。でも、仕事と家庭の両立って、むずかしいね。おかあさん、よくやるわ。あんなところまで行くと、止まったり、休んだりするわけにいかないんだろうね。回っているコマみたいに、ずっと回りつづけてなきゃいけないみたい」

「それが生き甲斐《がい》になってしまうと、苦しいとは思わなくなるんだろう」

「そうでもないと思うけどな。忙しすぎると、人間なにかを失うよ。なにかを犠牲にしなきゃ、なにか成し遂げるってむずかしいと思うわ」

「選択の問題だろう。おとうさんはおかあさんを肯定的に見ている」

「どうぞ。ご夫婦の問題ですから、娘はこれ以上、余計なことは申しません」

いつもは長風呂《ながぶろ》の聡子が、シャワーも浴びずに部屋へ引きこもったところをみると、相当アルコールが入っていたらしい。親子三人のなかでは、聡子がいちばん飲めるかもしれなかった。

今夜も一時半になってしまった。静夫が治子の部屋に入って行くと、規則的な寝息が聞こえていた。もう寝ていたのだ。それでも布団《ふとん》にはいると、目を覚ました。

「聡子が起きてるわ」

パジャマに手をかけると言った。

「寝たよ」

「電気消しただけよ。それに、もう遅いわ」

かまわず脱がせた。治子はいやがる素振りを示したものの、下腹部が剝《む》き出しになるとおとなしくなった。静夫は臀部《でんぶ》に両手を当てて下肢を持ち上げ、犬のように治子の性器をなめはじめた。ものの一、二分で治子が反応しはじめた。ひとなめごとに呼吸が乱れ、躰《からだ》がよじれて、布団の外へ逃れようとする。同じ反応でありながらも、きのうとはちがった。粘っこい分泌《ぶんぴつ》液が舌の先にからみつきはじめた。性器の左右、中央、上、舌を押しつけるように這《は》わせてゆく。治子があえぎながら声を殺しはじめた。静夫はそれに力を得て、より強く、よりしつこく反復運動を繰り返した。それから右手の中指を挿入した。治子の喉《のど》から小さな叫びがもれ、下肢がひきつったみたいにぴんと張った。指先が濃密な液と、ほとばしるような熱さでつつまれた。指を回すと治子はうめきながらのけぞった。下腹部が波打って痙攣《けいれん》しはじめている。足は指の先まで一直線に開いた。指で掻《か》き回した。治子はのたうった。あげる声に切れ目がなくなり、あふれ出した分泌液は尻《しり》の割れ目に沿って流れだしていた。指の先に力を入れて、あらん限りの方向へ膣《ちつ》を圧迫した。治子が拳《こぶし》を握りしめて躰をふるわせた。指を立てて、膣内をえぐった。局部だけをひたすらなめた。治子の下肢がふるえて痙攣している。こわばっていた躰から力が抜けた。

顔を上げて治子の顔を見た。口が開き、苦悶《くもん》に近い表情で、ぐったりしていた。目は閉じたまま。しかしそれは束《つか》の間、指をふたたび動かしはじめると、あえぎと、声とが甦《よみがえ》った。今度はゆっくりと、柔らかく動かした。空いた左手で、パジャマの上から乳房をつかんだ。ふたたび治子の足が、力を得て左右にひろげられた。静夫は自分の位置を変え、治子の右側に回ると右足をかかえてさらに指を動かした。治子の表情から目を放さない。苦悶が恍惚《こうこつ》に変わり、いまでは声を抑えようとする意識も働かなくなっていた。そしてむせぶような声に変わってきた。指を抜いたり入れたりした。今度は左手で性器を押し開き、剝き出しになった局部を横からなめはじめた。指の動きをはやめる。治子がのけぞり、呼吸が断続的になった。膣がひろがっている。そこをさらに掻き回した。許して、と切れ切れの声で治子は叫んだ。

虚脱状態になっている治子の上にかぶさり、挿入した。このうえない温もりと滑らかさ、しばらく動かずに、その感触を楽しんでいた。治子はまったく動かない。しかし肉体はその余韻を反芻《はんすう》して波打っていた。痙攣が膣の締まりとなって伝わってくる。なによりもその快感。体重をのしかからせ、柔らかさと、接触感を五体の芯《しん》へと伝えた。それから腰をすこし上げた。ねっとりとした粘着感、きわめてうすい表皮でそれを感じている充実感、しびれるような快感が頭を貫いた。紛れもなく至福の極致にいた。もっと楽しむつもりだった。もっと長く、もっとなぶって、思うさま発散するつもりだった。しかしもたなかった。あまりに溜《た》まりすぎていた。ブレーキの利《き》かなくなる寸前で引き抜き、あわててコンドームを装着した。その間にも奔流がこみ上げてくる。抑えが効かなくなっていた。ふたたび挿入するのが精一杯。そのときはもう射精がはじまっていた。治子の躰を組み敷くと、これまでとばかり腰を動かした。血をほとばしらせるようにして、力の源が放出された。なしくずしの中途半端《はんぱ》な射精、それまでのプロセスに比べ、なんともあっけない、不満足な最後だった。未練と、口惜《くや》しさをこめて、しばらく治子にしがみついていた。それから躰を起こした。後始末をし、治子に下着とパジャマをはかせた。

添い寝すると、治子が躰を寄せてきた。

「乱暴ね」

「ごめん」頰を愛撫《あいぶ》しながら答えた。「我慢できなかったんだ」

治子とほとんど同時に静夫も眠りに落ちた。しかし一時間ほどで目が覚めた。彼は布団を抜け出すと自分の部屋に戻った。

8

結婚した当初、治子が不感症ではないかと疑ったこともある。まったくの受け身で、欲求も反応も期待はずれなくらい鈍かったからだ。これまで性衝動を感じたことは一度もないという。したがって静夫からの、ほとんど一方的なセックスが半年あまりつづいた。治子が変わりはじめたのはそれからだ。要は万事につけ奥手だったということだった。

とくに長男の昇が生まれてからはめざましい変貌《へんぼう》を遂げた。ただの女から母になった途端、その肉体が見ちがえるほど柔らかく、鋭敏になってきたのだ。感覚が深まったばかりでなく、よりひろがりをみせてきた。二十代後半の治子くらいすばらしいものはなかったと、静夫はいまでも忘れることができない。それは思い出すだけで勃起《ぼっき》してくるほど官能的で、刺激的で、大きな満足感を伴った記憶だった。あの時期の治子ほど受け入れ方に限界がなく、無限大に、底知れぬ貪婪《どんらん》さを併せ持っていた肉体はなかった。静夫の日々は、そういう治子にほとんど驚喜していたといっていい。抱いても抱いても飽きるとか、満足しきるとかいったことがなかった。治子は昼と夜でまったくちがうふたつの顔を持っていた。そして乱れたときの治子くらい大胆で、淫蕩《いんとう》で、放埒《ほうらつ》になってしまうものはなかった。全身が性器と化してしまい、それが無限につづく。一時間でも二時間でも反応しつづけ、倦《う》むことを知らず、それでいてつねに新鮮でありつづけた。

その絶頂期が一気にしぼんでしまったのは、長男の昇を事故で亡《な》くしてからだった。治子はその痛手からなかなか立ち直ることができず、セックスに対してすら一時は完全に意欲をなくした。彼女が働きに出てみようかと考えたのも、家にいて、忘れたり考えたりしなくてすむむずかしさと戦っているよりは、外に出たほうがまだしも気が紛れるのではないかと考えたからだ。まったく同じような理由で、静夫もそれに賛成したのだった。

結果としてそれは予想以上の成功を収めた。治子は新しい環境に順応し、新しい自分を発見して、これまでなかった自信や目標をもつようになった。そして性的にも甦ったのだった。四十をすぎると、かつてのようなパワーや持久力こそなくなったものの、そのぶん円熟味が増し、大胆さも増してきた。セックスに対する抵抗感からも、ようやく解放されたように思えてきたのだった。

翌土曜日、珍しく三人とも朝寝坊をした。どんなときでも八時には起きる治子が、九時まで寝すごしたというのは異例のことだ。静夫のほうは、九時すぎに起きてきた聡子が、浴室で髪を洗っている物音に目を覚ました。施工《せこう》上の欠陥か、地下室の遮音効果はそれほどよくなく、風呂やトイレの水音が思いのほか響くのだった。

午後、三人で市内の県立病院に入院している義父を見舞いに行った。治子は三人兄妹の末っ子で、実家は長兄の恒之《つねゆき》が継ぎ、次男の保は市内でガソリンスタンドやアパートなどの経営をしている。恒之のほうも家業は農業に変わりないのだが、いまやそれは完全な片手間と化し、家作をいくつか持ってそちらの運営のほうが忙しい身だ。恒之は静夫より二歳年上、保は三歳年下である。鳶尾地区の棚沢というところにある実家には、富太郎、喜子の老人夫婦と、恒之夫婦に子どもふたりの、合計六人が二世帯住宅で暮らしている。保のほうは厚木のまん中に住んでいて、こちらは五人家族だ。

金子富太郎は、昨年体調をくずすまでは現役の農夫として働いていた。小作農の長男に生まれた彼は、肉体を唯一《ゆいいつ》の資本として働くことしかできない男だった。彼の肉体はよくその酷使に耐え、その名残りは額の皺《しわ》やメラニン色素の染《し》みついた皮膚の色となっていまでも強く残っている。彼の生きてきた時代の大方が、篤農家《とくのうか》となるほか選択の道はなかったのだ。彼はそれを経営規模の拡大で果たそうとし、すこしでも金が溜まると、田畑を買い増して子孫のために備えようとした。時代が急激に変わってきたのは昭和四十年ころからで、都市化の波は、彼の予想をはるかに超える勢いでこの地区にも波及してきた。手はじめに団地ができ、彼の所有する土地の一部が買い上げられるに及んで環境は一変した。これまでの生き方が否定されてしまった代わり、先祖のだれもが望んで果たせなかった富と階層への切符を簡単に手に入れることができたのだった。

彼は六人部屋に入院していた。一日二千円出せば個室が選べ、家族もそちらを勧めたのだが、彼は周囲の人と話したり、人の出入りを身近にながめていたりできる大部屋のほうを希望した。静夫一家が行ったときはベッドの上で着替えをしていた。背は低いが骨格の大きいがっしりした体躯《たいく》で、いまでも背中は曲がっていなかった。さすがに肌の張りは失《う》せ、赤くなった斑点《はんてん》や隈《くま》がいくつも浮かび上がっているが、筋肉が動くとその肉体はまだ現役であることを雄弁に証明した。人柄は農夫そのもの、どこへ行っても場違いなところへ出てきたみたいに訥々《とつとつ》としており、社会情勢の変化で自分の環境が激変したことに、いまでも戸惑っているような感じだった。

感情表現も下手で、言葉も少ない。しゃべるよりは煙草《たばこ》をふかしながら黙って人の話を聞いているのが性に合っていることはたしかで、静夫など、はじめのうちは間がもてなくて困ったものだ。その点勘のいい聡子はなかなかのおじいちゃん子だった。つねに先回りして祖父の喜びそうなことを言ってのけるのだ。といってけっして演技ではなく、聡子の持って生まれたホスピタリティなのだが、それを自然にやるのですこしもわざとらしくなかった。「おじいちゃん、治ったらおばあちゃんやおかあさんと一緒に、岡山へ遊びに行ったらいいわ。岡山のおばあちゃんだって喜ぶから」といったことが素直に言えるのである。富太郎、喜子夫婦には合わせて六人の孫がいるが、聡子がいちばん気にいられていると思うのは、あながち静夫の欲目ではなかった。

三時すぎには母親の喜子もやってきた。彼女も見るからに農婦然としたあか抜けない女性で、内村家で消費する野菜の多くは、彼女が自分でつくったものだった。

「わたしゃほかに、なんにもできゃせんもの。百姓仕事をしてるのがいちばん性に合ってるわ」

と言うのが口癖だが、それはある意味で真実をついていて、彼女には畑仕事以外、人並み以上にできるものがなかった。治子という女の子に恵まれなかったら、また恒之の嫁の良子が料理好きでなかったら、金子家の食事は相当悲惨なまま終始していたにちがいない。しかし彼女のいいところは、それで卑屈になったり落ち込んだりしないことだった。彼女は自分のできないことはできないと言い、人の意見や教えには素直に従った。だからだれからも愛され、受け入れられていた。そういう率直さはそのまま治子に引き継がれているといっていい。

夕食が終わり、面会時間の切れる七時まで病院にいた。そのあと母親の喜子を連れ、いま評判になっている郊外型の寿司《すし》店へ夕食をとりに出かけた。三十分くらい待たなければならなかったが、内容は評判通り悪くなかった。いちばん満足したのは喜子で、運転手役の治子をのぞいて三人でビール三本、銚子《ちょうし》四本を空けた。銚子のほうはほとんど喜子が飲んだもので、治子がたしなめなかったらもっと飲んでいたかもしれない。富太郎、喜子ともかなりの左党で、ここの一家は、アルコールにはめっぽう強かった。喜子自身、適量がわからないし、つぶれた記憶もないという。

女の子が治子ひとりしかいなかったせいもあるだろうが、富太郎も、喜子も、治子一家と一緒にいるときがいちばんくつろいでいるみたいだった。兄妹三人の仲はいまでも円満に保たれているが、これは父親からの財産分与がうまくいったからだろう。治子の成功を見てもわかるように、この三人は経済的な才覚があり、各人が運営している事業もそれぞれうまくいっていた。

恒之一家へのお土産の寿司折りをつくってもらい、そのあと喜子を自宅まで送っていった。静夫はかなり飲んでいたが、恒之が自宅にいた以上その場でさようならというわけにもいかず、上にあがってまた二本ビールを飲んだ。結局家に帰ってきたのは十一時すぎ。すっかり酩酊《めいてい》していた。風呂へも入らず、そのままベッドに直行したことはいうまでもない。そして朝まで、前後不覚に寝てしまった。

仕事を辞めていちばん顕著になった日常の変化は、朝寝坊の癖がついてしまったことだ。しかもこの癖となると、ついたが最後、改めることは容易にできそうもないという習性を持っている。静夫の翌日の目覚めもまさにそれで、気がついてみたらもう十時になっていた。トイレに行き、服を着替えて、ある種の齟齬《そご》感をおぼえながら上がって行くと、内村家の一日は彼抜きでとっくにはじまっていた。聡子はすでに出かけており、治子は自分の部屋でデスクに向かっていた。

原則として仕事は家に持ち帰らないようにしているが、仕事中心に日常が回っている以上、ある程度のことはしかたがなかった。一階には和室の隣に六畳大の洋間がもうひとつあり、そこが治子専用の個室になっていた。専用電話、専用ファックス、パソコン等が備えつけてあり、治子の築いたネットワークから、さまざまな情報が自動的に送られてくるようになっている。毎週末、治子はそれに目を通し、来週の計画やスケジュールを練り、スタッフに指示を与える。生命保険の外交員は税法上個人企業として認められているように、治子はそういう意味ではオーナーであり経営者だった。そしてそれをプライベートタイムでこなしている限り、静夫のとやかく言えることではなかった。だから治子の仕事中は、その部屋へ入ったり手をわずらわせたりすることはしないようにしている。

ひとりでめしを食い、新聞を読み終わると十一時だった。治子はまだ部屋から出てこない。たぶん午前中いっぱいをそれにあてるつもりだろう。静夫はイエローページを持ち出してきて、それをめくりはじめた。なにか決意すると部屋に戻り、車のキーを取って戻ってきた。ポロシャツも外出用に着替えていた。彼は治子の部屋をノックした。

「ちょっと出かけてくる」

「どこへ？」

「小田原まで行って来たいんだ。おふくろが世話になっている人たちへ、蒲鉾《かまぼこ》でも送ろうかと思って」

「お昼は?」

「いいや。適当に食ってくる」

「気をつけてね」

静夫は小さいほうの車、すなわちローバーミニに乗って家を出た。この車は一応家庭用ということになっているが、昨年聡子が大学に入学したお祝いとして買ったものだ。取り回しが楽なことと、周辺に狭い道路が多いこととで、家にいるときの静夫はこちらに乗ることが多かった。ちなみに治子が通勤に使っている車はBMWだった。

厚木インターチェンジから小田原厚木道路に乗った。早川で下りたときは十二時をいくらかすぎていた。駅前で駐車場を見つけて車を降り、あとは歩いて港のほうへ向かった。足を止めたのは十分後だった。

磯《いそ》と干物《ひもの》の匂《にお》いがする港町の一郭だった。お料理、仕出し、弁当と看板にある。店の名は河内。それほど大きな店ではなかった。生気もない。というより営業をもうやっていないみたいだ。表に魚を入れるガラスケースがひとつあって、奥に白タイルの壁と、はめ込みの大きな冷蔵庫とが見えているが、ケースは空っぽだし、床も乾いていて、商品が出入りしているようには見えない。人影もなかった。散歩しているふりをしながら十分近くその周囲をうろついていたが、その間だれも出入りしなかった。

翌日、彼は自宅から河内仕出し店に電話をした。

「もしもし、河内さんですか。こちら、市の健康保健課ですが。河内亜紀さんは、そちらのご家族ですか」

「そうですけど」

かなり年配の女の声が答えた。

「亜紀さんはいま、小田原から転出されているんですね」

「はい。いま県外に出ております」

「ご当主の河内弘文さんは、亜紀さんとどういうご関係ですか」

「弟ですけど」

「はい、わかりました。確認したかっただけです。どうもありがとうございました」

受話器を下ろすと、カレンダーを見はじめた。岡山へ帰る日を考えはじめたのだった。

9

舌をはわせはじめると、今夜は最初から反応がちがった。躰《からだ》の微妙なふるえでわかるのだ。それに力を得て局部を吸いはじめた。ひとつ、ふたつ、みっつと数をかぞえながら、吸いつづける。治子のあえぎや身もだえが見る間に大きくなる。五十回くらいかぞえたときには、下肢が完全に開いていた。指を差し入れると治子の口から小さな叫びがもれた。心地よい粘りけが指先に伝わってくる。指をゆっくりと動かした。つづいて回転させる。その連続運動は瞬時もゆるめなかった。治子がのけぞると、顔を上げてその姿態をしばらくの間見つめていた。それから今度は舌を局部に集中させ、やさしく、ていねいに、なめはじめた。その間も指先の動きは止めない。入れたり出したり、押したり引いたり、あらゆる動きを試みる。治子の痙攣《けいれん》がはじまった。下腹部が激動し、きれぎれの声がほとばしって、硬直した両足が真横に開いた。あふれ出た分泌《ぶんぴつ》液が布団《ふとん》まで濡《ぬ》らした。肛門《こうもん》を愛撫《あいぶ》した。膣口《ちつこう》が拡大していた。胎児をふたりまで通過させたその柔軟さと広がり。治子の頭が持ち上がり、躰を折り曲げてわななないていた。断続的な呼吸の合間にもすすり泣くような声。歓喜と絶頂、ついに力つきて躰が落ちた。弛緩《しかん》して動かなくなった。目が閉じられ、唇は開いたまま、繰り返し襲ってくる余韻に打ち据えられている。

コンドームを装着してなかに入った。豊かであたたかなひととき、目を細めてその感触を味わった。それから動かしてみる。いつもながらの一体感。その一方で抑えることのできないもどかしさや、満たされきらないむなしさのようなものも感じる。豊穣《ほうじょう》の砂漠のようなもの、飽食の飢餓感のようなもの、確認できるのはいつだって男は性の奴隷《どれい》でしかないということだ。そのくせ肉体のほうは確実に反応し、すぐにもブレーキが利《き》かなくなる。腰の動きが速まり、静夫はうめきはじめる。治子の背中に手を回し、力の限り抱きすくめると、最後の合体感に突入する。その瞬間と、それからの解放。なにかが背筋を駆け下りて、射精をする。

コンドームを始末し、治子に下着とパジャマをつけさせた。布団の乱れをなおし、横に添い寝した。治子が寄りかかってきた。その背に腕を回して引き寄せ、キスをした。鼻をこすり合わせ、頰をなでた。

「ありがとう」

治子が腕のなかでうなずいた。

五分もすると、寝息をたてはじめた。それを聞きながら、いつしか静夫も眠ってしまった。熟睡して、治子に揺り起こされるまで知らなかった。見ると、もう夜が明けていた。

「自分の部屋へ帰って」

とにかく自分のベッドに戻って寝直し、目が覚めるともう十時半になっていた。あわてて起き上がり、バスルームに駆けこんでシャワーを浴びた。

昨夜のうちに支度はすませていたが、予定していた列車には遅れてしまった。タクシーを呼び、厚木から小田原へ出たときは一時まえ。一度東口に出て干物を買ったから、こだまに乗ったのは二時まえになっていた。岡山行きのひかりには静岡で乗り換え。岡山到着は六時だった。

亜紀はいなかった。きょうは早番だったとのことで、訪ねた二十分まえに帰っていた。静夫は歩いて病院に向かった。岡山市内には、旭川とはべつに西川という運河が市の中心地を流れている。幅四、五メートルの小さな川だが、水量が多くて流れも速く、しゃがめば手の届く近さにあって、しかも比較的きれいだった。左右はすべて緑道公園になっていて、散歩したり一服したりするのにいい。いまは桜の時期なので、水面が散った花吹雪で彩《いろど》られていた。あすにでも母親を車椅子《くるまいす》に乗せ、この桜吹雪を見せに連れ出してやろうと思った。病院のすぐ横を流れているのだ。

実際には、病院へ着くなり亜紀に電話をかけていた。

「もしもし」

男の声が出たからぎょっとした。若い男ではない。

「木下さんですか」

とっさに言った。

「ちがいます」

「どうもすみません」

受話器を下ろしたときの彼は落ち着きをなくしていた。気を取りなおして母親のところに顔を出したものの、終始表情はすぐれなかった。病院には面会時間限度の七時までいた。外で食事をすませてから佐田町へ帰ったため、家に着いたときは八時半になっていた。買ってきた干物はとりあえず冷蔵庫に入れた。そして翌日、大原町の叔母のところへ行ったときの手みやげにした。

亜紀にまた電話をしたのは昼すぎだ。幸いにも今度は本人が出た。

「内村です」

「あ、どうも」

「きのう帰ってきました。小田原の干物を買ってきたんだけどね。着くのが遅かったものだから、渡しそびれてしまって。一夜干しだったので、ほかの人にあげました」

「そうだったんですか。残念だわ」

「その代わり、というわけでもないんだけど、一晩どうですか。なにかご馳走《ちそう》させてください」

「あら、うれしい」

「そちらの都合のいい日に合わせますよ。いつにしましょう」

「えーと、きょうはだめなんですよね。あすは遅番だから、ちょっと遅くなるけど、それでよければ」

「ぼくのほうはかまいません」

天神町のフランス料理店で落ち合うことにした。何回か行ったことがあって、治子を連れていったこともある。店に電話して翌日の予約をすませた。それから母親のところへ出かけた。

亜紀は約束した八時半きっかりに現れた。ブルーのスーツに白のブラウス、どちらかといえばフォーマルな装《よそお》いをしていた。

「このお店、一度来てみたかったんですよね」

と言ったから、そのつもりの服装だったのだろう。そういえばこれまで、同じ服はまだ見たことがない。

「ここを知ってたんですか」

「名前だけは聞いてました。前を通ったこともあります。ただこういうところへは、なかなか来る機会がないんです。ひとりで来たってつまらないし」

「それはよかった。なにを飲みましょう」

「飲んでいいんですか」

「ぼくは最初からそのつもりで来てます。きょうは帰らなくてもいいように、ホテルを取ってあるんです」

亜紀の顔を見ながら言った。嘘《うそ》ではなかった。飲んだら車に乗れないため、この近くのホテルを予約して、チェックインもすませていた。いまもシャワーを浴びて出てきたところだ。しかし亜紀のほうはなんの反応も示さなかった。

「じゃあわたし、シャンペンがいいな。ドンペリとまでは望みませんから」

カステルブランチを一本抜いてもらった。乾杯すると、亜紀はおいしい、と言って目を細めた。

「久しぶりだわ」

「おとうさんとは飲まないんですか」

「父は下戸なんです。だからつまんなくて」

コース料理を頼んだので、適当な間合いで料理が運ばれてきた。亜紀は食欲も旺盛《おうせい》で、食べっぷりも豪快だった。出てきたものはすべて平らげた。

「じつは、おととい、電話したんです」

おりをみて言った。亜紀は顔を上げたが、べつに表情は変えなかった。

「おととい?」

「ええ。岡山駅へ着いたのが六時で、あなたは帰ったあとだったんです。それで六時半ごろ電話したら男の人が出てきて」

「あ、わたしの携帯を取ったんだ。わたし、買い物に出てたんです」

静夫はうなずいた。「まちがい電話のふりをして、すぐ切りました」

「むりやり帰ってきたんです。病院にいるのがいやだといって」

「すると、治ったわけじゃないんですね」

「全然。ギプスも取れてないし、湿布だってずっとつづけてますよ。毎日通うからということで、やっと許してもらったみたいですけど」

「じゃああなたが、毎日病院へ連れていってるの」

「そんなこと、できないですよ。タクシーで通ってます。松葉杖《まつばづえ》ついて、歩くのもやっとなのに。手がかかって、下へおりて行くだけでも大変なんですから。家のものにはたまんないわ」

「おとうさんにしてみたら、それだけ娘のところがいいということでしょうね」

「娘はいい迷惑です」

終始亜紀の顔を見ていたが、動揺しているようすはない。

「すると、車を運転したり、山を歩いたりするのは、まだむりなんだ」

「むりむり。まだひと月以上はかかると思います」

「じゃあ今夜呼び出したのは、おとうさんに悪かったかなあ。食事の支度だってできないでしょう」

「朝、つくってときましたから。娘もたまには発散しないとね」

「おとうさんはどうやって発散させているのかな。寝たきりで、こもりきり。ぼくだったら、間が持てなくて、頭がおかしくなるかもしれない」

「本をいっぱい買いました。ベストセラーだとか、郷土史の本だとか、二十冊くらい。それだって、買いに行かされたのはわたしですけど」

「郷土史？」

「ええ」と言ったあと、急に後ろめたそうな顔になった。「こんなこと言って、まずかったかなあ。なんにもしゃべるなって、言われてるんです」

「ぼくにですか」

「いえ、だれにでもということですけど。自分のことを話題にされるのがいやみたいなんです」

「あなたが黙ってれば、わからないことじゃないんですか」

「そうですよね。わたしがしゃべらなきゃいいんだ」

亜紀は自分から話題を変えた。静夫は亜紀の決まりきった毎日や、ごく狭い範囲の交友関係の話に耳を傾けた。さしておもしろい話題ではなかった。亜紀のほうが、そういう発散のしかたを必要としているというだけだ。

「どうです。河岸《かし》を変えましょうか」

コーヒーを飲んだあとで誘った。亜紀はふたつ返事でのってきた。時間は十時になったところ。静夫は亜紀を自分が泊まっているホテル最上階のバーへ連れていった。窓から旭川や後楽園の茂みが見下ろせる。ライトアップされた岡山城は、向かいのビルの陰になって半分しか見えなかった。ただし亜紀は、夜景にはなんの興味も示さなかった。

「なんにします」

「わたし、水割り」

相当飲めるようだ。いくらか饒舌《じょうぜつ》になっているが、顔に出ることもない。もうひとつ正体がわからなかった。相当世慣れていることはたしかで、水商売に近いことはやったことがあるかもしれない。着ているもの、身につけているものは、ＯＬのそれではない。かといって、ホステス風な臭みまでは身につけていなかった。

「商売柄、着るものの出費が多くて大変でしょう」

「そうなんです。あんまり変な格好するわけにいきませんから」

「いつも着ているものがちがうから、感心していたんです。特別な補助とか、手当があるんですか」

「とんでもない。なんにもないですよ。みんな、お給料のほとんどが、着るものに消えてしまうと言ってこぼしてます。わたしなんかが見ても、よくやってるなあと思うもの」

「あなたはちがうの」

「父がいますからね。父がいなかったら、完全な赤字です。うるさいけど、それがあるから我慢してるんです」

「おとうさん、やっぱり、娘には甘いんだ」

「そうでなきゃ、やってられませんよ。口うるさいだけなんだもの」

「じゃあ、なんでも買ってくれるんですか」

「そこまで気前はよくないんですよね。欲しいものはいっぱいあるんだけど」

「いまいちばん欲しいものはなんです」

「やっぱりブルガリかな。内村さんにおねだりしてみようかなあ」

亜紀が静夫の顔色をうかがいながら言った。笑みを通して、赤い口のなかが見えた。

「まあ、考えてみましょう」

「え、ほんとですか。当てにしてますから」

静夫は苦笑でごまかした。結局今夜の泊まり先が、このホテルであることは言いそびれて終わった。十一時の閉店までいて、玄関まで送っていった。亜紀は機嫌がよかった。静夫にもたれかかるようにして歩き、さよなら、と手を振ってタクシーに乗った。静夫はツインルームにひとり帰った。

翌日病院へ行くまえ、デパートに寄って時計売り場をのぞいて歩いた。その日は、母親のほうからどうしたの、と言われたくらい口数が少なかった。

「慣れないことを考えたものだからさ」

静夫は苦笑して答え、それ以上の説明はしなかった。

10

蔵の扉を開けたのは久しぶりだった。書画の類はほとんど売り払ったからもう残っていないが、陶器ならまだ若干残っていた。といって高価なものではなく、もともとこの家で使われていた生活雑器ばかりだった。土地がら備前焼きは少なくない。昨今のブームで備前焼きは従来にもましてもてはやされているから、なかには値のはるものがあるかもしれなかった。母が入院して家を空き家にしなければならなくなったとき、物騒だというのでそれまで放置されていた壺《つぼ》や花瓶の類をすべて蔵に避難させた経緯もある。

それほど高価なものはなかった。もともとここらでは有田のほうが評価は高く、内村の家でもそれらの什器《じゅうき》は一通りそろっていた。だからこそ売り払われてしまい、もうめぼしいものは残っていなかった。備前焼きにしてもいまあるのはほとんど単品で、ひとつでブルガリと渡り合えるほどの値打ち品はありそうもない。ただし一点だけ、別格の茶碗《ちゃわん》があった。すでに故人だが、人間国宝として戦後の業界に君臨し、備前焼きの名を今日まで高めた中心的人物の作品だった。生前の父親が彼と親交があって、本人から贈られたものだと聞いていた。皮肉にも内村家の備前焼きのなかでいちばん新しいものだった。ただしこれには母親の思い出が込められているかもしれない。

静夫は比較的物欲は淡泊なほうで、本代以外はそれほど支出を必要としない人間だった。つき合いも趣味もほどほどにはしたが、なにかに凝ったり入れ上げたりといった経験はない。毎月もらっていた給料も、そのつど治子に差しだして、そこからもらう小遣いでたいてい用が足りていた。治子が働きはじめてからもそれは変わらず、必要な金はいつでももらえたにしても、とくに自分のポケットマネーを持つ必要は感じなかった。

今回静夫がはじめて治子に差し出さなかったのは退職金だ。治子がいいと言ってくれたせいもあって、自分の口座に入れて小出しに使っていた。岡山への帰省費用やこちらでの滞在費用はすべてこのなかから支出している。いまはまだそれほど深刻ではないが、この先収入がないまま、持ち金がへりつづけてゆくことには多少の不安がないでもなかった。

午前中は毎日のように例の山へ分け入っていた。一日三時間を捜索にあて、自分でもキャンピング用の小型ショベルを買ってきた。当初は手あたり次第だったが、長期化するにつれて計画性の必要なことを悟り、いまでは地域をいくつかのブロックにわけ、そこを虱潰《しらみつぶ》しに当たってゆくようになっていた。といってもどこか掘り返した跡はないか、不自然に凹《へこ》んでいる地面はないか、それを重点的に見て歩くだけなのだが、結果はいつも空振りに終わっていた。したがってその情熱が次第に冷めかけてきたのは致し方ない。見込みだけが先行してそれを裏づける兆候がまったくなければ、行動そのものにも迷いが生じてくる。すると本来の考えまでがぐらついてくるのだ。

当初の見込みでは、立会川が見下ろせる岩のもっと先だろうと思っていた。いまではそこを展望台と名づけていたが、河内忠洋も静夫がしたように、あの展望台に上がって、立会川を見下ろしたことはまちがいないだろうと。少なくともここまでは来ている。山中になにかを隠したり、秘密の場所を設けたりする場合、いちばん重要なことは、その位置を見失わないようにすることだ。そういう意味で展望台の岩は格好の目印だった。となると、肝心の隠し場所は、あそこからすこし先に行ったところへ設定するのがもっとも妥当な気がするのだ。

岡山に出たとき、市内の骨董《こっとう》店も二、三見て歩いた。林原美術館や県立美術館に入って古備前を重点的に見ても歩いた。本も数点買ってきて調べた。見れば見るほど、わが家のものは大したものでないということがわかってきた。

亜紀から電話がかかってきたのは、先日の食事から一週間近くたった夜のことだった。

「先日はごちそうさまでした」

言うなりふくみ笑いをした。口許《くちもと》が濡《ぬ》れているような笑いだ。一瞬だが、静夫はそのときうろたえた。

「今度の木曜日、予定がおありですか」

「いや。病院へ行く以外、なんの予定もありませんが」

「じゃあ遊びに行っていいですか」

亜紀の声が小さくなった。

「ええ、どうぞ。何時ごろ見えますか」

「仕事が終わってからにしたいんです。金曜に代休を取りましたから。九時をすぎると思うんですけど」

「九時ですね。いいですよ。迎えに行きましょうか」

「自分の車で行きます」

「おとうさんの了解は得てあるんですか」

「ええ。お友だちのところへ行くと言ってあります」

「それじゃあ暗いから、気をつけて来てください。待ってます」

受話器を下ろすと、静夫は急に深刻な顔をして考えはじめた。部屋のなかを見回したり、ほかの部屋を見て回ったり、しばらく家のなかをうろついていた。それから冷蔵庫のビールを取り出して飲みはじめた。そのくせ缶ビールひとつを持て余した。喉《のど》が渇いていたのに、飲んでみるとそうではなかったという感じだ。途中からブランデーに切り替えて、その勢いを借りなければとうとう眠ることができなかった。

翌朝は目覚ましなしで六時には目を覚ました。落ち着かなさは依然消えない。山へ行く気にはとうていなれず、思い立って庭へ下り、庭木に鋏《はさみ》を入れはじめた。庭木の剪定《せんてい》の経験があるわけではない。伸び放題になっている梅や山茶花《さざんか》の枝を取り払っただけで、大きな木までは手が出せなかった。途中からは草むしりに切り替えた。そのあと客間の縁側のガラス窓を拭《ふ》いた。日差しが強くなってきたので、客用の布団《ふとん》を何点か出して干した。朝めしを食ったあとは風呂《ふろ》場《ば》の水を抜き、たわしと洗剤で磨きたてた。つぎにトイレ。洗面所にも掃除機をかけた。なにしろ木曜まで、あと二日しかなかった。

岡山では種々の買い物をした。新しいティッシュペーパーやトイレットペーパー。家にあるのは母親が買い置きしていたもので、それほど質のいいものではなかったからだ。客間をはじめとする主な部屋の蛍光灯も取り替えた。最近ともしたことがない門灯にも新しい電球を取りつけた。忘れてならなかったのがコンドーム。あるにはあったが、治子が来たとき使ったものだから、いつのものか思い出せないくらい古かった。

帰省している間、厚木の自宅には毎晩電話をかけていた。その夜電話したとき、木曜日の夜は、岡山市内で泊まるかもしれないと言っておいた。車の電気系統がおかしいので、見てもらうことにしたという口実を設けて。タクシーで帰ってくるよりは、市内のビジネスホテルに泊まったほうが安上がりなのはたしかなのだ。

翌日また布団を干し、台所を洗剤で磨きたてた。蔵から出してきた食器を洗った。ガスポンベをチェックし、冷蔵庫を点検して古いものは廃棄した。岡山へ出かけるまえに補充すべきもの、新たに買い入れるべきものをリストアップし、その日は主として食料品を買い込んできた。

木曜日は庭を掃除し、いまは使っていない手水鉢《ちょうずばち》を洗って新しい水を満たした。紅葉の葉を一枚取ってきて、それに浮かべた。庭も箒《ほうき》の跡が目立たないように、すこし落ち葉を散らした。家のなかには掃除機をかけ、必要なところは雑巾《ぞうきん》がけをし、乾拭《からぶ》きをした。風呂に水を張る。庭にホースで撒水《さんすい》をした。

亜紀は九時十分にやってきた。

「なんか、まるっきり夜中みたい」

車を降りてくるなり陽気な声を張り上げた。

「国道の途中から、全然車に出会ってないんですよ。え、ほんとに九時って、時計を何度も見直しちゃった」

「今夜は月があるから、まだ明るいほうなんだけどね。これで新月だったら、真の闇《やみ》になる」

十三夜くらいの月が西の空に残っていて、その光がぼんやりと山々を浮かび上がらせていた。向かいの山腹でほの白いむらをつくっているのはコブシの花だ。

「ほんと。明かりひとつ見えませんね」

庭石の上から下を見渡し、亜紀はなにも考えていないような声で言った。今夜はくちなしのような匂《にお》いを漂わせていた。スラックスにセーター、カーディガン、タウン用のリュックと、いかにも休日らしいくつろいだ格好をしていた。

「あ、そうでもないか。あそこに家が一軒ある」

実際は五、六軒の農家が周辺にあるのだが、地形や庭木に隠されて、場所によってはまったく見えなくなるところもある。いまの亜紀が見ているのは、もっとも近い隣家で、それでも二百メートルくらい離れていた。その家の窓にひとつ明かりが見えるだけで、そのほかに人工的な光はなにひとつ見えない。ただし前方は岡山市の方角とあって、山の上の空が星の色をかすませるほど色あせている。ときによってはどこかのレーザー光線が空をよぎってくることさえあった。

「あ、思ったより明るい」

家に一歩入ってきて言った。

「暗いと怖いだろうと思って、家中の明かりを全部つけてあるんだ。田舎のこんな家で夜を過ごした経験はあるの」

「全然。小学校のとき、箱根の林間学校に行ったとき以来かしら。でもわたし、こういうのって、嫌いじゃないんです。鈍感なのかなあ、あんまり怖いってことがないの」

「それはよかった。昼間とはまったく雰囲気がちがうからね。来るなり帰る、と言われるんじゃないかと、それをいちばん心配していた」

帰る、という言葉は使いたくなかったが、支障なさそうだと思ったから言った。亜紀のもの珍しそうな顔から、恐怖や気後れは感じられなかったからだ。

「でも静かぁー。ひとりでいると、気がおかしくならないですか？　ひとりごとでも言わないと、音がないんだもの」

「そう。いまはテレビがあるけど、むかしはなんにもなかった。よく思うんだけど、むかしといまの人間とでは、その成り立ちがちがうんじゃないかな。鈍感というんじゃなくて、静寂に対する向かい方がちがうんじゃないかという気がする。でないと、ぼくの母など理解できないもの。この家でもう三十年以上、ひとりきりの生活をつづけてきたわけだからね」

夕飯はすませてきたという。飲みものはと聞くと、お茶がいいと答えた。それで煎茶《せんちゃ》をいれた。座卓で向かい合って、前回と同じような手順を踏みながらいれたのだが、亜紀はその間黙っていた。出されたお茶も黙って飲んだ。そのときになってようやく、彼女がことさらくだけた雰囲気をつくろうとしているのがわかった。実際はかなり緊張していたのだ。静夫の視線を避けているというのではないが、真正面から向かい合っていない感じだ。全体的にどことなくぎこちなかった。

静夫のほうは亜紀の丸い顎《あご》と、口許の開き加減とに、ときどき目を送っていた。胸のふくらみはいわずもがな、ここから見ていても、着ているものと中味との密着加減みたいなものが伝わってくる。頭のなかでは、ほんとうにこの女は、今夜覚悟してやってきたのだろうかという疑問がぐるぐる渦を巻いていた。

「家のなか、見て歩いていいですか」

「どうぞ」

間が持てなかったのだと思う。亜紀は立ち上がると、表の座敷のほうへ去っていった。あとにカーディガンが残っていた。その移り香のようなものが、しばらく鼻孔に残っていた。静夫はお茶をすすりながら、表の部屋で見え隠れしている彼女の姿を目で追っていた。そのうち亜紀は見えなくなった。玄関にあったサンダルを引っかけて庭に下りたようだ。立ち上がって背伸びをすると、向かいの家の明かりがふたつにふえていた。向こうからこちらを見ると、いまどういうふうに見えているだろうと思うと、急におかしくなってきた。家中の明かりがついているのは、恐らくこの家にとっても、はじめての経験にちがいなかった。

亜紀の気配がなくなったのを確認してから、風呂に行って湯加減をみた。それから自分のサンダルをはき、裏庭から玄関のほうへ回った。亜紀の姿はなかった。門に出てみると、彼女は下の道路にいた。この家を下から見あげるのがよっぽど気にいったか、こちらを仰いでいる。靴の高さがないからだろう。その姿はにわかにずんぐりして見えた。

月がまもなく西の山に落ちようとしていた。

「岡山城より雰囲気あるわ」

静夫の姿を認めて下から言った。静夫は石段のいちばん上に腰を下ろした。亜紀はなかなか上がってこなかった。焦《じ》らそうとしているみたいに、そこらをぶらぶら歩いている。国道のほうから入ってきた車のライトが左の山裾《やますそ》をなめはじめた。亜紀がその光を見て、ライトを避けるみたいにこちらへ上がってきた。ライトはすぐにそれた。前の道はここらを循環しているだけなので、家の前を通過する車はきわめて少ないのだ。

「この家に車は似合わないですね」

石段の途中から足を止めて言った。

「なんだったら似合う？」

「やっぱり駕籠《かご》と、提灯《ちょうちん》かな」

「古いな、言うことが」

「だって、小田原提灯の故郷ですよ」

冗談かと思ったら、そうでもなさそうだ。まじめな顔をして周りを見回している。そのうち動かなくなった。やっとわかった。亜紀のほうでも迷っていたのだ。

「ここへおいで」

と言うと、顔を伏せるようにして上がってきた。そして躰《からだ》の触れる近さまできて、同じほうを向いて腰を下ろした。

「わたし、どうして来ちゃったんだろう」

小さな声で言った。肩に手をかけて引き寄せた。亜紀の躰がにわかに小さく感じられた。わずかにふるえている。その呼吸と、髪と、温《ぬく》もりと、匂いとが腕のなかにはいっており、自分の肉体に火がついたのを感じた。勃起《ぼっき》した性器がズボンのなかで痛かった。もうすこし、と静夫は自分の呼吸を整えた。亜紀を現実に抱きかかえて、どこかまだ歯を食いしばっていた。数分間、そのまま寄り添っていた。それから腕に力をこめて、うながした。亜紀は静夫にもたれかかって家のなかに入った。

11

バスローブの上からでもその豊かな肉づきはわかった。亜紀は声を殺してされるがままになっていた。抱きあげるには重すぎた。考えたり迷ったりするいとまを与えないよう両手で頬を押さえて唇を奪い、しずかにその場へうずくまらせた。下へ落ちるまえに素早く上布団を剝《は》ぎ取った。やや斜めだったが、なんとか布団の上におさまった。顔を起こしてキスをつづけた。唇で唇を嚙《か》み、舌を入れて上唇、下唇をなでながらはわせた。

彼女の唇が開いた。唾液《だえき》はねばっていた。舌をからませ、その隙《すき》にバスローブのなかへ差し入れた右手で乳房をつかんだ。丸くて、大きくて、弾みがあって、柔らかくて、絹のような感触があった。しかもこれはまぎれもない現実だった。乳首を指の間で挟むと、亜紀の躰がぴくりと動いた。呼吸の高鳴りが聞き取れる。キスをつづけながら半身を起こし、左手でバスローブの紐《ひも》をほどいて、胸を押しひろげた。豊かな乳房だ。右手の指をいっぱいにひろげ、親指と人差し指とがやっと両の乳首に届く。乳首に指の平をあてでもみしだくと、亜紀が躰をくねらせて股間《こかん》を閉じた。ショーツをつけていた。乳首をもみつづけた。キスをその間もつづけながら舌をからませた。吸ったりゆるめたりと、変化をつけながら間を稼いだ。掌《てのひら》を乳房から腹、脇《わき》腹へと回した。ショーツの上にさしかかった。恥骨のうえで止め、強く押した。指先を開いて股間へ、大腿《だいたい》部へとはわせた。股間は閉じられたままだが、力はこもっていない。腿《もも》から乳首、乳首から腿、掌をゆっくり往復させた。亜紀の頭が布団からこぼれた。顎が上がって荒い呼吸をしている。その躰を布団に引き戻し、今度は乳首を口にふくんだ。

舌先で乳首をなでてからしゃぶりはじめた。吸いながら、両手を当ててもみしだいた。ときに強く握りしめた。頬をすりつけてその感触を鼻でたしかめた。目を閉じて匂いを嗅《か》いだ。風呂から上がってきたばかりのシトラスの香りがした。バスローブは静夫のものだ。それを腕から外して剝ぎ取ろうとすると、首を振っていやがった。それで全裸にすることは思い止《とど》まった。左手と口で乳房を愛撫《あいぶ》しながら、右手でショーツのうえから性器をまさぐりつづけた。隙を見て股間に腕を差し入れ、足を開かせた。開くたびに指の動ける範囲が広がってきた。亜紀の躰はショーツの上からでも敏感に反応した。指先がショーツまでひろがってきた湿り気を探り当てた。そこに中指の平を当て、重点的に上下へ動かした。亜紀が低いうめき声をあげるようになった。

ショーツは一気に剝ぎ取った。そのとき、十分なだけ足を開かせた。うす闇のなかで、躍動感にあふれた肉体がそれとわかる白さで躍った。すべての時間が止まった。自分のつけていた衣類を引きちぎらんばかりの勢いで脱ぎ捨てた。しかしここで亜紀が予想外に抵抗をはじめた。両手で股間を隠し、首を左右へ振りはじめたのだ。顔にはこれまでとちがう苦痛の色がのぼっていた。亜紀に寄り添うかたちで傍らへ横たわり、もとの、髪の愛撫のところからやりなおした。ソフトなキスと、ディープキス、亜紀の口がまた舌を受け入れて、表情が消え、呼吸が規則的になった。右手を伸ばし、中指の先を慎重に局部へおろした。すでに分泌《ぶんぴつ》液があふれだしていた。指の先でなで上げ、そこをすこしずつ開いていった。奥の、柔らかいところに触れた。亜紀が声をあげ、下肢がくねった。おのずと動きはじめた。完全に押しひろげた。下から上へ、軽くなで上げるだけで亜紀の声がほとばしりはじめた。陰核に触れると、継続的なすすり泣きの声と変わった。なんの抑制もない、おどろくほど大きな声だった。静夫は顔を上げ、開け放した家のなかにその声が響きわたってゆくのを見つめた。いまでは目が慣れて、亜紀の下腹部に密生している陰毛まで鮮明に見分けられた。豊かな肉づきだ。必ずしも均整はとれていないが、ひとつひとつはデフォルメされた土偶のような力感に満ちている。さらに局部のはちきれそうな盛り上がり。この年代の肉体でなければつくり出せない若さとみずみずしさにあふれていた。それがいま彼の目の前で、誰はばかることなく喜びの声をあげている。手を伸ばして自分のパジャマを引き寄せ、ポケットからコンドームを取り出した。封を切ったがまだ装着はせず、手に持ったまま、とりあえず亜紀の膝《ひざ》を立てて性器の挿入を果たした。亜紀の躰が硬直した。それは一瞬で、彼女の声はいっそう大きくなった。あえぐような躰の動きが、受け入れられているという思いとなって静夫に押し寄せてきた。たちまち戦慄《せんりつ》のような快感で五体がつつまれた。

圧倒的な感覚だった。強くて、堅くて、攻撃的だった。挿入しているその先端のところで、奔流が逆巻いていた。そこを支点に、彼の全身が、遠心分離器にかけられているほどの激しさで揺さぶられていた。狼狽《ろうばい》とおどろきに打たれながらも、歓喜が全身を火だるまにして、なにも考えられなくなった。ひとつ意識したのは、自分が亜紀の肉体をとらえているのではなくて、自分のほうがとらえられているという感覚だった。なにもできない。なにも主導権がとれない。考えることも、計算することも、間を持たせることもできなかった。むさぼられているのは自分だという思いが頭をかすめ、しかもそれはこれまで味わったことのない絶頂感にほかならなかった。なにがどうなろうと、いまこの瞬間だけで、これまでの人生すべてが贖《あがな》える、そういうときが訪れていた。こうなったら、もうあとのことなど知ったことか。手にしたコンドームをつけている暇がなかった。いまの静夫にできることは、亜紀の躰にしがみつき、その感覚をむさぼることだけだった。終末感にも似た絶望的な快感に、われを忘れて声をあげているのは彼のほうだ。頭のなかが真っ白になっていた。すでに射精がはじまっていたのだ。それは反復して、何回も何回も訪れ、彼の体液を搾《しぼ》りつくしていった。自分の属してきた世界が、これを契機にはっきり変わったことを意識した。

ふたつの布団《ふとん》を並べて就寝したが、静夫のほうは頭が冴《さ》えてなかなか眠れなかった。陶酔は一時間たってもまだ消えておらず、先ほどの一部始終を思い返してはその余韻にひたっていた。性器の先端には、快感がまだ残っている。それは同時に大いなる徒労感をも伴っていたが、後悔はもたらさなかった。静夫は治子をはじめて抱いたときのことを思い出していた。それは二十年以上まえのことで、場所はここの客間、すなわちいまふたりが寝ている部屋に他ならなかった。あるいはあのときの布団も、ひょっとすると亜紀がいま使っている布団と同じかもしれない。

治子といつするかは、意識するようになったときから、頭にとりついて離れない問題だった。治子としたいばかりに結婚した、といっても過言ではないように思う。肉体的にとくに惹《ひ》かれたというわけではないにもかかわらず、この女と寝るためならすべてを投げだしてもいいと思った。この女を継続的に、独占的にむさぼりたかった。彼の前に現れた女性で、そこまで思わせたのは治子だけだった。この家にはじめて連れてきたとき、治子はまだ短大生だったが、そのときはなにもしていない。寝るからにはそれなりの条件と環境をつくり出さなければならないと、静夫のほうでひとり決めしていたからだ。

そのつぎは、彼女が二十一歳のときに来た。治子はそのとき厚木の信用組合でOLをやっていた。静夫の招きに応じて、ゴールデンウイークの連休をすごすべく、この家へやってきたものだ。静夫は三日間、ここを根拠地にレンタカーで各地を連れ歩いた。最後の日の夜、治子をはじめて抱いた。雨の降った夜のことで、母親は知人の家に不幸があってお通夜《つや》に出かけていた。不意のできごとだったから、はじめからそのつもりでいたわけではない。雨を見ながらしんみり話しているうち、気がつくとそういうことになっていたのだ。無我夢中だったし、経験不足でもあったから、気がつくと終わっていた感じだった。もちろん治子を現実に抱き、そのなかにはいって射精したときの快感は終生忘れられない感激だった。ようやくの思いを達したのはたしかだったし、治子をよりいとおしく、いたわってやりたく思ったこともたしかである。いま思えばそれは、内容より儀式性のほうがまさったセックスだった。治子にいたっては、ほとんどおぼえていないと言っている。いま静夫は、それをしきりに思い返していた。

いつ眠ったか、廊下を歩いてゆく亜紀の足音を聞いて目を覚ました。腕時計を見ると八時すぎだった。トイレに行ったようだが、それにしては帰ってくるのが遅い。それで起き上がってようすをうかがいに行くと、浴室でシャワーを使っている音が聞こえた。

亜紀が部屋まで戻り、髪をくしけずりはじめるまで待っていた。それからいきなり起き出して後から抱きすくめた。

「眠れた？」

亜紀は躰をくねらせて、ええと答えた。恥ずかしそうで、目がいくらか腫《は》れぼったかった。朝の光と、化粧なしで見る亜紀の顔は、素朴で、幼かった。

「髪が濡《ぬ》れちゃったから」

ドライヤーを使おうとした。うなじが静夫のほうに差し出されている。首筋に息を吹きかけると、亜紀はくすぐったそうに笑って身をよじらせた。

「やめて」

かまわず後から腕を回し、乳房をつかんだ。耳に息を吹き込み、耳たぶをかじり、首筋に唇を吸いつかせた。

「だめぇ。髪を乾かさなくちゃぁ」

バスローブの間から手を入れて乳房をまさぐった。亜紀は乾いた声で笑った。逃げようとするが、手は放さない。とうとう首をこちらへ向けさせ、唇を奪った。

「ねえ、待ってよ。ドライヤーが終わってから」

亜紀の声は鼻声に変わった。静夫は耳を貸さず、唇を奪ったまま、布団の上に押し倒した。亜紀が品のない声で笑った。ドライヤーを握ったまま、大の字になっている。その手からドライヤーを取り上げ、スイッチを切った。亜紀はもう抵抗しなかった。その代わり、大きな目を開けて静夫の顔を見つめた。醒《さ》めた顔をしていた。挑発しているような、計算しているような目でもあった。静夫はひるまなかった。その目に見つめられながら、髪と、頬と、顔を、彼女の表情がやわらぐまで愛撫していった。亜紀の目が小さくなり、瞳孔《どうこう》が収縮して、唇が舌を受け入れた。昨夜よりもっと丹念に、もっとやさしく、時間をかけて亜紀の躰をもみほぐした。やがて亜紀があえぎはじめた。目が閉じられた。

亜紀の躰は滑らかで、張りがあって、つややかだった。色はそれほど白いほうとはいえなかったが、スポーツをやっている人間のような健康そうな肌で、きめが細かく、弾力に満ちていた。乳房のかたちのよさと、乳首のピンク色とがなんとも目に快かった。静夫は愛撫をつづけながらも、飽かずその肉体に見入った。しかし亜紀は、局部を見られることには抵抗した。足を持ち上げようとすると激しくあらがい、両手で局部を隠しつづけた。静夫はあきらめて指先だけの愛撫に戻した。それでも比類のないひとときにちがいがなかった。亜紀の体液はあとからあとからあふれ出し、股間ばかりか股下までしたたり落ちるくらい量が多かった。なによりも反応が過敏で、激しかった。局部をなであげるだけで何度も絶頂の声をあげた。指を入れて動かすとのたうって叫び声をあげた。繰り返し繰り返し絶頂感に襲われ、そのどれもに全身が反応して果てることがなかった。貪婪《どんらん》で、倦《う》むことがなく、鈍ることも麻痺《まひ》することもなく、亜紀は無限に感じつづけた。

今度はコンドームを装着したうえでなかに入った。自分のほうの感覚を鈍らせたいという思惑もあったからだが、結果は昨夜と同じだった。なめらかな吸着感にとらわれ、入った瞬間、なにも考えられなくなった。彼我の立場が入れ替わったという感覚も昨夜と同じ。彼の意志、制御や抑制といったコントロールもふくめて、あらゆるブレーキが瞬時にして利《き》かなくなった。自分がコマみたいに回っているのを意識した。歯を食いしばって耐えようとし、庭に目をやって必死に気を逸《そ》らそうとした。むだな努力だった。ブレーキはとうに利かなくなっており、躰の動きはもう止めることができなくなっていた。ひとり相撲を取っているような空《むな》しさに責められながらも、名状しがたい快感の前では終末へ一気に突っ走らざるをえなかった。破滅感ともいえる絶頂にのたうちながら彼はまたも放出した。挿入してから一分とたっていなかった。

亜紀は昼過ぎに帰っていった。昼めしは津山あたりに行ってと考えていたのだが、朝が遅くなったのでそんな時間はなくなってしまった。コーヒー一杯を飲んだだけだ。亜紀が車に乗ろうとしたとき、猛烈な未練に襲われた。もう一度家のなかへ連れ込み、また押し倒してしまいたい衝動に駆られた。実際の別れはあっさりしたものだった。亜紀は車に乗りこむと右手を上げ、笑みをみせただけでさっと走り去った。気がつくと、なんの話もしていなかった。二回目のときも終わったあと、しばらく抱き合って横になっていたが、睦言《むつごと》を交わしたわけでもない。すこしまどろんだかもしれないが、ほんの五分か十分ぐらいにすぎず、目覚めるとすぐシャワーを浴びに行った。そのあと黙ってコーヒーを飲んだ。気がつくと、次回の約束もしないまま別れていた。

12

口のなかを唾《つば》だらけにしてしゃべっているみたいな声だった。言葉づかいはおだやかでていねいだったが、押しつけがましさと、人を見下しているような驕《おご》りとが感じられた。男は最初から河内忠洋だと名乗った。

「このたびは、娘がたいへんお世話になりまして、ありがとうございました。わたしがいたらなかったもので、みなさんにすっかりご迷惑をかけてしまい、まことにあいすみません。遅ればせながら、一度お礼を述べさせていただきたいと思いまして」

「それはわざわざ、ごていねいに恐れ入ります。なにも、格別のことをしたわけではありませんから」

口ごもりながら、静夫は全神経を耳に集中させていた。実際は胸が苦しいくらい動悸《どうき》が速くなっていた。亜紀がこの家に泊まっていったのはついきのうのこと、つまりまだまる二十四時間しかたっていなかったからだ。

「多田さんへのご挨拶《あいさつ》も、忘れていたわけではないんです。動けるようになったら、真っ先にうかがうつもりだったんですが、なにぶんお名前をうかがっていなかったもので、ついつい、そのままになってしまいまして。お名前も、地元の方だったようなので、あの辺りの方におうかがいすれば、わかるだろうくらいに思っていました。わざわざご指摘していただくなど、まったくお恥ずかしいかぎりで。それで、急にこんなことを言うのもなんですが、これからお礼にうかがわせていただけませんか」

「これからいらっしゃるということですか」

「そうです。娘の話だと、午前中はご自宅にいらっしゃるということだったので。わたくしのほうからうかがいます」

「怪我《けが》をなさっているんじゃなかったんですか」

「車には乗れますから。タクシーで毎日病院へ通ってますので、そのついでといってはなんですが、そちらまで足を伸ばすのは簡単なんです」

「しかしタクシーでここまでだと、だいぶかかりますよ」

「いえ、それぐらいは覚悟のうえです。じつはいまも、病院からかけているんですけどね。あれこれ考えていると、じっとしていられなくなったんです。ご迷惑とは思いますが、三十分ばかり時間を割いてください」

酸《す》っぱい胃液のようなものが喉元《のどもと》へ逆流してきた。顔のこわばっていることが自分でもわかった。

「わたくしのほうは、べつに、かまいませんが」

そう答えざるを得なかった。頭のなかで懸命に算盤《そろばん》をはじいているのだが、その計算ができないでいる。

「そうですか。ありがとうございます。それではすぐ、これからうかがいますから」

言うなり、電話は切れた。静夫は受話器をにぎりしめたままそこに立ちつくしていた。

庭に目をやっている。アメリカハナミズキがピンク色の花をつけはじめている。家のなかと、その向こうとの明るさが際立《きわだ》っている。唇をなめた。口のなかが渇いてならない。台所へ行って、出がらしの茶をいれて飲んだ。すこし落ち着いてきて、家のなかを見回し、干してあった布団を急いで取り込んだ。

タクシーがやってきたのは、それから四十分ぐらいたってからだった。予想していたよりはるかに早い。タクシーはこれまで何度も来たことがあるみたいに、スピードを落とすことなく坂道を上がってきた。

一呼吸おいて出ていった。河内忠洋が運転手の助けを借りて車から降りようとしているところだった。先に松葉杖《まつばづえ》を車の外に出し、それから本人が手を伸ばして引っ張り出してもらっている。動きのすべてに運転手の介護を必要としていた。

静夫はあわてたふりをしながら駆けよった。

「いや、どうもすみません。立ちさえしたら、大丈夫なんです」

実際は座敷へ上がって腰を下ろすまで、運転手の手が必要だった。初老に近い個人タクシーの運転手だったが、慣れている感じだったから、病院通い用に特別な契約でもしているのかもしれない。忠洋が足を投げ出して座ると、運転手は車に戻って行き、間もなく忠洋の持参した菓子折を持ってきた。それから、終わったら呼んでくださいと言ってまた車に帰っていった。この間数分かかったため、初対面のぎこちなさみたいなものはだいぶ避けられた。

お茶を出した。それから座卓越しに、初対面の挨拶を交わした。河内忠洋はかたち通りの作法と言葉で、これまでの礼を述べた。しゃべることが日常の重要な要素を占めていたような、明瞭《めいりょう》な言葉と淀《よど》みのない口調だった。

電話で話したときと、病院でちらと見たときとでつくりあげていた印象は、それほど訂正の必要がなかった。面長といっていい顔で、口許《くちもと》が大きい。あまり髯《ひげ》はなく、そのぶん頭髪が濃かった。白髪は額に近いほうへ集まっており、頭頂部の色とちがいすぎるのでなんとなく不自然な感じがした。顔色は黒いほうだが色つやはよく、六十すぎという年には見えない。歯並びは悪く、黄色かった。先ほど手を貸したとき、煙草《たばこ》のやにの臭《にお》いを嗅《か》いでいる。

灰皿を出してやると煙草を吸いはじめた。煙の向こうで細められている目を、静夫はどちらかといえばむきになって見返していた。初対面だという気がしなかった。事実そうなのだが、それを忠洋のほうでも意識しているような気がしてならなかった。病院の廊下で、看護婦越しにちらとこちらを見たときの目が、いまでも瞼《まぶた》に焼きついていた。あのときの静夫を、この男はけっして忘れていないように思う。

「いや、無理に押しかけてきましたのも、お宅を見てみたかったからなんです。話には聞いてましたが、なかなかいいお宅ですね」

「とんでもない。構えばっかりで、なかはごらんの通りのあばら屋です」

「いやいや、ご謙遜《けんそん》でしょう。わたしらの年代の人間なら、こういう家のよさというものは一目でわかります。とくにこれからの季節はね。なにしろああいう娘ですから、ボキャブラリーに乏しくて。すごく大きな家とか、すごくりっぱな石垣とかいった情けない表現しかできないんです。これまでにも、成羽《なりわ》町にある広兼邸とか西江邸とかを訪ねたことがあるものですからね。この地域の旧家がどういうものか、ある程度のことはわかっていたつもりです。いやあ、吉備は予想以上に生活の豊かなところですな」

「あの方たちはむかしの鉱山王ですよ。うちはただの百姓家でして、比較の対象になりませんん。こんなところに家を建てたのも、平地に建てたら、それだけ田んぼがつぶれるからという理由だったんじゃないかと疑っているんですけどね。石垣がちょっと大きいだけ。といっても、この辺りでは、それほど珍しくないんです」

「いや、それはおっしゃるとおりで、よその土地へ持って行けば名所古蹟《こせき》の看板の立ちそうな石造物がごろごろしているんでおどろいてます。地元の人たちだけが自分たちの財産に気づいてない。たとえば、お隣の佐伯《さえき》町に大谷という集落がありますけど、ごぞんじですか」

「ええ」

「名前の通り深い谷で、左右に大きな山がひろがっています。その山全体、耕して延々天にいたろうかという水田になっている。そしてこの棚田を支えているのが、何万、何十万という石で築かれたみごとな石垣なんですな。見せることはまったく意識していない、ただ生活せんがための営為の跡です。これに費やされたエネルギーと時間たるやまさに膨大なもので、現代人をしても一見感嘆させるものがある。それで改めて気づいたのは、吉備の文化というものが、だいたい石の文化なんですね」

「ずいぶんお詳しいんですね」

「いやあ、ただの素人《しろうと》学者です。というより、そこまでいかない好事家《こうずか》にすぎないんですけどね。これでも若いときは、民俗学者になりたかったんです。まあそれほどの頭もなかったからなれなかったんでしょうが、これまでは時間がなくて、なにもできなかったという事情もあった。それが、いま、やっと暇ができたところで、これからあっちこっち歩き回ってみようと思っているところなんです。その第一歩を、娘のいる岡山からはじめたんですけどね。備前、備中、美作《みまさか》。岡山というところは予想外に面白くて、すっかりはまってしまいました」

「そうでしたか。ぼくも一応ここの人間なんですけど、郷土の歴史にはあんまり興味がなくて。この先の柵原《やなはら》というところに、月の輪古墳という古墳がふたつ、山の上にあるんですけど」

「ああ、知ってます。あれは見せるための古墳としては、日本でも有数の古さじゃないでしょうか」

「そういう見方は知りませんでした。子どものころ、遠足で行ったことが一回あるきりなんです。長い間、あの山に古墳があることは、地元の人たちでさえ知らなかったそうですけどね」

「円墳であることも珍しいし、それがふたつ、吉井川と吉野川の合流点を見下ろすところに築かれていることが非常に興味深い。町の人たちが発掘したほうに行ってみましたけど、だいぶ草が生えて、その特徴もわからなくなりかけている。それでもまだ、葺《ふ》き石におおわれていた跡ははっきりわかります。すべて下の吉井川や吉野川の川原から運んだ石です。まだろくに道具のなかった時代ですから、恐らく人間が一個一個かかえて運んだんでしょう。二百メートル以上ある山の上ですよ。その情熱も、エネルギーも大変なものです。なぜそこまでして古墳をつくらなければならなかったか、それはあそこの地形を考えてみればわかります」

説得口調というか、自信にあふれて、自分には毫《ごう》も疑問を感じていない声で言った。これまでのおしゃべりを聞いているだけでも、相当ねばっこいタイプの人間だということがわかる。口調に淀みがなく、しゃべればしゃべるほど舌の回転がなめらかになってくるのだ。自分の言葉に酔ってますます興がのってくる。その一方で静夫の顔色を油断なく見守っていた。言葉のなめらかさとはちがって、表情の動きはほとんどないのだ。

彼は新しい煙草に火をつけた。

「そのころの川というのは、当時としては唯一《ゆいいつ》の交通路なんですな。人の往来、物資の運搬、すべて川を通して行われ、人間もその交易の中心地である河畔《かはん》に集まって町をつくった。その町を見下ろす位置に古墳を築くということは、逆にいうと川を利用して往来する人間に、その古墳を見せつけたかったということなんです。白い葺き石が日光を跳ね返せば、いやでもそれは目を引かずにおかない。その地を支配する権力がだれであるか、意識しないわけにはいかなかった。古墳の立地として、あれくらい教科書的なものは少ないですよ」

「これは恐れ入りました。ぼくなんかの出る幕じゃありません。ひょっとすると、ここらの山をお歩きになっていたというのは、そういう遺跡をお探しになっていたんですか」

「いやあ、これはこれは。思わぬことでばれてしまいましたか」

忠洋は声をあげて笑うと、はじめて相好をくずした。かなりむりをした笑顔だった。

「岡山にはまってしまったというのが、まさにそれなんです。山のなかが石造遺物の宝庫なんですよ。しかもまだ、未発見だと思われるものがいくらでもある。べつに日本の古代史を書き換えるようなものではないかもしれないが、だれにも知られていないそういう営為の跡をはじめて発見するというのは、そのたびに胸がわくわくするほど魅力的なことです」

「なるほど。これまでに、どういうものを発見されたんですか」

「それがねえ。わけのわからない線刻をひとつ見つけて、苦しんでいるんです。ことによると、とんでもないほど古いものかもしれないと思われますのでね。というのも、べつのところで、古代の磐座《いわくら》のあとではないかと思われる石組みも見つけているからです。大ぼら吹きと思われるかもしれないが、ひょっとすると、この地方は古代吉備王国のサンクチュアリだった可能性もあるんじゃないかと思ってるんですけどね。悲しいことに、学者じゃないから基礎的教養を持ち合わせていない。想像するのは自由ですが、勝手な妄想《もうそう》をむりにこじつけていたら、そこらへんのオカルト考古学と同じになってしまいますからね。わたしとしては、ある程度材料がそろったら、公表して、専門家の判断を仰ぎたいと思っているんです」

「それを聞いて、ひとつ思い出したんですが、うちの地所になっている近くの山の上にも、むかしの仏教遺跡みたいなものが残ってますけど」

南の山の上を指さして言った。

「ほう、どこですか」

「この山の、もうひとつ向こうなんです。五キロぐらい先になるかな。山の上が高原状になっていて、中央部に影沼という大きな池がひとつあります。どういうわけかその池と、周りの地所のいくつかが、うちのものになっているんです。この池を中心とした付近一帯が、かつては山岳宗教の聖地だったそうなんです。最盛期は坊、伽藍《がらん》が三十あったといいますけど、いまはなにも残っていません。しかし礎石の跡だとか、祠《ほこら》だとか、岩を穿《うが》って開いた道の跡だとかは、いまでも若干残っています」

「わかりました。竜昇寺の跡でしょう。室町期の遺跡みたいですね」

忠洋は薄笑いを浮かべて言った。

「そうですか。とっくにごぞんじだったんですね。たしかに、江戸中期にはもう廃寺になっていたそうですけど」

「電柱が残ってました」

「あれは戦後、海外からの引揚者が入植していた名残りです。昭和三十年ごろには、全員離農してしまいました」

「そうでしたか。ああいうところまでおたくの地所で」

「どういういきさつがあって、自分の家のものになったのか、じつのところ知らないんです。もう四十年以上、行ったことはないんですよ。いまどき一文の値打ちもない土地ですからね」

話はそれから、総社の奥にある鬼ノ城山の石垣群や、岩屋寺界隈《かいわい》の岩石に彫りつけている不動明王の像に飛んだ。彼はその近くでも、鎌倉期の不動明王の陽刻をべつに見つけていると言った。しかし場所に関しては、どこか明確にしなかった。静夫は適当な相づちを打ちながら、いまではすっかり落ち着きを取り戻していた。あとは忠洋の、ここへやってきたほんとうの目的がわからないだけだった。

「いやあ、どうも。すっかり長居をしてしまいまして」

忠洋がそう言いはじめたのは、腰をおろして一時間半ばかりたってからだった。

「おかげさまで、気持ちのいい時間をすごさせていただきました。同好の士を見つけたというわけではないが、久しぶりにこういう話ができてうれしかったです。これに懲《こ》りず、今後とも、なにとぞよろしく」

「とんでもない。こちらこそ、これをご縁に、よろしくお願いします」

「それから、亜紀のほうも、よろしくおねがいします」

静夫の目を瞬《まばた》きもせず見つめていた。

「いえ、ぼくのほうこそ。それこそ、なんのお役にもたてませんが」

「あの通り、あの娘《こ》は器量と、頭のほうはそれほどでもありませんが、まことによく気のつく、気だてのいい女でしてね。言葉だとか、礼儀作法だとかにある程度目をつむっていただけたら、失望させないだけの、未知のものをたくさん持っています。いまどき貴重な娘です。これからもいろいろ教えてやっていただきたいんですがね。教えがいもあるし、仕込みがいもあると思います」

「……………」

「いい娘でしょう？」

静夫の顔をのぞき込むと、うながすような口調で言った。

「おっしゃる通りだと思います」

「ただし、きょうわたしがここへ来たことは内緒にしていただけませんか。出しゃばったことをしたみたいで、わかるとあとで叱《しか》られますから」

すけど」
「うかがったところでは、小田原のほうで、仕出し屋さんを営んでらっしゃったそうで
「それはあの娘のおじいさん、つまりわたしのおやじがやっていたことなんです。わたしは道楽ものでしたから、家業いやさに若いうちから家を飛び出し、長い間寄りつかなかったんです。親不孝、女房不孝、子ども不孝もいいとこです。とても親だなんて、大きな顔ができる立場じゃありません。ですから、当然といえば当然ですけど、あの娘、わたしにはけっこう冷たいんです。そのぶん、人にはやさしくできるみたいですけどね。娘も、内村さんにすっかりなついているみたいで、内村さん、内村さんと言ってますから」

最後まで彼の独演会だった。昼寝をしていた運転手を呼び、ふたりがかりで、またタクシーに乗せた。忠洋は静夫のほうへ、車のなかから慇懃《いんぎん》な黙礼と視線を送り、いかにも満足したという顔で帰っていった。自分のほうに分があるという顔だった。静夫は無表情に彼を見送った。彼のほうがより多くの抑制を必要としていたことはまちがいない。彼はタクシーが見えなくなってしまうまでにらみつけていた。

13

翌日朝、静夫はまた山に入った。河内忠洋のいった線刻だの、古代遺跡だのといったものには最初から目もくれなかった。岡山県内の山のなかに神仏習合の名残りや、修験《しゅげん》道《どう》、密教といったさまざまの仏教系遺跡が多いことは事実だが、そういうものを探索するのが目的だったらスコップなどいらない。あの男は亜紀を差し出すという譲り方をしてまでも、自分の行動のほうをより詮索《せんさく》されたくなかったのだ。

しかし忠洋がこの山になにを隠したかという手がかりは依然としてつかめなかった。その日も空振りに終わって帰ってくると、電話のベルが鳴っていた。受話器を取ると亜紀の声が聞こえてきた。

「知らなかったんです。まさか、そちらまで押しかけて行くなんて。ご迷惑をかけませんでした?」

「いいえ。それどころか、いろいろ有益な話をうかがって、けっこうおもしろかったですよ」

「だったらいいけど。とにかく単純な人なので、思い立ったら我慢できなくなるんです。

まさか、あんな躰《からだ》で訪ねてゆくなんて、思ってもみなかったわ」

「ぼくのほうもおどろいて、来られるまえは緊張したけどね。しかし会ってからは、予想外になごやかでしたよ。会ってよかったと思ってます」

「たしか、あさってから、東京へお帰りになるんでしたよね」

「ええ、今度出てくるのは、ゴールデンウイークの前後になると思うけど」

「わかりました。じゃあそのころまた、お会いできるのを楽しみにしてます」

受話器を下ろすと、静夫はしばらく苦い顔をしていた。どちらかに、なにをしゃべっても、それが筒抜けになってしまう。なにが内密だよ、と彼はつぶやいた。そして改めて気づいていた。きょうの彼女は、忠洋のことを父親とはとうとう呼ばなかったのだ。

実際には帰京を一日早めた。つまり翌日の新幹線に乗り、途中下車はせず、東京まで直行した。三時すぎについて、その足で青山に向かった。地上に出ると骨董《こっとう》通りに入って行き、青波という古美術品店を訪ねた。

「先日お電話した内村と申します」

持参した備前焼きの茶碗《ちゃわん》を取り出した。

「拝見します」

挨拶《あいさつ》を交わしたあと、和服姿の店主が言った。五十年配だが、静夫とはいくらもちがわない。

「たしかに栄山さんですな」

茶碗を手にとって言った。箱書きの筆跡を見てしきりにうなずいている。

「四十代ころの作品だと聞いてます」

「持ったときの質感といいますか、この膨みが独特なんですね。あの人の作風が確立された最初のころのものといっていいでしょう。意外と作品が出回っていないんですよ」

店主と面識はなかったが、日本商事と取引があったから、名前だけは聞いていた。海外の得意先や名士へ、古美術を贈り物にすることはよくあったからだ。それで最初から、元社員だと名乗って、見てもらえないかと持ちかけた。

百二十万の値がついた。高いといえば高い。安いといえば安い。静夫は向こうの言い値で売ることにした。

「まだ備前をお持ちですか」

「無名の生活雑器ならあります。それほど古いものではなくて、大半は明治以降のものですけど」

「それは面白そうですね。なんなら拝見させていただけるとありがたいんですが」

「そうですね。このつぎ出てくるとき、二、三持ってきてみましょうか」

ということにしてその店を出た。

日本橋に出て、デパートを何軒か見て歩いた。しかし買い物まではしなかった。外に出たときはもう六時になっていた。帰宅する人、繰りだしてきた人で街並みが活気にあふれていた。自分の躰の血まで騒いでくる。条件反射のようなもので、三十年つちかってきたサラリーマン時代の体内時計が、同じような条件の場を与えられてにわかに目覚めたのだ。寿司《すし》屋に入ると、ビールと日本酒を一本ずつ飲んで肴《さかな》をつまみ、寿司を食った。東京駅では二列車やり過ごして座席を確保した。品川をすぎたあたりから寝込んでしまったが、さいわい茅《ち》ヶ崎《さき》で目が覚めた。平塚で下車し、タクシーで自宅へ帰った。

明かりがついていなかった。時刻は九時四十分になろうとしている。門扉《もんぴ》を開けて家のなかに入った。一階の明かりをつけて回る。治子に影響されたわけではないが、最近は彼も明るいほうを好むようになっている。治子の部屋にファックスが二通はいっていた。ひとつはオフィスからのもの。急ぎの連絡ではないが、治子がきょうオフィスに出ていないことを物語る内容だった。

とりあえずシャワーを浴びた。そのあと居間でコーヒーを飲みながら、郵便物をあらためた。新年度に入ったばかりとあって、知り合いからのものが何通かあった。一時期同じ部署にいたことのある北原という男から退職の挨拶状が届いていた。年は向こうが二つ上。とくに親交はなかったが、彼のほうも定年まえに辞めたわけだ。退職後はどうするか書かれていなかった。サラリーマンを途中でやめて、大学に転職した中川からは会葬御礼の挨拶状が来ていた。葬儀の通知をもらった覚えはないから、知らせを受けた治子が適当に処理してくれたのだろう。サラリーマン時代にときどき顔を出していたメンバー制の時事懇談会事務局から会費切れの通知がきている。ほかにも固定資産税の督促状。

夕刊を読んでいる間に、時計の針は十一時を回った。電話のひとつも鳴らない。静夫はやや落ち着きを失い、足音を忍ばせると二階へ上がって行った。聡子の部屋をのぞくのは久しぶりだった。フローリングにシングルベッド、パソコンの載ったデスクに、移動式の書棚、それほど片づいているわけではないが、比較的シンプルに生活していた。しかしいつも思うことだが、いまの若者の本を読まなくなったことといったら。机の上の英会話の副読本をぱらぱらとめくってみた。彼が学んだころよりは実用性が増している。ちなみに机の引き出しには鍵《かぎ》がかかっていた。

タクシーの止まった音は聞かなかった。門扉を開ける音がしたかと思うと、だれかが入ってきた。聡子だった。

「あら、おとうさん」聡子のほうがびっくりして言った。「きょう、帰る予定だったたっけ?」

「いや、ほんとはあすだったんだけど、東京に用があったから、切り上げて戻ってきたんだ。それより、遅かったな。いつもこんな時間になるのか」

「へっへっへっ、ばれたか。帰っても、だれもいないとなるとね。つい、気がゆるんで」

「おかあさんは？」

「えっ、出張よ。言ってなかったの」

「そういえば、どこか行くとか言ってたな。この二、三日連絡がとれなかったから、忘れていた。どこだっけ」

「北海道よ」

「あ、そうか、そうか。札幌で講演するとかいってたのを、ころっと忘れていた」

北海道支部の外務員の集まりで、一席しゃべらなければならないという話は聞いていた。このごろ治子のほうにそういう話が増え、静夫のほうはそういう話を聞いてもまったく頭に残らなくなっている。

「おばあちゃん、どう？」

「うん、元気だよ。変わりない。聡子が来るのを楽しみにしている」

「え、それを聞くと、やばいなあ。ゴールデンウイーク、予定が入ってだめになるかもしれないの」

「あ、そうかい。それはちょっと、がっかりするかもしれないな」

「まだ時間あるから、ぎりぎりまで調整してみるけどね。場合によったら、友だちを二、三人連れていってもいい？」

「ああ、それはいっこうかまわないよ。あの家で辛抱してもらえるなら」

聡子は下におりて風呂《ふろ》に入りはじめた。若い娘の入浴は時間がかかる。時間はとっくに十二時をすぎていたが、十二時半になってもまだ上がってこなかった。田舎と東京との、夜の時間のちがいを痛感した。時間帯のずれが二時間以上ある。

聡子はナイトガウンを着て、ドライヤーを手に居間へ戻ってきた。いつもなら自分の部屋でドライヤーをかけるのだが、今夜は静夫がいるから気が変わったらしい。腹はへっていないが、コーヒーを飲みたいというからいれてやった。静夫ももう一杯飲みたいと思っていた。

「ありがとう、おとうさんにコーヒーをいれてもらうなんて、子ども冥利《みょうり》に尽きるわね」

悪びれない顔でそう言う。ガウンからのぞいている腕や足を見ただけで、わが子の肉体的成熟度がわかり、つい目を逸《そ》らしてしまうのは毎度のことだ。

「でも、おとうさん。おかあさん、ほっといていいの？」

ドライヤーをかけながら言った。

「なにが？」

「なにがって、どんどん忙しくなるじゃない。おとうさんが家を空けるようになってから、まるで糸の切れた凧《たこ》よ」

「しかたないだろう。おかあさんにはおかあさんの生き方がある」

「でも、まるでおとうさんという重石《おもし》が取れたからみたいじゃない」

「そう聞くと、おとうさんの立場はますますなくなるじゃないか。おとうさんの存在が、これまでは制約になっていたということだからね。家のなかのことをきちんとやっている限り、文句は言えんよ」

「でも最近は、きちんとやっているとは言えなくなっていると思うな」

静夫は聡子の横顔を盗み見た。聡子の本意がどこにあるか、気になったからだ。それほど意識して言ったとは思えなかった。

「最近のおかあさんに不満なのか」

「とくに不満というわけじゃないけど、家庭という枠《わく》から、ますますはみ出しているみたいで、これでいいのかなって気はするわ。いまがぎりぎりじゃないの。でもますます仕事のほうへ傾いているから、そのうちバランスが取れなくなってしまうんじゃないかしら」

「おかあさんはそれを、どういう風に言っている」

「最近、そういう話、したことがないんだ。お互い、忙しすぎて」

「じゃ今度、おかあさんとふたりで話し合ってみるよ」

「とにかくおとうさんとしては、おかあさんのすることに、ブレーキをかける気はないのね」

「ないよ」考えながら静夫は答えた。「多少の制約はやむを得ないものとして、家庭第一にやっていくか、制約は最小限にして、ばらばらだけど、家庭というひとつ概念の下ではちゃんとまとまっていくか、要するに選択の問題だと思う。おかあさんが望んでいるのは後者だと思うんだけどね。少なくともおとうさんは、おかあさんのしたいことを邪魔するようなことだけはしたくない」

「やさしいのね、おとうさん」

「これがふつうだろう」

「わかったわ。おとうさんがそう言うんなら、わたし、もうなんにも言わない」

「ありがとう。聡子にそういう不安や不満が芽生えているとすれば、もっと考えてみなければいけないだろうから、おとうさんも反省してみるよ。言い訳するわけじゃないが、おばあちゃんの病気によって、すべてが変質させられてしまったんだ。なによりもおとうさんが、父親としても、夫としても、機能しなくなっている。問題は全部おとうさんにあるんだよ。もうちょっと時間をくれるか。そのうちなにか、出口を見つけるから」

　自分たちの部屋へ引き上げようとしたときは一時半になっていた。そのときだ。あ、そうだ、と聡子が言いはじめた。

「ねえ、おとうさん、誰か、わたしの身元調査をしている人がいるらしいんだけど、心当たりない？」

「身元調査？」

「そこの竹森さん知ってるでしょう、小、中学校で一緒だった宣子《のぶこ》さんとこ。あの人んところへ興信所がきて、わたしの家庭環境とか、いろいろ聞いたんだって。おかあさんは、全然心当たりないって言うし」

「おとうさんにもないよ。はじめて聞く」

「失礼しちゃうわよねえ。まだ就職するわけでも、お見合いの話が来ているわけでもないのに、勝手に人のプライバシーを嗅《か》ぎ回っているんだから。竹森さんは、てっきりわたしに結婚問題が持ち上がってると思ったらしいの。内密にと言われたらしいけど、とくに知らせてくれたのよ」

「いつのことだ」

「わかったのは四、五日まえだったかな」

「なんだろうな」静夫は首をひねった。「たとえばおとうさんが、新しい事業をはじめたりするとき、取引先や、パートナーとなる人が、おとうさんの信用調査をやる場合はあるけどね。しかしいまのおとうさんにはなにもないわけだから」

これも、気にかけておこうということでその場はおさめた。その夜、このことがなかなか頭から離れなかったのはたしかだ。心当たりといえるものはたったひとつしかない。

14

「あら、おとうさん、今週帰ってくる番だった?」治子の帰宅第一声がこうだった。

「ごめんなさい。来週だとばかり思っていたわ」

向こうから宅配便で送った蟹《かに》が、本人より早く、午後届いたところだった。大ぶりで肉厚の、ずっしりした重さの毛蟹が一匹入っていた。聡子とふたりのつもりだったから、一匹しか送らなかったという。実家や保のところには別便で送ったとか。

「ぼくのほうも、きみが出張だということを忘れていたんだから、おあいこだな」

「よっぽど、岡山のほうへ送ってあげようかと思ったのよ。でも、病院と行ったり来たりして留守がちでしょう。生ものだから、すぐ受け取れなかったときのことを考えて」

「しかし、これだけ大きいと、親子三人で十分だよ」

「そうね。わたしはきのうたっぷりご馳走《ちそう》になったから、ふたりで堪能《たんのう》して」

大ぶりの鍋《なべ》で湯をわかし、塩を投げ入れて蟹を放り込む。沸騰《ふっとう》させたままの状態で三十分茹《ゆ》でるのだという。

「そんなに茹でたら、だしが全部出てしまうんじゃないか」

「ううん、これくらいの蟹だと、それくらいの時間が必要なんだって。わたし、目の前で茹でてもらったんだもの。ほんとよ。おいしかった」

最近の治子がまえにもまして精力的になった感じがするのは、けっして思いすごしではなかった。忙しさを潤滑油にしている。治子にかぎって、目一杯とか、限界とかをうかがわせるものは発見できない。どんなに追い込まれても、まだ余力を残しているように思わせる。治子は闊達《かったつ》で、自信にあふれ、周囲に対してよりおおらかになっていた。

「札幌ではどこへ泊まったの？」

「定山渓《じょうざんけい》温泉」

「学生時代に一度行ったことがあるよ。まだ電車が通っていたころの話だけどね。しかしいま時分だと、春にはまだちょっと早かったろう」

「ええ、それが残念だったわね。まだ早春。旭川では雪が降ったくらいだもの」

「どこの慰安旅行だったの？」

「あら、いやだ。TLCの一泊セミナーだって言ったじゃない。損保の取り扱いについての研修だったのよ」

「ああそうか。そういえば、損保もやっていくっていってたね。もうスタートしていたのか」

「あなた、わたしの話を全然聞いてくれてないのね。最低限のことは知らせていると思うんですけど」治子は浮かべていた笑みを引っ込めて言った。「とっくにはじまってるじゃありませんか。近く、スタッフをひとりふやそうかと思ってるくらいなのに」

「いや、聞いてはいたけど、ますます忙しくなっているみたいだから」

静夫はあわてて言った。

「あなた、賛成してくださったはずよ」

「だから、不満を言ってるんじゃないんだ。きみがやりたいようにやればいい、というぼくの考えに変わりはないよ。ただ、最近のきみを見ていると、最終的な目標ラインがどの辺りにあるのか、どこまで目指しているのか、不安ではないけど気になってしかたがないんだ。ほら、いつか講演録を見せてもらった、全外協の、なんとかいう会長さんがいるじゃないか。あの人みたいに、ひとりで外務員八百人分の保険料をかき集めるような、日本一のスーパーレディにまで登りつめようとしているのかと思って」

「まさか。あの人は別格よ。わたしなど、逆立ちしてもそこまで行けっこないわ。意気込みが全然ちがうもの。でもあなたにそう言われると、ちょっと返答に困るところはあるのよね。いまのままで十分満足しているとも言えるし、もっと高い目標に向かって挑戦してみたい気もするし、針が揺れていることはたしかなの。やるからには、前向きに進むほかないんだろうな。わたし、そういう意味では単純なのね。勢いの鈍るようなことや、いまの自分に疑問を覚えるようなことは、あまり考えたくないの。よくわからないのよ」

「そう言われると、ぼくとしてはなんにも言えなくなる。もうすこし人生を楽しんだらとか、自分の時間をつくったらとか、言ってあげたい気もするんだけどね。いまの毎日で満足しているというなら、それでいいとしか言いようがない。あとは躰《からだ》をいたわってくれること。それだけだね」

「丈夫な躰に育ててくれた両親には感謝してるわ。それと、自由にさせてくれているあなたに」

「ぼくはなんの役にも立ってないよ。だからこそ、いまのぼくにできることは、きみの邪魔をしないこと、足を引っ張らないことぐらいしかないんだ」

保険業法が改正され、これまで別個のものとされていた生命保険と損害保険との境界が取り払われてしまったのは昨年のことだ。保険業界にとっては黒船到来以来の大変革で、これからはどちらの保険を取り扱ってもよいことになる。いわば自由競争による新たな戦国時代に突入したわけで、治子の所属する生保会社もさっそく損保の子会社をつくり、損害保険市場への進出をはじめていた。しかし生保のセールスレディが損保を売り歩けば、損保の代理店が生保の販売をすることもできるわけで、これまで生保一本やりできていた外務員のなかには、情勢の変化に対応できなかったり、迷いや戸惑いをみせたりしているものも少なくない。治子のほうは、それを生保の新しい市場拡大のチャことになる。ただそのためには、クリアしなければならない新たなハードルも多いことになる。外務員でも治子クラスになると、情勢が変わったからといって、簡単に撤退することは許されていないのである。

生命保険の外務員にもいろいろな組織があり、治子はそのうちのいくつかに加入していた。TLCというのは認定生命保険士会という国家資格を持った外務員の会で、約四十万人いる外務員のうち、まだ一パーセントぐらいしかいない。いちばん大きな組織である全日本生命保険外務員協会、略して全外協の構成員で全体の約一割。したがってどの組織も、外務員のなかではエリートの集まりといって差し支えなかった。治子は今年、この全外協の神奈川支部かどこかの、支部長に就任したはずだった。

これまでの治子は、そういう会への積極的な参加はひかえていた。家庭第一という規制をみずからに課していたからだ。しかし業績をあげればあげるほど、好むと好まざるとにかかわらず、スポットが当てられることになる。頼まれてほかの支部へレクチュアに行ったりアドバイスに行ったりしているうち、とうとう推《お》されて支部の役員までやるようになってしまった。もちろんこれは純粋な奉仕活動だから、本業のうえではマイナスでしかない。しかし治子のような女性には、これが逆に発憤材料となってしまうのだ。支部の世話や役員をしているから、仕事の業績が多少低下してもやむを得ない、と思われるのは彼女らのプライドをいちばん傷つけるのである。

「それはそうと、聡子の話、聞きました？」

「誰かが、身元調査をしたという話かね」

「ええ。心当たりがあるんですか」

「ないよ。ほんとうに身元調査だったのかなと、思ってるんだけど。単なる問い合わせかもしれないだろう」

「だったら、誰が、なにを問い合わせているんです」

「そう言われると、困ってしまうが」

「ほんとはあなたが目的みたいなのよ」

「ぼくが？」

「じつは三浦さんからも、同じことを言われたの。おたくのお嬢さん、ご縁談ですかって。それで、身に覚えがないって答えたら、向こうもちょっとおかしいと思ったって。聡子のことを聞きに来たわりには、あなたのことばかり聞きたがったというのよ。どこに勤めてて、どういう家族構成で、どういう資産状況か。まるで信用調査じゃない」

「ぼくの信用調査か。思い当たることはないんだが」

　先日聡子から話を聞いた段階で、いつそれが治子から蒸し返されるか、ある程度覚悟はしていた。それでとりあえず、治子にはつぎのような話をした。静夫名義になっている岡山の山林の一部を、売却する意志があるかどうか、先日さる人を通じて打診があったのだが、その関連かもしれないと。その段階ですでに断っていると。ゴルフ場ができるらしいの、大規模な無菌養豚場ができるらしいの、噂《うわさ》ばかり先行して計画は頓挫《とんざ》したものとばかり思っていたが、ひょっとするとまだ生きていたのかもしれないというふうに。治子が納得したかどうかはわからない。しかし少なくとも以後その話が出ることはなかった。

夜半の治子はこころよく彼を迎え入れてくれた。激しくはなかったがゆったりとした感覚に身をゆだね、静夫の仕掛けや要求には的確に答えた。治子が楽しんでいるという感触は、静夫の気持ちも楽しませた。実際足をひとりでに動かし、全身をくねらせて快感を増幅させ、リズムを帯びた声は一段と高い境地へ彼女を誘っているように思われ、凪《な》いだ海を航行している船さながら、茫洋《ぼうよう》とした境地を治子はさまよいつづけていたなかに入ると、治子は腰を動かしながら腕を背に回してきた。それはオルガスムスを覚えはじめたころの、一瞬をむさぼるためにすべてが投げ出せたあの強烈さとは異質だったが、より官能的になってそれを自然に受け入れている点でははるかに内容の濃い媚《び》態《たい》だった。零《ゼロ》から出発したひとつの女体がこうして思うさま反応していることに、静夫はそのつど言いしれぬ喜びをおぼえた。自分が以前にもまして治子におぼれ、よりいっそうその肉体に恋するようになっていることをうれしく思った。いま治子は母親のように彼を抱き、自分の肉体のうえで好きなように彼を遊ばせていた。急激に高まってくるものを、静夫はいったん離れることで逸《そ》らそうとした。しかし治子が手を放さなかった。そればかりか足をあげて彼の躰へからめてきた。静夫は抵抗することをあきらめ、いまはこれまでと治子を抱きすくめにかかった。そして全身の力と思いを込め、治子の体内に自分の精液を送り込んだ。

自分の部屋に戻ってからもしばらくは、いまの感覚を思い出してその余韻を楽しんでいた。はじめて治子としたときのような興奮が、いつまでも残ってなかなか醒《さ》めない。その記憶の芯《しん》のところに、いまではふたつの肉体が重なっていることをはっきり意識していた。治子と亜紀、どちらがいいということではなかった。治子の肉体をいま味わったことで、亜紀への新たな欲望が目覚めていた。

つぎの日もそのまたつぎの日も、静夫は治子を求めつづけた。さすがに連続して射精することはできなかったが、むさぼりたい気持ちに変わりはなかった。サラリーマン時代、短期間だが大阪に単身赴任していた時期がある。週末の金曜日にはいそいそと帰ってきて治子を求めたものだ。そのときのパターンが、金曜日の夜、土曜日の朝、土曜日の夜、日曜日の朝、と四回休みなしにつづけたものだった。いま肉体的にそれほどの精力はなくなっていたが、半月ごとの往来という新しい刺激を得たことで、性的能力が回復してきたように思えてならない。

しかし三夜目には、治子に拒否されてしまった。疲れているし、こう連日では身がもたないから、今夜は堪忍してと言われたのだ。そういえば疲れがたまっていることはたしかのようで、前夜の反応も思ったほどではなかった。我慢しているというほどではないが、できるだけ深入りしないようにしようと、セーブしている感じを受けた。仕事の疲れを持ち越しているほかに、年齢的な衰えが加わることを静夫はひそかに恐れていた。それは必然的に、長男の昇が亡《な》くなったあとしばらくの、その痛手から治子が性的欲望まで減退させていた時代を思い出させた。だから治子の気分がのらないときは、けっして無理強いはしなかった。その夜も治子が望むまま腕だけ貸して彼女が寝つくのを待った。翌日になればまた新しい治子ができることを知っていた。治子は日々生まれ変わっていた。しかし今回は、これまでとすこしようすがちがっていた。なしですませることが数夜つづくと、それがあたかも既得権でもあったかのように、それが当たり前になってしまったのだ。求めるたびに治子はいやがってみせた。とうとう辛抱しきれなくなり、岡山へ帰るまえの数日間は、やや強引に関係を迫って、治子の肉体を屈服させた。女房に再考をうながして抱くというのも妙な後味だった。はっきりいって治子の中にはいるのが目的になりかけている。考えてみるといまやそれだけが、静夫の自己確認になりかけていた。

15

数日後には聡子が友人を連れてやってくることがわかっていたから、亜紀が泊まれないと言いだしたのはかえって好都合だった。それで市内で落ち合った後、めしを食ってモーテルへ連れていった。場所は倉敷市の児島《こじま》寄り、国道430号線からすこし入った山のなかだった。ふだんの行動圏とは反対の方角にあたり、前日に下見しておいたところだ。

シャワーを浴びた直後で、バスタオルしかまとっていない亜紀をすぐさまベッドに押し倒した。

「いやぁ。そんなに焦《あせ》らないでぇ」

亜紀の声はなんとなくわざとらしかった。食事のときから感じていたことだが、馴《な》れ馴れしくなったというか、男と女としての基本的なもの、その礼儀みたいなものが失われていた。それは自分が、これまでとはちがう目で見られはじめたことを意味する。なまじ性という最大のものを分かったがために、外堀はおろか内堀まで埋められてしまったとするもの。すでに亜紀は自分が勝った気になっている。親しみのなかに侮《あなど》り、期待のなかに惰性があることをもう隠せなくなっていた。

乳房をまさぐり、吸いはじめると、亜紀は身をよじってくすぐったがった。それは一瞬しらけてしまうほど場ちがいな笑い声だった。静夫のほうにあせりがあったことは否定できず、それに気づいて、静夫は自分のぶざまさを呪《のろ》いたくなった。先日はあれほど周到な準備や演出を怠らなかったのに、たった一度で彼のほうがはるかに馴れてしまっていたのだ。静夫は自分を恥じながらも、あとはむりやり亜紀を引きずり込むより方法がなかった。

「いやだぁ。ちょっと、やめてよぉ。ほんとに、くすぐったいんだから」

照度は落としてあったが、明かりはつけたままだった。洗いたての亜紀の肉体はしっとりしていて、どう反応されようが、魅力的であることに変わりはなかった。しかもこれは、自分に差し出されている貢《みつ》ぎ物なのだ。かまわずつづけた。亜紀の抵抗を押さえつけてもみしだき、吸いつづけた。この感触だけがいまの彼の現実だった。

亜紀が声をあげてため息をついた。抵抗するのをあきらめたか、その声にはもう媚《こ》びがふくまれていた。こもっていた力が抜けた。分水嶺《ぶんすいれい》は越えてしまったことがわかった。腕を股間《こかん》に差し入れると、亜紀は求めるがまま足を開いた。静夫は左手と唇で乳房の愛《あい》撫《ぶ》をつづけながら、右手の指を下腹部にはわせた。亜紀の胸部が規則的な上下動をはじめた。

亜紀の性器はもう湿りかけていた。その痕跡《こんせき》を探り当てると、指の先を当て、そこから塗りひろげるように周辺へのばしていった。閉じられていたところをゆっくり開いていく。亜紀の呼吸が小刻みになり、小さなあえぎへ変わりはじめた。指先がとうとう先端の、もっとも敏感なところへ達した。亜紀のあえぎが大きくなり、それにつれて喉《のど》をついて出る声が大きくなった。すでに数分まえの彼女ではなくなっている。

亜紀の反応を見るために上体を起こした。左手の親指と薬指の先で乳首を圧迫しながら、右手中指の先端で性器の愛撫をつづけた。張りのある肉体が艶《つや》やかに輝きながら脈動していた。ふくらみとくぼみ、均整など無視した圧倒的な立体感は、彼の目にとってほとんど初体験だった。色彩までがちがう。亜紀は目を閉じている。口は開き、表情は陶酔のそれより放心に近い無表情で、声は耳になじみのないものだった。次第に大きくなるあえぎと、波打つ腹部。いまでは五感のすべてがひとつ感覚に集中していた。右手指先に対する粘液の抵抗力が増してきた。顔を戻して性器をのぞいた。分泌《ぶんぴつ》液が流れだしていた。開ききったピンク色の性器。未経産婦の、固いが、それだけ収縮性に富む膣《ちつ》口《こう》がそこにあった。

両足を抱えて持ち上げようとすると、亜紀は突然悲鳴をあげた。手が伸びてきて性器を隠し、身をよじって逃れようとした。自分がなにをされようとしているか悟って、それを拒絶しようとした。抵抗が思いのほか強かったので、口を持って行くことは断念した。静夫は左手で亜紀の手を握り、落ち着かせるためもとの愛撫に戻った。亜紀がふたたび弛緩《しかん》した。その顔を用心深くうかがいながら、右中指をなかに挿入した。亜紀の躰に戦慄《せんりつ》のようなおののきが走った。彼女は小さな叫び声をあげた。膝《ひざ》がひとりでに持ち上がった。指をからめるように動かすと、声が高くなってしかも切れ目がなくなった。亜紀の下半身全体がうごめきはじめている。顔には朱がさしたように歓喜の色がのぼった。亜紀の感じているようすが、右手中指にあまさず伝わってきた。すでにこれまで経験したことのない密着感が指先をとらえはじめていた。吸引と収縮、蠕動《ぜんどう》とうねり、それは指の動きごとに変化し、いかなる変化や強さにも対応した。まるで体内に侵入してきた異物を、全能力をあげて取り囲み、攻撃し、圧死させようとしているかのように膣壁が襲ってくる。そこにいささかの逡巡《しゆんじゆん》も、隙《すき》もなかった。そして指を動かすたび、まるで吸い上げられるみたいに亜紀の躰がのけぞった。全身の力が下肢の一点に集中していた。目のくらむような思いだった。われを忘れた。どうにもならない興奮と衝動に突き動かされた。静夫は無我夢中、左手一本でコンドームを装着した。

きょうこそ、この感覚の正体を突き止めようと思っていた。しかし結果は、先日とほとんど変わらなかった。自分の性器が指先よりもっと敏感な感覚で亜紀のなかへ入ってゆき、膣壁にとらえられるやいなや、たちまちコントロールが利《き》かなくなった。蜘蛛《くも》の巣に引っかかった蝶《ちよう》さながら、自分の意志で制御できるものがなにもなかった。ふたつの性器がひとつに合わさった瞬間から、性器そのものによって代表される男の欲望は、もう放出するほか解放される道を見出《みいだ》せなくなっていた。あとはその時間をできるだけ引き延ばそうと、与えられた条件下での抵抗を試みるだけなのだ。しかしそれすらすぐ限界に達した。とうてい勝てないと知ると、静夫は荒々しく上体を起こした。そして、組み敷いている亜紀の姿態を視界におさめながら、両の乳房をわしづかみにした。開かせている下肢の間へ、歯を食いしばり、うめき声を発しながら突入し、搾《しぼ》りだされているものが血液ででもあるかのような喪失感をおぼえながら射精した。男にとってそれ以外の、なんの意味も、いかなる結果ももたらしはしない放出。終わった。単なる終わり。積み上げるものも、広がるものもない、ひたすら繰り返されるだけの行為。満足感と、安堵《あんど》と、空《むな》しさの一体となった半覚醒《はんかくせい》の境地。呆然《ぼうぜん》としはじめるのはいつもそれからだった。

シャワーを浴びて戻ってくると、亜紀はまだ同じ姿勢で横たわっていた。バスタオルで恥部を隠しているだけ。投げ出された足の位置すら変わっていない。この女も全力で享受《きょうじゅ》したのだという思いが伝わってきた。横に座って乳房にまた触れたが、動かない。されるがままだ。局部をもっと見ようと、腿《もも》を愛撫しながらすこし足を開かせた。これもなすがままだ。太ももの周辺をひたすら撫《な》でながら、両足の間へ顔を近づけた。性器が間近に見えた。襞《ひだ》が長く、鮮やかな桃色。ひときわ濃い局部。口を近づけ、舌先でそっとなめあげた。

亜紀は短い悲鳴をあげた。足を閉じようとしたが、そのときはもう完全に顔を差し入れていた。静夫はしっかりとその両足をつかみ、再度舌を下から上へとはわせた。亜紀がまた声をあげた。しかし今度は、もう拒絶の声ではなかった。彼女はすでに感じていた。力が抜け、静夫の舌の動きに、下肢が反応しはじめていた。それに力を得て、静夫は亜紀の足を思うさま開かせた。そしてソフトに、やさしくなめはじめた。亜紀のあげる声は、完全な歓喜の声と変わった。それにつれて、身もだえの振幅が大きくなった。わななないている。顔を左右に振っている。すすり泣いている。声がさらにオクターブをあげた。指を入れた。亜紀の全身が弓なりに痙攣《けいれん》した。腹部が強烈な力で押しつけられているみたいに波打っている。爆発していた。それをどう受け止めてよいかわからない肉体がのたうっていた。かまわず舌先を局部に集中させた。指を回転させ、その動きを速めた。かと思うと突然上下運動に変えたり、逆回転にしたりした。掌《てのひら》がべったり濡《ぬ》れてきた。流れ出してきた分泌液で、いまや拳《こぶし》全体が濡れつくされていた。亜紀の足が目の前で高く上がった。静夫はふたたび勃《ぼっ》起《き》した。

コンドームの用意はしてあった。しかし手の届くところになかった。それで愛撫をもっとつづけることにした。左手でなおも外性器を押しひろげ、局部に舌を当てた。しゃぶり、吸い、外性器全部を吸いとるみたいに口へふくんだ。上体を横にずらせると、亜紀の躰《からだ》の上へのしかかるようにして、指を奥深くまで差し入れた。指先が子宮口をとらえた。指を曲げ、膣壁をさぐった。膣は固く、締まっていて、しかも狭い。この肉体が、どのようにして創《つく》り上げられたものか、静夫にはわからなかった。性の快感が学習によるものであることを考えると、亜紀の性体験は半端《はんぱ》なものではないことになる。前回もそうだったが、亜紀はシャワーを浴びたとき、肛門《こうもん》のなかまできれいに洗っていた。排《はい》泄《せつ》物の臭《にお》いのかけらも残っていなかった。自分がどうされたいか、男がどうしたいかを知りつくしていた。忠洋の顔が目の前にちらついた。すると、にわかに平静ではいられなくなった。静夫はより荒々しい衝動に襲われた。亜紀の上体を畳むみたいに強く押しつけると、肛門に舌をはわせた。あふれ出た分泌液が割れ目に沿ってその下まで流れていた。

コンドームを取りに行く間がないまま挿入した。さっきに比べると、今度はすこし余裕があった。間欠的な痙攣を起こしている膣の感触をダイレクトにたしかめ、動かさないまま、しばらく没入感にひたっていた。亜紀の髪をまさぐり、右手を濡らしている分泌液をその髪になすりつけた。それからその匂《にお》いを嗅《か》いだ。亜紀の顔を見下ろしながらゆっくり腰を動かしはじめた。至福のひとときにつつまれていた。静夫は目を細め、全神経を集中させてその感覚を味わった。それから亜紀の躰に手を回し、抱きすくめてさらに深く突入しようとした。その段階で一体感が失《う》せた。自分が組み敷いている肉体のなかへ吸いとられてゆく感覚に変わっていた。いつもの、抑制の利かない限界を超えてしまっていた。その感覚を味わいつくしながら、今回もまたなすすべもなく放出した。その瞬間、母親の胸に取りすがって泣く幼児のような声を出していた。短時間のうちに、二回射精したのはいったい何十年ぶりのことだろう。小さく縮んでしまった自分の性器を静夫は信じられない思いで見つめた。亜紀の性器からは、いま彼の放出したそれが流れだしていた。

モーテルを出たのは、かれこれ十二時だった。遅くなってごめん、と言うと、亜紀は黙ってうなずいた。肯定なのか否定なのか、よくわからなかった。彼女は物憂《ものう》そうで、かなり疲れているみたいだった。口数も少なくなり、シャワーは浴びたものの、髪は洗わなかった。

車に乗ってから、静夫は包みを差し出した。なに？　と亜紀が目で尋ねた。

「プレゼントだよ」

「開けていい？」

静夫はうなずき、亜紀はリボンを外した。なかからブルガリの時計が出てきた。

「あら、うれしい。これ、くださるんですか」

「特別高いものじゃないけどね。失業中の身だから、これ以上のことはできないんだ。まあ、記念にと思って」

「ありがとう、うれしいわ」

亜紀はそれを腕にはめた。腕を返して、何度もそれを見やった。満足そうな笑みを浮かべており、表情がさっきより明るくなった。

「どうもありがとう。遠慮なくいただくわ」

ふたたび箱に戻そうとした。その手が途中で止まった。

「困ったわ。見つからないように、隠しておかなくちゃ」

「まあ、見つからないほうがいいだろうとは思うけど」

「見つけるのよね。家のなかに置いておくと」思案している。「いいわ。あした、お店へ持って行くから」

「持ちものを調べられるのか」

「ええ。暇で、することがないものだから、箪笥《たんす》のなかまで掻《か》き回すの。口ではそんなこと、していないと言うんだけど」

「かといって、いつまでも店に置いておくわけにはいかないだろう」

「大丈夫よ。わたし、銀行の貸金庫を借りてるの。そこに入れておくからいいわ」

静夫はおどろいて亜紀を見やった。彼はそんなものを使ったことがない。

「ずいぶん秘密主義なんだな」

「だって、すごく嫉妬《しっと》深いんだもの。ほんとよ」静夫の顔色をちらとうかがって言った。

「なにもかもしゃべってしまうまで、絶対に許してくれないんだもの。どんなふうにされたか、みたいなことまで、全部しゃべらされるのよ」

静夫はおどろいて亜紀の顔を見つめた。

「それで、ぼくのことは、なにもかも筒抜けだったんだな」

「その代わり、自分のこともしゃべるわ。内村さんとこへ乗り込んでいった話も、自分からしたし」

「じゃあ今夜も、これから帰って白状させられるのか」

亜紀は黙った。いくらか恨めしそうな顔がすべてを物語っていた。

「悔しがってるみたいなの。許したのを後悔してるわ。だからもう外泊は許してくれないのよ」

「一緒にすごしてもいいが、必ず帰ってこいというんだね」

うなずいた。

「約束がちがう、といってくれないか」

「え？　そういうことになっているの」

「少なくとも、きみを拘束しているようなことは言わなかった」

「勝手ね。ふたりとも。わたしの立場をまったく無視してるんだから」

「つぎはいつ会える」

「わからないわ。そんなこと」

「ぼくのほうは、きみの都合のつく日でいい」

亜紀は恨めしそうな目を向けた。

「いずれ、こちらから、連絡するわ」

「彼に内緒の時間をつくれないか」

「むりだわ、そんなの。そういう勘はものすごく鋭いんだから。極端にいうと、毎日疑っているのよ」

コンドームなしで放出したことを思い出した。むろん打ち明けていない。

「こうみえても、つらいんですよ、けっこう」

マンションの前で降ろしたときは一時になっていた。五階の、彼女の部屋にはまだ明かりがついていた。亜紀にもそれはわかったようだが、そのことについてはなにも言わなかった。亜紀はおやすみなさい、と言うと、後も見ずに去っていった。その臀部《でんぶ》を見送りながら、自分の体内に起きている異常を静夫はいぶかっていた。躰がほてっている。また亜紀が欲しくなっていた。

16

四月の二十九日に聡子が友人ふたりを連れてやってきた。祖母の見舞いを口実に、ゴールデンウイークをめいっぱい遊ぶつもりらしく、静夫の家で四泊して、そのあとさらに京都へ行く予定だという。ふたりは東京と千葉の出身で、こちらのほうへ来たのははじめて。見るもの聞くものすべてが珍しく、カルチャーショックを受けたとさかんに連発していたが、その感受性がどの程度のものかはあまり信用がおけなかった。風景、自然、習俗等には、なんのアンテナも働かないらしいからだった。

三人もの女の子が集まるからと、大あわてで台所を整備、掃除したのだが、ふたりはまったく料理ができなかった。日常生活の基本的なしつけもできておらず、彼女らが風《ふ》呂《ろ》や洗面所を使ったあとの惨状ときたら、それこそ静夫のほうがカルチャーショックを受けた。外見ではきわめてノーマルな愛らしい女性なのである。のびのびとして、屈託がなく、人の言うことも素直に聞く。しかしこと生活態度に関しては、享受することしか身につけていなかった。日ごろよくできた子だと思っている聡子までが、彼女らに混じってしまうと、大差ない女の子になってしまうのが意外だった。

車が一台しかないうえ、聡子は地理に詳しくない。それで静夫が運転手を買ってでて、一日、古い街並みが奇跡的に残されている吹屋や高梁《たかはし》等に案内していった。歴史に興味を示すようなら、日本有数の巨大古墳である作山・造山古墳とか、長い回廊を持つ吉備《きび》津《つ》神社などへも案内するつもりだったが、彼女らの関心が古いものより新しいものにあることがわかって周遊は尻《しり》すぼみに終わった。食事は外ですませて帰った。その日彼女らがいちばん感激したのは、岡山で食べた食事料金の安さだった。

つぎの日は倉敷へ行くというから、これは三人で行ってもらうことにして、朝、和気まで送って行った。聡子が帰りに病院へ寄るというので、帰途は岡山市内で彼女らを拾いあげるという段取りだ。また四日目は、彼女らに車を貸してやることにした。免許は三人とも持っているというし、ふだんも乗っているというから心配ないようだ。千葉の子は自分の専用車まで持っていた。行き先は三人であした決めるという。

電話がかかってきたのは夜の九時すぎだった。すぐ横にいた聡子が反射的に受話器を取った。

「はい、内村です」

遅れてやってきた静夫は、なにげない顔をしながら聡子の顔を見守っていた。聡子はすぐさま受話器を下ろした。

「まちがい電話だったわ」

静夫はうなずいて引き下がった。

翌日八時、前日岡山市内で買ってきたフォションのパンと、ベーコンエッグにサラダ、ジャージー種の牛乳という献立で朝食をとると、彼女らは勇んで出かけていった。車で和気まで送ったあと、とりあえず自宅へ引き返した。食事の後片づけをし、布団《ふとん》を干した。彼女らは家事に類することはなにもやらなかったが、下着類の洗濯だけは自分でやった。それはいま、洗濯ロープに吊《つ》るされて、使っていない二階の部屋に干してあった。

十一時すぎに亜紀のところへ電話をした。

「ゆうべ、電話をくれなかった?」

「したわ。だれ、あの人?」

「娘が友だちを連れて遊びに来ているんだ」

「じゃああしたはだめね」

「あす? あさってにならないか。じつはあすは、車が使えないんだ」

「あすしか空いてないわ。津山へ行く用があるから、そのとき寄ってもいいかと思って」

「何時ごろ来られる」

「お昼すぎでしょうね。二時間ぐらいなら時間が取れそうなの」

「じゃ、あす、そちらを出るとき、もう一回電話をくれる?」

受話器を下ろすと、しばらく干した布団に目を注いでいた。迷っていたのだ。

夕方、聡子はじめ三人が、花束を手に病院へ現れて君子を感激させた。聡子だけは岡山へ着いたとき、友人を待たせて一時間ほど顔を出しているからこれで二度目だった。今回はふたりのほうがすすんで同行を申し出たという。静夫は感心して彼女らと母親とのやり取りを見ていた。こういうことになると、じつによく気がつくし、またその振る舞いは自然だった。母親についての予備知識は、聡子が与えていたらしい。老人に対するふたりの態度には、お世辞でなしに畏《い》敬《けい》のようなものがうかがえた。

夕食は高台にあるホテルのレストランへ連れていった。

「あすは、どこへ行くことにしたの？」

と聞くと、あ、考えてなかった、という返事が返ってきた。その場で検討をはじめたが、意見はなかなかまとまらなかった。松江、四国、広島という名が出てきたところをみると、高速道路を使っての遠出を考えているようだ。静夫の想定していたものとはスケールがちがっていた。

結局四国ということに決まった。ただし目的は瀬戸大橋のようだ。なにかで見た与島のパーキングエリアにあるレストランで、海を見ながら食べたりおしゃべりしたりしたいらしい。

「だったらレンタカーを借りたほうがいいんじゃないか。そのほうが安全だよ。費用は出してあげるが」

「べつに、軽でもいいわ。わたしたち、すっ飛ばすのが目的じゃないから。それにレンタカーだと、行きと帰りが面倒じゃない。行くときはおとうさんを岡山まで送っていってあげられるし、帰りはきょうみたいに病院で落ち合えばいいんだし」

「ぼくならかまわないよ。朝早く病院へ行ってもしようがないんだ」

「じゃあ、帰りだけ拾ってあげるね」

静夫のほうは、明日は病院へ行かずにすませようと思っていた。そのための口実はまだ思いつけずにいたが、こういう会話になったため、結局言いだすことができなかった。

その日はアンデルセンのパンを買って帰った。毎回かなりの量の食べ残しが出ていたものの、彼女らがそれを気にするようすはなかった。静夫は連日、残飯ともいえないものを大量に捨てていた。彼女らはレストランで出てくるものだとあまさず食べる。晴《はれ》と褻《け》の食生活のちがいということかもしれなかった。

彼女らが行ってしまってからのほうが、静夫の迷いやためらいは大きくなった。聡子らが突然引き返してくる恐れは万にひとつもないと思うが、いざとなるとその可能性を否定しきることはできなかった。

十二時十分まえに電話がかかってきた。

「これから出ます」

「では、ここに寄ってくれる？　一緒に出かけよう」

亜紀の車が到着するまで一時間二十分かかった。静夫は帽子をかぶって出ていった。強いというほどではないが日差しがある。亜紀が車から降りてくるところだった。

「運転を代わろう。ぼくが案内する」

「どこへ行くの？」

「案内したいところがあるんだ」

「そんなに時間ないのよ」

「いいよ。そのあと、きみはそのまま行けばいい。ぼくはどこか途中で降ろしてもらう」

意外そうな顔をしたが、亜紀は車のキーを渡した。彼女を助手席に乗せ、静夫は車をスタートさせた。国道に出て北上し、別当神社のほうへ向かった。ゴールデンウイークのせいで、ふだんより車が多かった。県外ナンバーがけっこう目立つ。しかし国道を外れると、たちまちいつもの閑静な山道に戻った。

「津山へ何しに行くんだ」

「仕事よ。結婚式の引き出物にうちのハンカチを使ってくれるよう、あるホテルまで売り込みに行くの」

「ほう、営業までやってるのか」

「営業ってほどじゃないわ。話はついているのよ。サンプルとか、見本とかができたので、届けに行くってところかな。このうえ営業活動までやらされたらたまんないわ」

「時間の約束は」

「約束はしてないけど、時間内に行って、時間内に帰って来なきゃならないの。だからぎりぎり二時間しかいられないわ」

十五分ほどで例の林道にさしかかった。

「どこへ行くの？」

亜紀が不審そうに尋ねた。

「心配しなくていい。ちょっと、聞いてみたいことがあるんだ」

なかへ乗り入れた。この二週間ばかり来ていなかったが、樹木の生長速度がいちばん盛んになる時期を迎えて、この間にも木や笹《ささ》が伸びていた。このぶんだと来年あたりは通れなくなってしまうかもしれない。

杉林に乗り入れて止めた。亜紀に降りるよううながしながら、静夫は先に降りた。下を調べてみたが、その後だれかが来た形跡はない。静夫は残っている轍《わだち》を示した。

「なんなの？」

「この車のタイヤの跡だよ。ここに乗り捨ててあったんだ」

「えっ、こんなとこ」

心底おどろいている。

「心当たりは？」

「ないわ。でもこんなとこへ、なにしに来たんだろう」

「それも一回じゃないんだ。何回も来ている」

「わたし、知らない」

「なんのために山へ入っているか、そういうことはなにも言ってないんだね」

「言わないわよ。自分のことでも肝心のことになると、なにひとつしゃべらない人だもの」

「この山の上を歩いている」静夫は杉林の上を指さした。「行ってみないか」

「遠いの？」

「いいや。十五分ぐらいだね」

亜紀は行ってみると答えた。下は乾いているし、ヒールのない靴だから、歩くのはむずかしくない。ただし店に出ている格好だから、ミニスカートだった。靴は車の運転用にローヒールのものを用意していたので、そちらをはいていたのだ。静夫は先に立って歩きはじめた。

「彼、どのくらいまで回復してきた？」

「どれくらいって？」

「車に乗って出歩けるのは、いつごろになりそうなの」

「それは当分むりだと思うわ。骨がすっかり弱ってるみたいだし。あの年代だと回復が倍以上かかるらしいのね。最低一か月、わたしは二か月くらいかかるんじゃないかとみてるけど」

最初の急な坂は、手を貸して彼女を引っ張り上げてやった。ゆっくりした歩きだったので、尾根にとりつくまで二十分かかった。気温は二十度を超しているだろう。さすがに汗ばんできた。亜紀は上着をぬいで、手に持った。下には薄手のサマーセーターを着ている。暑いわ、と言いはじめた。

それで木陰に入った。手頃な岩があってそれに腰をかけた。下には落ち葉がたまっていた。

「どこまで行くの？」

「その先までだが、ここでもいいよ。どっちみち、それほど景色は変わらないんだ。この山全体、だいたいこんなところだと思ってくれたらいい」

上を仰いだ。木の葉の間から青い空がのぞいている。若葉の匂《にお》いが鼻をついた。静夫はもう勃起《ぼっき》していたが、亜紀のほうはまだ気づいていなかった。

彼女の上着を受け取って木の枝にかけた。それから引き寄せると、いきなりそこへ押し倒した。

「なにするの。いやよ、こんなところで。人が来たらどうするの」

「絶対に来ない。だから彼は、ここへやって来たんだ。それを証明してみせてあげる」

「いやよ。むちゃしないで。スカートが汚れるわ」

かまわず、体重を預けてスカートの下に手を入れた。足もからめて、亜紀の動きを封じた。パンストの間へ突っ込んだ手がショーツをとらえた。

「ねえ、お願い、こんなところでいやよ。スカートが汚れるって」

唇を唇でふさぐ。指があそこを探り当てた。動かしはじめる。亜紀の抵抗がいくらか弱くなった。

「これから、仕事に行くところだって」

「ちゃんと脱がせてあげるよ」

亜紀は恨めしそうな声をあげた。声がいくらか鼻にかかっていた。静夫は力を抜き、亜紀の顔や唇、耳などにやさしいキスを浴びせた。亜紀が目を閉じた。彼は上体を起こすと、スカートのジッパーを外し、素早く脱がせた。つづいて靴と、パンティストッキング、ショーツと脱がせていった。亜紀は観念した。スリップの下から白い二本の足がのぞいている。自分のズボンを急いで脱ぎ捨てた。亜紀の足を手にとって開いた。ピンク色の性器が目を射る。我慢できなかった。すこし早いのを承知で、なかに入った。固い。亜紀がわずかにうめき声をあげた。二、三度動かし、奥まで入ったことをたしかめてやめた。ほっとして亜紀を見おろす。動悸《どうき》がようやく落ち着いてくる。とにかく入ってしまいたかったのだ。

静夫の下腹部は充血しきっていた。それで、ゆっくり動かしはじめた。亜紀の反応はまだ鈍い。しかしそれでも、彼女の意志とは関係ないとでもいうみたいに、その温もりと潤《うるお》いとが静夫の性器を包みはじめた。襞《ひだ》がまたからみついてこようとしている。もちそうにない。危機感をおぼえて静夫は性器を引き抜いた。亜紀の両足を押しひろげ、舌を押しつけた。静夫は驚嘆した。亜紀は局部をきれいに洗っていた。彼女は声をあげはじめた。静夫は舌をはわせながらコンドームをはめた。亜紀の躰《からだ》を横にすると、左足を抱えてふたたび入った。性器の先端が子宮口を探り当てた。突き上げる。亜紀がうめき声をあげて躰を折り曲げた。腰をひねるようにしてなお突き上げた。もう止まらない。真っ直《す》ぐになった足を荒々しくつかむと、引き上げるようにしてピストン運動を爆発させた。すぐにはじまった。搾《しぼ》りつくして、体液が出てゆく。これでもかこれでもかと最後の一滴まで放出した。

「ひどいわ」

亜紀はすこしふくれ面《つら》をして言った。怒っているわけではなかったが、目を開いている。中途半端《はんぱ》に放り出されたのはたしかなのだ。そばに横たわって、抱き寄せるとキスをした。右手は彼女の股間《こかん》に置き、醒《さ》めない程度の愛撫《あいぶ》をつづけた。もう一回挑戦してみるつもりだったのだ。コンドームもふたつ用意してきた。

「最初からそういう目的で、こんなところへ連れてきたの」

「それもある」

「ほかに」

「彼が、ここでなにをしていたか。きみを連れてきたら、心当たりがあるかもしれないと思って」

「思い当たることはなんにもないわ」

静夫の右手を払いのけ、起こしてくれという仕草をした。やむを得ない。静夫は腰を上げて彼女を起こした。亜紀はすぐさまセーターや髪の汚れを調べはじめた。

「彼はぼくに対して、こういう自然石に彫りつけられている仏教遺跡を探し歩いていると言ったんだ。不動明王だとか、経文だとか、梵字《ぼんじ》だとか、岩に刻んだ遺跡ならこの辺りにけっこうあるんだ。しかしぼくが調べた限りでは、この山の岩に、そういうものはなかった」

「ということは、あなたもここへ、何回か調べに来たのね」

一瞬つまったが、うなずいた。

「何回かはね。彼がなぜ嘘《うそ》をついてまで隠そうとしているか、それを知りたかったんだ。彼はこの山で怪我《けが》をしている。その先に、彼の転落した急斜面があるんだよ。ところが発見されたのは、この山ではなくて、さっき通ってきたお宮の近くだったんだ。この下の道は交通量が少ないので、助けを求めてそこまで出ていった、とも考えられるが、それにしては距離がありすぎる。ということは、自分がこの山に入っていたことを、知られたくなかったからじゃないかと思ったんだ。怪我をもっとひどいものにしてまで、彼が隠そうとしたものはなんだったんだろう」

「知らないわ」

亜紀は下着をつけながら言った。その姿を、なんらかの無念さを嚙《か》みしめながら見ていた。もっと時間はあったのだ。彼はあきらめてズボンをつけはじめた。

コンドームを処分しようとして、亜紀に見られた。彼女は恥じらいもせず「使ったの?」と言った。静夫がうなずくと、くすっと笑った。

「ピル飲んでるわよ」

彼女の衣服についた落ち葉を払ってやった。亜紀はスカートについた泥をハンカチで拭《ふ》きはじめた。

「きょうのことは公認なのか」

「そんなわけないでしょう」

彼を見上げた顔に軽い怒りが走った。

「しかし、きょうのことだって、どうせ聞かれるんだろう」

「言わないわよ」

「しゃべらされると、言ったじゃないか。きょう津山へ行ったとなると、当然ぼくのところへ寄ったかもしれないと、疑うはずだ。何時から何時まではどこそこにいたと、きょうの行動をくわしく報告させる。すこしでも怪しいところや、矛盾したところがあれば、問いつめて、結局しゃべらざるを得ないようにしむける。ぼくの妄想《もうそう》じゃないよ。きみがこのまえ、そうしないと、許してもらえないと言ったんだ」

「しゃべりません」

亜紀は目をつり上げて言った。

「信じていいんだね。きみの持ち物を調べるくらいなら、服装だって点検するかもしれない。この汚れを、彼のまえでどう釈明するんだ」

「わたしだって、しゃべっていいことと悪いことぐらい、使い分けているわよ。ほんとうにつごうの悪いことは、口が裂けても言わないわ。きょう、ここに来たなんて、正直に言ってごらんなさい。あの人、気が狂うかもしれないから。それでなくても、あそこに置いてあった車を、内村さんに見つけられたというので、すごく気にしていたのよ。それとも、あなたのほうこそ、わたしにそれを言ってもらいたいわけ?」

「気に障ったら謝るよ。べつに、きみを非難して言ったんじゃないんだ。ぼくのほうも、ちょっと、神経質になっていたものだから。たしかにぼくが、彼がどういう目的でこの山に入ったか、何回か探しに来たなんてことは言わないほうがいいだろうな。彼のほうは動けないからなおさらだ」

目的は果たしたわりに、後味の悪い別れになった。ふたりは山を下り、亜紀が運転して津山に向かった。津山線沿線の弓削《ゆげ》駅というところで降ろしてもらった。三十分待って、彼は気動車で岡山へ出た。

列車は通学帰りの高校生で満員だった。彼らの声高なやりとりを聞きながら立っていると、きょうの亜紀への仕打ちが、痛みを伴って思い返されてきた。亜紀の言うように、きょうは忠洋には内緒の行動だったのだ。ブルガリのプレゼントに対する一種の返礼だったことにはじめて思い当たったのだった。

17

聡子らの残した後遺症の後始末を口実に、厚木への帰宅を四、五日延ばすことにした。ゴールデンウイークが終わり、街の空気がようやく常態に戻ってきた七日の夕方、早番帰りの亜紀と喫茶店で落ち合った。彼のほうから呼び出したものだ。

意識的と思える無表情を装《よそお》って亜紀は現れた。なんとなくひやりとしたものを感じた。

ふたりの間にあった空気が、これまでより希薄になった気がしたのだ。先日の報いに他ならなかった。

「あんまり遅くまでいられないの。きょうは帰って、夕飯をつくらなければならないから」

「お茶を一杯つき合ってくれたらいいよ。ちょっと聞きたいことがあったものだから」

「なんですか」

「じつは、帰るのを来週まで延ばすことにしてね」

「あら、そうですか。わたしのほうはあしたからいないんですけど。四日間、休みを取ったんです」

「どこへ行くの？」

「旅行してきます」

「どこへ？」

「それは言う必要ないわ。完全なプライベート旅行だもの。わたしだってひとりになりたいときがあるんです。最近、なんか、ここにいるのが、だんだん重苦しくなってきて」

「ぼくが重苦しくさせているのかね」

「そんなこと、言ってません。割合飽きっぽいんだって、まえに言いませんでした？

ひとつところに落ち着いてられないんです。仕事も、頼られすぎるのはいやだし。べつに、これで一生食べていこうなんて思ってるわけじゃないから、あんまり頼られるのはいやなの。そんな責任を押しつけられるほど、お給料もらってないんだから」

「休みの間、彼はどうしている」

「家にいるでしょう。動けないんだから。冷蔵庫はいっぱいにしてあるし、出前だって取れるんだから、その間くらいなんとかできるわよ」

「マンションのほうにも電話はあるんだろう」

「どうするの？」

「それを、教えてもらおうと思って。電話帳には出てないんだ」

「出してないわ。なにを考えてるの」

「彼と話したい」

「出ないわ。いつも留守番電話にしてあるのよ」

「じゃ、きみから連絡したいときはどうしている」

「わたしの声だったら出るのよ」

「ではあす電話するから、ぼくの声が聞こえたら、受話器を取るように言ってくれないか」

「本気なの？」

「きみが気にするようなことじゃないよ。彼が興味を持っている、歴史関係の資料をひとつみつけたからあげたいと思ってさ」

「それ、ただの口実でしょう?」

「まあ、そうだけど」

亜紀は瞳孔《どうこう》をひろげて静夫を見つめた。それからシニカルな笑みを浮かべた。

「複雑なのね。こういう年代の人って」

「ぼくは彼よりだいぶ年下だよ」

「わたしには四十からうえの人は全部同じに見えるわ」

その言葉に静夫はすこし傷ついた。

翌日午後、市内へ向かうまえに、自宅から亜紀の家に電話をした。伝言を残してくれというメッセージが出たあと、静夫が名乗りをあげると、すぐ忠洋が出た。

「河内です」

「あ、内村です。先日はどうも」

「いいえ、こちらこそ」

腹のさぐり合いがはじまった。

「先日家の整理をしていたら、父親の持っていた古い蔵書が見つかりましてね。戦前に発行された吉備の仏教史の本なんです。河内さんが興味をお持ちになっている分野じゃないかと思いまして、よければさしあげようかと」

「それはありがとうございます。しかし怪我をして以来、体調がおもわしくなくて、本が読めなくなったんです。もともと乱視はあったんですけど、それが進行したみたいで、目がちらついて、すぐ頭が痛くなるんですよ。ですから、いただいても、宝の持ち腐れになってしまいますので」

「それはいけませんね。それなら一度、世間話でもしにうかがわせていただけませんか。これから市内へ出ますので、よろしければ四時ごろうかがいますが」

「いいですよ。お待ちしています」

覚悟はしていたようだ。静夫は受話器を置くとすぐさま市内へ向かった。病院に顔を出したあと、約束した時間にマンションを訪ねた。入るのははじめてである。ドアの間隔がだいぶあるところを見ると所帯用マンションのようだ。しかし子ども連れは住んでいないのか、全館ひっそりしていた。自転車の類《たぐい》が廊下にまったく置かれていない。

ドアが開くと、松葉杖《まつばづえ》をついた忠洋が立っていた。左足はまだ固定されたままだが、先日会ったときに比べるとかなり回復しており、人手を借りなくても動けるようになっている。奥のリビングに案内された。

ダイニングと一緒になった十畳くらいの部屋だった。窓から岡山市内が見えるものの、市の中心方向には向いていないから、見るべき眺めはない。食卓と長椅子《ながいす》兼用のソファ、テレビ、冷蔵庫、食器棚、サイドボード、決まりものが一通り置いてあった。日常生活の細々したものが少ないのは新婚所帯並だ。しかし、ものが新しいわりに、部屋の感じは新しくないというか、手垢《てあか》のついた既成感を漂わせていた。六十年前後の時間が凝縮されている忠洋の顔のせいかもしれなかった。

髪が伸びているぶん、先日より顔つきがおだやかになっていた。冷徹な目つきだけは変わらない。単なる思いつきだが、前歴は教師ではないかという気がした。生徒にまったく人気のない、中学校の教頭あたりが適当に思える。五月にしては厚手のシャツを着て、湿布薬の臭《にお》いをこもらせていた。食卓で向かい合ったあと、ポットでいれた茶を出された。上等の煎茶《せんちゃ》だったけれど温度が熱すぎた。外交辞令として怪我の回復ぶりを尋ね、間もなくギプスが取れるという返事をもらった。警戒しているのだろう、それほどなめらかな口調ではなかった。

「先月自宅に帰ったところ、どこかの興信所が、わたしの身元を嗅《か》ぎ回っていましてね」

顔を見ながら切り出した。忠洋はまったく動じなかった。

「娘が適齢期であることを匂《にお》わせて、近所に探りを入れたみたいなんです。しかし娘はまだ学生で、そんな気は毛頭ありません。だれかがわたしを牽制《けんせい》するために、そんなことをしたとしか思えないんです」

「実害があったんですか」

平然とした顔で聞き返した。

「それはありません。しかしだからといって、そんなことをされて気持ちのいい人間はいません」

「世間的な常識内であれば、信用調査されたこと自体を咎《とが》めることはできないと思うんですけどね。もし不快感をおぼえられたとしたら、そしてもしわたしが当事者だったら、当の興信所に落ち度があったことを告げて反省させるか、次回から使わないか、それなりの処置をして先方を安心させます。二度と迷惑をかけることはないと思いますけどね」

「そんなことをする必要はなかった、ということを言いたかったんです。なんらかの結果を危惧《きぐ》して、そのときの安全策として、わたしの弱みなりしっぽなりを握っておこうと考えたのかもしれませんけどね。わたしのほうにそのような野心はまったくなかった。自分の分もふくめて、あらゆる秘密は守るつもりです。こう見えても口は固いほうです」

「それならもう、話は終わったも同然じゃないですか。わたしは過去を振り返らない人間なんです。きのうのことは考えないようにしている。すぎたことは全部忘れるし、資料類も焼却します。手元にはなにも残しません。このなかに入れておけば、かたちを残しておく必要はないんです」

自分の頭を指さしてみせた。

「すると、その件はもう終わったとみていいんですか」

「それは断言します。二度と迷惑をかけることはないと思いますよ。多少不愉快な思いはされたかもしれないが、それはお互いさまということで、お目こぼし願うしかないでしょうな」

そう言うと茶をいれ替え、煙草《たばこ》を吸いはじめた。内心ほっとしているようだ。彼のほうもけっこう緊張していたらしいのだ。

煙草の空き箱でつくった鍋敷《なべし》きがテーブルの上に置かれていた。飾り棚には、ミニチュアの帆船を組み込んだウイスキーの空き瓶がふたつ飾ってある。なかなか器用だったが、素人《しろうと》細工の域は出ていなかった。本の類はまったく見当たらない。

「彼女、旅行に出るとか言ってましたけど」

「けさ、出かけました。いちばんの新幹線に乗ったんじゃないですか。息抜きが必要なんだそうで」軽いあざけりを浮かべた。「権利だと言われたらね。まあそれにはちがいないから」

「私生活までふくめ、全部あなたが管理しているのかと思ってましたけどね」

「そのつもりでしたよ。それがだんだん、思うようにならなくなって、このごろは形勢逆転というていたらくです。こっちがあいつの顔色をうかがわなければならない。わたしの扱いだってずいぶんぞんざいになってきて、近ごろは粗大ごみ同然に扱われてます」

「彼女から聞いた話とだいぶちがうみたいですが。なにもかもあなたの指示に従っているのだとばかり思ってました」

「だからはじめはそうだったんです。頭を使って生きてる女じゃありませんからね。はじめはこちらの言いなりでした。それが賢くなってきたのか、増長してきたのか、人の言うことを聞かなくなって、自分勝手な行動が目立ちはじめた。このごろではひとこと言うと、その倍ぐらい言葉が返ってくる。わたしとしては、おたくに感化されてるんじゃないかと疑ってたんだけど」

「ぼくにそんなことができるわけないでしょう。しかし、腑《ふ》に落ちないことがひとつあるんです。彼女をあなたにつなぎ止めているものはなんなのか。それがわからない」

「どうせわたしなんか、そこらのうす汚いじじいですよ。金でつなぎ止める以外、相手をしてもらえるわけがない」

拗《す》ねたような口調で言った。

「いや、べつに、そんなつもりで言ったんじゃないんです。ぼくもはじめは、彼女を頭が空っぽの、躰《からだ》だけを武器に生きている女性だと見ていたんですけどね。最近それが、すこしちがうんじゃないかと思いはじめたんです。こっちが考えていた以上に賢い。それなりに自分を持った女性じゃないかという気がしてきたんですが」

「その点に関しては、多少見解がちがうようですな。あいつがひとり歩きしはじめた気でいることはたしかでしょうが。わたしの経験から言えば、これは危険な兆候なんだ。女が男から逃げだすときの、前触れにほかならない」

「彼女の独立した人格を認めてやる気はないんですね」

「認めてますよ。だからこそ、契約の履行を迫ってるんです」

「どういう契約ですか」

「あなたとは月一回」

静夫は忠洋の顔を直視した。忠洋はまばたきもせず見返した。

「彼女は月何日の休みをもらえるんです」

「いちおう週休二日制です」

「すると、その休みの日は、彼女が時間をどう使おうが自由なんですね」

「契約さえ守ってくれれば」

冷ややかな言葉と、嘲笑《ちようしよう》とも思える笑みを浴びせてきた。口をむすんで、静夫を挑発している。その顔がにわかにくずれると、にやっと笑った。

「まあ、そう目くじらを立てるほどのこともないでしょう。お互い人間ですから、そこに惻隠《そくいん》の情というものがないわけではない。ほどほどということであればね。しかし有り体に申し上げると、世間の目を逃れて、無聊《ぶりよう》をかこっている人間と、美しい奥さんがいて、いくらでもうまい家庭料理を食える人間とが、同一待遇というわけにはいかんでしょう。あなたのしていることを知ったら、治子さん、どう思われますかな。奥さんのためにも、多少は節度というものを見せてもらったほうが、わたしは安心しますけどね」

静夫は沈黙した。身元調査の目的がもうひとつべつのところにもあったのを、いま知らされたからだった。

18

喫茶室の窓から、横浜駅前の夕刻の雑踏を呆然《ぼうぜん》とした思いでながめていた。二十数年まえ、静夫が通っていたころの街とはとても思えなかった。支社の入っていたビルが、ビル街に埋没していまではどこにあるかわからなくなっている。かつての横浜は、東京周辺にいくらでもあるベッドタウンや乗り継ぎ基地のひとつにすぎなかった。それがいまでは街としての自分の顔を持とうとしていた。時代の差を感じた。自分がまちがいなく過去に属している人間であることを思い知らされていた。

もう一度夕刊に目をやって時間をつぶした。それからまた電話をかけにいった。治子の要談がようやく終わっていた。

「ぼくだけど、いま駅前のホテルにいるんだ」

「駅前って？　どこなの」

「横浜だよ。おどろかせるつもりはなかったけど、電話をするタイミングがなくて、そのままここまで帰って来ちゃったんだ。もしつごうがつくようだったら、一緒に帰ろうかと思って」

静夫はホテルの名を言った。治子の返事はしばらく返ってこなかった。

「きょうはねえ。どうしようかと迷っていたのよ、帰るのを」

口ごもりながら言った。

「あ、ごめん。忙しかったのか」

「こちらこそごめんなさい。じつは、今夜はそこに、部屋を取っているんです。遅くまで、調べものをしなければならないから。聡子にも、きょうは帰れないかもしれないと言って出てきたんです」

「それはすまなかった」しゅんとして言った。「仕事の邪魔をするつもりはなかったんだ。じゃあ、いまから帰るから」

「待って。いまホテルのどこにいるの」

「ラウンジだけど」

「じゃあ十分ほど待ってくださる？　ちょっと調整してみるから」

実際は二十分待たされた。たそがれがすすみ、明かりがともって視界がにじみはじめた。雑踏はいまがピークだろう。夕刻の人波を見るのは嫌いじゃなかった。朝とちがって人の足取りがいそいそしており、表情にも解放感や期待感や安堵《あんど》感のようなものがあふれている。それはともりはじめた街の明かりとぴったり合うのだ。

損保代理店の資格を取ったことによって、治子の仕事がよりハードになっているらしいことは、先だってからひしひしと感じていた。最近は帰りが深夜になることもしばしばで、家にはただ眠るために帰る状態になりかけている。それで週に一、二度、ホテルを取って、帰らない日をつくってもいいかしら、と治子が言いはじめたのは先週のことだった。聡子には負担をかけるがあの子も一人前になったし、結果的にはそのほうが家事の手も抜かずにすませられるからと言った。静夫はかまわないだろうと即答した。通勤に要する時間とエネルギーのロスを考えたら、そのほうが効率的なことはたしかだ。静夫自身が月に半分いないのだから、そう答えるよりほかなかったこともある。

そのホテルが、オフィスから歩いて四、五分、駅から一分の距離にあるここだった。最近できたホテルで、静夫はこれまでその存在すら知らなかった。新幹線を新横浜で下り、横浜経由で帰りかけて、軽い気持ちで電話した。おどろかせてやろうという気持ちもあったし、どんなホテルか見ておこうという気持ちもあった。二度電話して、一度は二本ある電話回線がふたつとも話し中、二度目は治子が来客と面談中ということで、その意気込みがすっかりくずれていた。三度目の電話でやっと本人と話せるなど、執務時間中は自分の出る幕などどこにもなかったのだ。

「ごめんなさい。遅くなって」

治子は焦《あせ》った態度も見せず、ゆったりとした足取りで現れた。動きがのびやかで落ち着いており、こういう気取った場所にうまくなじんでいた。服装が躰に合わせたモスグリーンのスーツ。いつ新調したのか、静夫のはじめて見る衣装だった。

「どこのキャリアウーマンかと思った」

「ありがとう。まさかあなたと、こんなところでデートできるなんて思ってもみなかったわ」

とりあえず腰を下ろしてコーヒーを頼んだ。

「ちょっと人の出入りが多いけど、いいホテルだね」

「場所柄やむを得ないのよ。わたしとしては横浜グランドホテルのほうが好きだけど、ちょっと遠くて」

「定期契約をしたの?」

「ううん。一応毎金曜日ということで、便宜はかってもらえるようだけど、部屋はそのつどちがうみたい。仕事を持ち込むことが目的だから、できたらひと部屋借りっぱなしにしたほうが便利なの。けど、そこまで経費をかけるのはどうかと思って、いま思案中なの。経費をひねり出すために働くなんていやだもの」

「ほんとうは、部屋にはできるだけ仕事を持ち込まないほうがいいよ。一旦《いったん》それに馴《な》れてしまうと、歯止めがきかなくなる」

「そうなるかもね。だからそうしたくなくて、苦しんでいるのよ。日計表に目を通したり、あしたの予定を立てたりする程度ならどうってことはないけど、スケジュール管理だけはどうにもならなくて。躰がふたつもみっつも欲しいときがあるわ。ほんとはきょう、いきなりあなたに割り込まれて、頭を掻《か》きむしりたかったのよ」

「悪かった。自分本位にしか考えなかったことは認める」

「謝らなくてもいいわ。こういうことには慣れっこだから。そこは臨機応変、いくらでも融通をきかせられるの。いわばそれだけが取り柄みたいな商売ですからね。じゃ、ごはん食べに行きましょうか？　ここの中華料理、割合いけるわよ」

「いいのか」

「あたりまえでしょう。せっかく帰ってきたのに、食事の支度ひとつしてあげられないんだもの。でもこれからは事前に知らせてね。いきなり電話してきて、いまホテルだって言われても」

最後はしっかり釘《くぎ》をさされた。

ホテルの二階にある中華料理店で海老《えび》チリソースと青菜の炒《いた》め物、スープに春巻きという夕食をとった。飲み物はビールの中ジョッキを一杯ずつ。

「今夜きみが帰らないの、聡子は知ってるんだね」

「ええ。ですから食事はすませてくるはずです。あの子も最近けっこう遅いの。今年中に英会話の準一級を取りたいとかいって、がんばってるわ」

「がんばりやなのはきみの家系だな。みんな実務家ぞろいだし」

「おかあさんはどうなの？　聡子から話は聞いたけど」

「うん。変わりない。聡子が来てくれてとても喜んでいた。年寄りには孫の顔がいちばんいいみたいだ。それに、聡子はじつによく気がつく。別れるときは涙を浮かべていたよ」

今回岡山へやってきた聡子の友だちふたりを、治子はよく知っていた。一度家へ遊びに来たこともあるし、箱根だか伊豆だかへ行くとき、立ち寄ったこともあるという。いまどきの女の子については、あれが標準なのだろうという意見だった。彼女らを見ていると、聡子の足りているところと足りていないところもよくわかる、というのだった。

時間どきとあって、テーブルは九割方うまっていた。静夫はさっきから治子を、これまで知らなかった一面を見ているような思いで見つめていた。彼は治子の職場も、彼女の働いているところも、これまで見たことがなかった。なにかのおりにスタッフの女性と顔を合わせたことがあるくらいで、周辺の人間関係についてはなおさら知らない。それで治子の働いているところというのが、なかなか想像できなかった。それが、こういう人目のあるところで食事をしていると、彼女の日常のアウトラインみたいなものが、なんとなくわかるような気がしてきた。いまの治子は、自分が夫以外の人間に見られているかもしれないことを前提に置いて行動していた。それが適度の緊張感や気取りとなり、表情や言葉にめりはりを与えていた。つつましやかで、やや他人行儀。悪い気分ではなかった。静夫にしてみたら治子をあらためて見直している思いだ。さすがに二十代のころのあの若さはないが、四十代には四十代の奥行きを感じさせるものがあって、見ていて飽きなかった。

「スマートになったんじゃない？」

「え、おせじでしょう？」

「いや、ぱっと見たときそう感じたんだ」

「なんだ。ほんとに躰が引き締まったのかと、一瞬うれしかったのに」治子は表情をくずした。「黙っていたけど、先月から、隣のビルにできたジムへ通いはじめたの。決まった時間が取れないからエクササイズはだめだけど、三十分から一時間ぐらいなら、週に二、三回はつごうをつけられるのよ。まだ七、八回しか行ってませんけどね。主にウオーキングマシンを使って歩いてるわ」

「じゃあそのせいだ。たしかに引き締まった感じがしたもの」

「まだ躰を慣らしている段階だから、体重は全然減ってないのよ。減量が目的じゃないから、そんなに気にはしてないけど。躰の調子はよくなったみたい。身軽になったような気がするし、足腰にも力が出てきたみたいなの」

「それはいいな。速歩きが体調維持にはいちばんいいみたいだからね。どれくらいのスピードで歩いているの」

「六キロ。きょうはじめて四十分歩いたら、汗びっしょりになっちゃった。ほんとうはそれからが、躰にたまっている脂肪を燃やすらしいんだけど、いっぺんに欲張ってもだめだから」

「やっぱり頑張りやなんだ。最近のきみは、ぼくよりはるかに速いスピードでどんどん歩いている。そのうち、ほんとに置いて行かれるんじゃないかと思うことだってある」

「忙しさを楽しんでいるみたいなところはあるのよ。どこまでやれるか、自分でそれを見てみたいの。わたしとしては、あなたの好意に甘えているのよ。こんなに自由に泳がせてくれて、感謝してます。せめてあなたがいてくださる間は、外泊なしでやっていこうと思ってますから。だから今夜はごめんなさい」

食事代は治子が払った。時間は八時。このまま帰ってしまうのは物足りない時間だった。すると、治子が言った。

「部屋を見ます？」

静夫はうんと答えた。そしていまの治子の言葉に、誘いや許容の意味がどれくらいふくまれていただろうかと思いながらついていった。

六階にあるツインルームだった。部屋から横浜駅の一部が見下ろせた。南東方向にはランドマークタワーとみなとみらいのビルがそびえていて、雑然とした景観ながらいまの横浜の横顔がよく感じ取れる。ＪＲと京浜急行、東横線の電車が三本、たてつづけに発着していった。車両のなかに満たされている光がひときわ白くなっている。

部屋には治子のボストンバッグが置かれていた。仕事の資料としては、デスクの上に数字の並んだ集計表のようなもの。チェックインしただけとみえ、スリッパもまだ使われていなかった。

「うん。これくらいの広さはあったほうがいいね」

「シングルはいやなの。狭苦しくて、息が詰まりそうで。サービスしてくれてるみたいで、シングルとそんなに値段は変わらないのよ」

「それはいいけど、もったいないことはもったいないな」

言うなり正面から抱きすくめた。腕をヒップに回して、引き寄せた。自分の下肢を突き出して密着させる。治子はわずかに声をあげたものの、キスにはいやがることなく応じた。首筋に強く唇を当てようとするとだめと言った。

「事務所に帰らなきゃならないのよ。ごはんを食べてくるといって出てきただけで、渋川さんたちに残ってもらっているし」

「もうすこし融通をきかせようよ」

「きかしてあげたじゃないの」

「だからそこをもうすこし」

スカートの下に手を入れたが、ガードルで厳重に守られていることがわかった。これを武装解除するにはだいぶ時間がかかる。静夫は鼻を鳴らして、下腹部をいっそう強く押しつけた。

「あなたが悪いのよ。いきなり帰ってきたりするから」

治子はささやくような声で言った。

「じゃあ、事前に電話していたら、融通してくれたか」

「家を空けるんだから、それくらいのことはなんとかしたわ」

「だったらいまも、なんとかして」

「だめ。今夜は我慢なさい」

「ぼくもここで泊まる。きみの帰ってくるのを待っている」

「だめよ。今夜はしなければならないことが山ほどあるんだから。来週ならいいわ。最初からそのつもりで準備するから。だから今夜はあきらめなさい」

治子の決意は変わらない。ここらが引き際《ぎわ》だろう。静夫はうなずくと自分から手を放した。

オフィスに帰るという治子とは横浜駅でわかれた。静夫は相鉄線に乗り、海老名からタクシーで家に帰った。最近の治子は車でオフィスへじかに出勤していた。その車で帰ったらどうかと言ってくれたのだが、静夫のほうで遠慮した。治子の仕事の部分に入り込むようなことはしたくなかったからだ。その境界だけはきちんとしておきたいと思っている。

帰り着いたのは十時半だった。聡子はまだ帰ってきていない。郵便受けから夕刊を取り出してなかに入った。台所のテーブルの上に、朝刊と電話料の領収書など若干の郵便物が載っていた。すると、聡子が取り入れたということになる。郵便物がくるのは早くても昼だから、きょうは昼すぎまで寝ていたのかもしれない。

気のせいか家の空気が淀《よど》んでいた。煙草《たばこ》の臭《にお》いがこもっているような感じだ。とりあえず開け放して、外気を入れた。シャワーを浴び、コーヒーをいれて、テレビをつけ、新聞に目を通しはじめた。

聡子は十一時半に帰ってきた。

「やっぱりおとうさんね」と言いながら廊下をやって来た。「お帰りなさい。でも、きょうはおかあさん、帰らないのよ」

「ああ。会ってきたよ。ホテルで一緒に晩ごはんを食べてきた。聡子のほうは？」

「すませてきたわ。この間はどうもありがとう。友だちもすごく喜んでたわ。夏にまた行きたいって。ほかの友だちにもばれて、なんで誘ってくれなかったのよって怨《うら》まれたくらい。ひょっとすると今度は七、八人になるかもしれないけど、かまわない？」

「ホテル並の扱いはできないけど、合宿するつもりだったらいいよ。自分たちで勝手にやってくれ」

「うれしい。けど、おばあちゃん、ずいぶん年取ったね」

「おまえもそう思ったか」

「あんな善良な人が、あんな病気で苦しむなんて、神様なんて許せないと思った。わたし、帰るとき、泣いちゃった」

「知ってるよ。聡子のやさしさは、おばあちゃんにも通じたみたいだし」

「おかあさんも来月行くらしいから、一日も早くよくなってもらいたいわね」

「おかあさんが？　初耳だけど」

「あら、たしか来月、九州のほうへ行く用があるようなことを言ってたわ。それとも内緒にして、おとうさんをおどろかせようとでも思っていたのかしら」

「少なくともさっきは、そういう話は出なかったよ」

「案外忘れているだけかもね。忙しすぎるのよ、このごろ。けど、おかあさん、まえよりきれいになったと思わない？」

「おかあさんはまえからきれいだったよ」

「このごろはまた特別よ。ゴムボールみたいに弾んでるじゃない」

「オフィスの隣のジムに、暇を見て通ってるそうだ。きょうも四十分歩いたんだって」

「へー、知らなかった。あの人、エクササイズやってるんだ。でも、張り切りすぎじゃない。迷惑か？　家庭の主婦としては」

「ううん。わたしとしては、うるさく言われないだけ楽よ。おとうさんのほうが困るんじゃないかと思って。妻が家にいないというのは、ほんとは異常なことでしょ」

「しかし、それを言いだすとぼくのほうにも跳ね返ってくるわけだからね。たしかにふつうの目で見たら、こんな家庭は異常だろうな。かといって、永久的につづくわけじゃないよ。ぼくとしては過渡期の一時的な現象だと思っている」

「まあね。おとうさんがよければそれでいいわよ。寛大な両親のおかげで、青春をいちばんエンジョイしているのはわたしなんだから。女の子の門限がない家庭なんて、そんなにはないのよ」

「聡子を信頼しているからだ。英語をやっているんだってね」

「ええ。それでお願いというか、一応耳に留めておいて欲しいことがあるんだけど。卒業したら、留学させてくれない？」

「どこへ行きたいんだ」

「イギリス。できたらロンドン大学あたりへ行きたい。もちろん試験に通らなきゃだめだけど、いまからそのつもりで勉強するわ」

「なにをやりたいんだ」

「英語学。大学で英語を教えるくらいしか使い道はないかもしれないけど、ＯＬになるより向いているんじゃないかと思って。派手じゃないけど、こつこつ積み上げてゆくようなことはきらいじゃないのよね」

「おかあさんには話したの？」

「ううん、まだよ。こういうことは、おとうさんから話すのが筋だと思って」

「じゃあ今度、おかあさんと話してみよう。恥ずかしいけど、経済的な負担はおかあさんのほうへかかるわけだからね」

聡子はそれからシャワーを浴びた。間もなく、ガウン姿で、おやすみなさいを言って自分の部屋へ引き上げたのは十二時半。間もなく、自分の部屋でドライヤーを使いはじめた音が聞こえてきた。そういえば最近は居間にいる時間が減ってきたような気がする。なにもかもが自分の部屋中心に組み立てられ、一階へは用や目的のあるときでないと出てこなくなった。聡子でさえひとつ家のなかの同居人になりかけているということだ。テレビの音を小さくしてビールを一本飲んだ。一時半までぐずぐずして、それから自分の部屋へ引き上げた。しばらく本を読んでいたが、あまり身が入らなかった。なにもかもがそれほど意味のあるものに思えなくなっている。自分の関心のありようまで変化してきているのだった。

19

入ったとき、これまでとちがうなにかを感じた。かぶさった静夫に治子が腕を回してきたのだ。背中を愛撫《あいぶ》している。いくらかぎこちなくではあるが、静夫に合わせて腰を動かしてきた。自分の性器が、治子のなかで強い収縮と弛緩《しかん》に見舞われているのを感じた。締まったり緩んだりが、短い間隔で治子の躰《からだ》を揺さぶっているのだ。その反応が自分の性器にも直接伝わってきた。似た経験はこれまでにもしているが、今夜のはすこしちがっていた。絶頂期の余韻が繰り返し襲ってくるとき、膣《ちつ》が同様の反応をすることはきわめてふつうだったが、それはあくまでも余波のような打ち返しのうねりで、治子のなかで起こっている自分のための感覚であり反芻《はんすう》にすぎなかった。今回のそれは、静夫を意識的にとらえ、その性器を自分の影響下に置こうとするかのような能動性を持っていることで、これまでとははっきりちがっていた。受け身一方だった治子の肉体が、静夫に対して攻撃的になってきているのだ。

間を置くか、愛撫を変えるかしてかわそうとしたが、治子がゆるめてくれなかった。治子はあえぎながらも彼の背中に回した手をゆるめず、いっそう激しく腰を動かしはじめた。その顔はまさに恍惚《こうこつ》を示し、完全な没我状態に陥っていた。そしてより強く膣を収縮させてきた。静夫は自分がいまや囚《とら》われの身であることをはっきり感じた。こうなったらもう逃れるすべがないことを。彼は治子に全体重を預け、もう止まらなくなった勢いを借り、うめきながら放出した。それは暴発的で、偶然性の強い放出であって、そこにいつもと変わりない快感は伴っていたものの、拍子抜けするようなあっけなさも伴っていた。貯《たくわ》えていたエネルギーの半分も発散させないまま、あっという間に終わってしまった感じなのだ。

未練と悔いを引きずりながら、しばらく治子のなかにとどまっていた。しかし溜《た》まっていた精液の放出量が多かったから、早めに処置しないとコンドームからあふれ出てくる恐れがある。離れざるを得なかった。事後の処置をすませて治子の傍らに戻り、添い寝すると腕を回した。引き寄せてキスをする。治子が頭を寄せてきて目を閉じた。治子の呼吸は平常に戻っていた。態度には見せていないが、持続性がなかったことは治子とて同じだったのだ。自分ひとり勝手に終わってしまったような後ろめたさを感じた。治子への愛撫だっていつもよりだいぶ少なかったのだ。二十日ぶりの治子だったからとにかくなかに入りたかったのが先で、とりあえずその感触をたしかめるつもりが、思わぬ反応にあっていきなり暴走してしまったことになる。かといって、亜紀のときのような、二度目に挑戦できる力はもう涌《わ》いてこなかった。治子の呼吸を耳元で聞きながら、静夫は目を開けて天井を見つめた。治子の示した新しい反応を脳が懸命に検証していた。

なにもかも知っているつもりの治子の躰から、思わぬ経験や発見をさせられることは、いまでもときどきあった。単純な肉体と単純な行為の、どこにまだそんな未知が残されていたのか、それはおどろき以外のなにものでもなかった。ということは、この先もまだ、開拓の余地が残されていることになる。治子の魅力そのものが、つねにそういう可能性の延長線上にあったといっていい。そして反射的に思い出すのが、亜紀の肉体だった。学習や経験によってつくり出されたものが大きいにせよ、あれは本質的にはもっと生来的な、先天的なものだった。亜紀がそれを意識しているかどうかは疑問で、たぶん彼女はまだ、ふたりの男を虜《とりこ》にしてしまった自分の肉体の特異性には気がついていないと思われる。亜紀がそれをはっきり意識するようになったら、自分も忠洋も捨てられることはまちがいなかった。自分たちが人間的な魅力によって彼女をつなぎ止めているのでないことは、なによりも彼らがよく知っていた。

翌日は日曜日だった。静夫は掃除機の音で目を覚ました。時刻は十時半。天気は快晴。居間へ上がってみると治子が軽やかに働いていた。洗濯ものがもう干してある。開け放した家のなかを乾いた風が吹き抜け、光に満ちた戸外の明るさがまぶしかった。

「ごはん、すぐ食べますか」

治子が和室から掃除機を使いながら言った。

「きみたちは」

「もうすませました」

「じゃあいいや。コーヒーだけにしておこう。きみもどう？」

「そうね。いただこうかしら」

サイドボードからミルとコーヒー豆を取り出した。

「聡子はどうかな」

「出かけましたよ」

当然といえば当然だ。万事が彼抜きで回っていた。台所に立って湯を沸かし、豆を挽《ひ》いた。治子のカップと静夫のマグカップとをそろえ、沸いた湯を注いで温める。湯をやかんに戻し、再沸騰《ふっとう》したものをフィルター越しに直接カップへ入れる。はじめは治子のカップに、つぎは自分に、そしてもう一度治子のカップに。決まりきった手順を繰り返しているうちに、ようやく動きがなめらかになってきた。慣らし運転が必要というか、躰のエンジンが回転しはじめるのにだんだん時間がかかりはじめている。

「はいったよ」

「ありがとう」

治子は掃除機を止めると向かいに来て腰を下ろした。

「おはよう」

あらためて言うと、にっこり笑った。コーヒーをすすりながらその顔を見つめる。口紅を引いて軽く化粧していた。翳《かげ》りのない中庸そのものという顔を見るたび、静夫は強い性衝動をおぼえた。いつだって治子は、昨夜のことなどまったくおぼえていないような顔をしていた。昼間見る治子の顔は、そのつどリセットされた涼しそうな顔なのだ。その顔に当面するたび、静夫は苛立《いらだ》ちとももどかしさともつかぬ嫉妬《しっと》を感じる。いますぐそこへ押し倒し、思い知らせたい衝動に駆られるのだ。

「なにをじろじろ見てるの」

「きみを見ているのが好きなんだ」

「見飽きているじゃありませんか」

「全然見飽きないよ。見るたびに寝たくなる」

治子はばかと小声で言い、顔をしかめてみせた。

「昨夜《ゆうべ》のきみを、躰がまだおぼえてるんだ」

「やめて」

「きみが全部くれないからだよ」

「あげてるじゃありませんか」

「いいや。きみはまだ隠している。いつも小手先でぼくをあしらっている」

「そんな秘密、持ってません」

「いや、持ってる。絶対隠している」

「隠してなんかいません。自分がいちばんよく知ってるじゃありませんか。いつも人をおもちゃにしているのに」

静夫をにらんだ目に媚《こ》びと恨めしさが同居していた。

「ほんとに隠してないかどうか、掃除が終わったら、たしかめさせてくれる？」

「それより庭の草むしりでもしてください」

「したら寝てくれる？」

「終わったら、お昼を食べて病院行きよ」

そういえばきょうは治子の父親が退院する日だった。手伝う必要はないものの、病院へ駆けつけるくらいの義務はあった。

「聡子はそれまでに帰ってくるのかな」

「だめみたいです」

「どこへ行ったんだ」

「知りません。適当なことを言われてもわからないんだもの」

「あの子が嘘《うそ》をついてると言うのかい」

「そうじゃないけど、あの子にはあの子の世界がありますから。聡子だってほんとうのことを言うと、親が心配するから適当なことを言っておくということはあるはずよ」

「まあ、おとなだということは認めてやらなければならないが」

「来月はもう二十《はたち》なのよ。着物はつくってもらわなくていいと言ってるんだけど」

「それで思い出した」

昨夜の留学の話を持ち出した。治子には意外な話でもなかったらしい。以前なにかのとき、話の成り行きでそういう言葉が出たという。聡子が望むならそれくらいの希望はかなえてやろう、治子はあっさり言うと掃除に戻った。静夫はしかたなく新聞に目を通し、そのあと庭に下りて草むしりをはじめた。こてで雑草の根切りをするのは彼の受け持ちだが、帰化植物のヒメジョオンの繁殖力が特別強く、切っても切ってもすぐ新しい株が根を張ってくる。庭の隅ではチューリップと水仙とが一緒になって小さな花をつけていた。時季外れもいいところだった。以前は治子がそのつど球根を採集して植え直していた。最近忙しくなってそれをしなくなったため、ほったらかしにされた球根は次第に小さくなり、芽生えも咲くのも年々遅くなり、花まで小さくなってきた。そういえば玄関前に並べられているプランターの花や、フェンスに這《は》わせてある四季咲きのばらもすっかりみすぼらしくなっていた。自家製野菜となると今年はまだ一本も植えられていない。

「きょうおとうさんとこへ行った帰り、トマトと茄子《なす》の苗を買ってこようか」

「そうね。プチトマトのほうが楽かもしれないわ。茄子も一本か二本でいいわね。最近はおつゆの実にしか使ってないから」

しかしその日は病院から義父の実家へ行ったため、帰りが遅くなって苗を買うことはできなかった。静夫は翌日ひとりで出かけて行き、トマトと茄子とピーマンの苗を二本ずつ、それにパンジーの花を十株買ってきて植えた。パンジーのほうはプランターに移植して玄関前に並べた。ばらの根元には腐葉土と肥料を足した。じつをいうと庭仕事をするのははじめてだった。これまではすべて治子がやっていたのだ。

つるばかり伸びているばらの剪定《せんてい》をいまごろやっていいのかどうか、園芸の本をひろげて読んでいると、その日家にいた聡子が下りてきて目を見はった。

「えーっ、おとうさんが庭仕事をしている」

「おかしいか」

「おかあさんに頼まれたの?」

「ちがうよ。これからはぼくの領分にしようかと思って」

「うわー、頼もしい。そのつなぎ服、よく似合うわよ。一流のガーデナーみたい」

「ありがとう。おとうさんも自分で意外に思っている。こういうことで躰を動かすのが、全然苦にならないんだ。もともと百姓の倅《せがれ》なんだから、素質はあるんじゃないかと思ってるけどね」

「じゃあおとうさん、ついでにお料理もやってみたらどう。わたしたちが夕方帰ってくると、おとうさんが手料理でもてなしてくれるなんて、最高じゃない」

「おいおい、けしかけるな。本気でやってみたくなるじゃないか」

「だいたい料理って男のものじゃない。女のシェフなんてあまりいないもの。本気で挑戦していい分野だと思うわ。おとうさん、味に敏感だもの。おかあさんよりはるかにうまくなれると思うわ」

「おかあさんのつくるのはお惣菜《そうざい》なんだよ。毎日つくらなければならないし、時間や金銭の制約もある。男がつくる料理はそうじゃないんだ。営業用か、余興。金と時間のかけ方がちがう。比較したらおかあさんがかわいそうだ」

「でも、おとうさんの手料理って、食べてみたいわ。きっとおかあさんだってそうだと思うな」

「ずいぶんけしかけるなあ。しかしこいつばかりは、つけ焼刃じゃむりだからな。まあそのうちこっそり練習してみるかな」

ただしこちらのほうは、それほど簡単なことではなかった。静夫が家にいる間、治子は彼の昼食まで考えて用意してくれていたから、その必要がなかったのだ。めしを炊《た》いたり味噌汁《みそしる》をつくったりすることならできる。味噌汁に限っていえば、治子のつくるものよりうまいものをつくれた。こつというほどのことではない。だしをけちらないことと、味噌の量を増やすこととで、簡単にできることだった。しかしたしかに魚の下ろし方ぐらいはおぼえていい番だった。

静夫が家にいる間、治子の帰りはそれほど遅くならなかった。金曜日の泊まりはもう変えられなくなっていたが、ほかの日はふつうのサラリーマンと大差ない時間に帰ってきた。ときによっては無理をしている感じがしなくもなかったが、少なくとも表面には出さなかった。おかしなもので、静夫がいる間は聡子まで帰りが早かった。三人そろって夕食をとるというのが、週のうち半分くらいはあった。だれかが遅くなるときは、必ず事前に電話があった。静夫はこの家が自分を中心に回っていることをあらためて確認した。働きに出る出ないではなくて、自分が家にいさえすればいいことだった。

20

静夫の申し出を、亜紀はすこし考えさせてくれと言った。それでつごうのいい時間を聞き、あとでまたかけなおした。

「べつに、行きたいところがないわけじゃないけど」

「仕事が終わってからでいいよ。のぞみに乗れば京都まで一時間そこそこだろう。京都駅で落ち合ってもいいし、店まで直接来てくれてもいい」

「京都ねえ」それほど気乗りした声ではなかった。「それより同じ行くんだったら、わたし、神戸のほうがいいわ。ちょっと行ってみたいお店があるのよね」

「神戸ならなおいいよ。もっと近いんだから」

「問題はいつ時間がとれるかということだけど。まあいいわ。考えてみる。あしたまた電話をくれます？　いまごろの時間に」

念のため、行ってみたい店というのを聞いてみると、元町にある魚介料理の店だという。その店の名物になっている鯛《たい》めしを食べたいというのだった。鯛めしならコース料理を取ったとしてもそれほど高くはないはずだ。

翌日電話をかけなおした。

「来週の水曜日ならいいわ」亜紀は言った。「四時には抜け出せそうだから、五時には着けます。でも、泊まるのはだめよ。十一時には帰って来たいの。それでよければ」

「ホテルを取るつもりなんだ。朝一番で帰ればいいじゃないか。七時には帰り着けるよ」

「だめだって。わたしの立場も考えてみてよ」

「じゃあそれでもいいが、一応ホテルは予約しておくよ。それからその店の電話番号を教えてくれないか。予約しておきたいから」

「それは大丈夫。そんなに気取ったお店じゃないみたいだから」

電話が終わると、さっそくホテルを調べはじめた。あいにく神戸には詳しくなかった。元町の近くに適当なホテルがあるかどうかも知らない。それで新神戸駅に近いホテルを選んで予約した。できれば泊まりに持ち込みたいが、それがだめでも最低二時間は確保したかった。そうなると、駅に近いほうがやはり便利だ。

昼前に自宅を出て、小田原経由の三島で新幹線のひかりに乗り替えた。新神戸に着いたのは午後三時すぎ、ホテルまでは歩いて数分だ。チェックインして部屋に入った。部屋は十二階、南に面していて三宮の繁華街と港が正面に望めた。シャワーを浴びて一時間ほど時間をつぶした。

五時に新幹線の駅へ迎えに行った。改札口で待つこと十数分、亜紀は時間通りやってきた。バッグひとつの軽装で、ヒールの高い靴をはいていた。黒のスーツに黒の靴下、色のせいかもしれないがそれでいくらかスリムに見える。髪を染め直したのだろう、特別色が濃かった。カメオの指輪をはめている。

「ほんとに東京から来たんですか」

改札口を出てくるなり咎《とが》めるような目を向けた。そばにきただけで、ほかの女性にはない特別なものを感じた。彼女が強力なフェロモンを発していることはまちがいなかった。

「ほんとにとは、どういう意味？」

「なにも持ってないから」

「ホテルに置いてきたんだよ」

ああ、と言うとうす笑いを浮かべた。

「でも、先にお店のほうへ行きますよ。きょうはお腹《なか》が空《す》いてるの。最近食欲がありすぎて困るわ」

「いいよ。タクシー、地下鉄、どれで行こう」

「歩きましょう。そんなにかからないみたいだから」

手帳を持っていて、そこにアドレスを書きとめていた。のぞくと、店の名とおぼしきものがいくつか書き込んであった。もう訪れたということか、斜線を引いて消したものもある。

「食べ歩きが趣味なの？」

「趣味ってこともないけど、自分でつくれそうなものはチェックしてるの。高い料理って、それなりにおいしいとは思うけれど、実用的じゃないでしょう。それに懐石だって、かなりいい加減なところがあるから。できあいの点心がいくらでもあるのよ。手を抜こうと思ったらとことん抜けるんだもの。そんなのをありがたがって食べる人の気がしれない」

「舌には自信があるんだ」

「それを言われるとつらいけど。お友だちにそういうお店をやっている人がいて、台所事情を知っているのよ。以来なにが出てきても、すぐ疑っちゃう癖がついて、なんか損してるのかもしれないわね。その点、中クラスの実質本位の料理だと、ごまかしが利《き》かないじゃない」

神戸にはこれまで二回来ているというが、それにしては地理にうとかった。静夫に連れられて行くみたいな感じでついてくるのだ。見ていると、周囲にまったく目を配っていなかった。子細に見れば路面やビルの基盤など、二年まえの大震災の名残りがまだ残っているのに、そういうものに気づいたふうもない。物怖《ものお》じするということがない代わり、発見するということもないようだ。

その店は再開発された風致地区の裏通りにあるビルの二階にあった。メインの観光コースからは一歩入ったところで、人通りは少ない。一階は住宅建設会社のショールームになっていて、入口に出ている小さな看板がなかったら、気がつかないような店だった。ところが二階に上がると雰囲気は一変した。廊下に椅子《いす》が並べられて、空席待ちの客がすでに五、六人腰を下ろして待っていたのだ。

「あ、やっぱり」一目見て亜紀は言った。「早く来てよかったわ。時間どきになると一時間くらい待たされるそうなのよ」

席ができたら案内するというので、名簿に名前と人数を書いて外の椅子に腰を下ろした。メニューが掲示してあったからのぞいてみると、予想したとおり、それほど高くはなかった。鯛めしのいちばん高いコースで七千円になっている。ほかのものも、コース料理で五、六千円、一品料理は高くても二千円以下で設定されている。十分ほど待っている間に、さらに二組の客が来て並んだ。

カウンターに七、八人、テーブルと座敷に二十人ずつくらいと、それほど大きな店ではなかった。その代わりゆったりして、内装も落ち着いていた。接客には和服姿の女性が当たっており、客筋はサラリーマンタイプが多そうだ。そのほとんどがふたり連れで、年配客も目についた。

座敷のほうへ案内された。料理選びは亜紀にまかせたが、鯛めしのコースのほか明石《あかし》の蛸《たこ》を取って、飲み物はビールと簡単に決まった。客の多くが鯛めしを食べているから、ここに来たらこれを頼まないと意味がないようだ。その鯛めしは、土鍋《どなべ》型の深皿で煮込まれたあつあつのものが出てきた。二十数センチある天然鯛が一尾丸ごと煮込まれている。

「食べきれないようでしたら、おっしゃってくだされればお持ち帰りできるようお包みしますので」

亜紀は真剣な顔つきで鯛の身をつまんだ。味わうように食べ、咀嚼《そしやく》し、それからごはんに箸《はし》をのばした。うなずいている。

「おいしい」

「ずいぶん真剣に食べるんだね」

「だって、これを食べにきたんだもん」

「きみがこれほど食にうるさいとは思わなかった」

「どうせそうでしょうよ。わたしなんか頭の空っぽな、ばかな女だと思ってるんだから」

「いや、そんな意味で言ったんじゃないよ。京都で懐石料理を食おうという提案を蹴飛《けと》ばして、こういうものを選んだ眼力に感心しているんだ。ふつうの女性だったらできないと思うんだがね」

「べつに懐石が嫌いだとか、だめだとか言ってるんじゃないですよ。自分でつくったりふだん食べたりする料理としては、あんまり参考にならないというだけ。わたしは毎日食べたり、ときどき、ちょっと気取って、外でごはんを食べようというときに選ばれたりする料理に関心があるの。自分でつくりたいのよ」

「それで、これならつくれると思った?」

「半分は素材だと思うのね。新鮮な材料が手にはいるなら、これに近い味は出せるわ。問題は味が微妙すぎることね。お酒をがぶがぶ飲んで、手当たり次第肴《さかな》をつまむような人には不向きかもよ。こういうものを味わうには、やっぱりこれくらいの店の雰囲気は必要だわ」

「ひょっとして、そういう店をやってみたいんじゃない?」

「ピンポーン、当たり」

「なるほど。それで、実用になりそうなものを食べ歩いているのか。すると、いまはその雌伏期なんだ」

亜紀は骨がばらばらになるまで、きれいに平らげた。静夫も残しはしなかったが、食べたあとを比べると、その差が歴然としすぎて、赤面せざるを得なかった。

「これ、味つけの秘訣《ひけつ》はなんですか」亜紀はお茶を持ってきた仲居にそう尋ねた。「家でもつくってみたいんだけど、簡単にこの味が出せるのかしら。板前さんに聞いてきてもらえません？　まったくの企業秘密なのか、それともヒントぐらい教えてもらえるのか」

企業秘密という返事が返ってきたが、それほど失望したようでもなかった。どこでも同じ返事をもらっているのだろう。それでも亜紀は、今夜きた客のなかではいちばん満足した顔をしていた。その証拠に店を出たあと機嫌よく鼻歌までうたってみせたからだ。

八時だった。

「あら、まだこんな映画やってる」

通りすがりにあった名画座の看板を見て言った。たしか昨年評判になった映画だが、地味な文芸映画だったたから静夫は見ていなかった。見たいという気も起こらなかったといっていい。考えてみると、このところほとんど映画を見ていなかった。

「見たの？」

「ええ」

「どこで」

駅前町にあるグランド劇場で見たという。

「映画ぐらい見ますよ」

静夫の顔を見返して言った。

「ひとりで？」

「もちろん。ひとりになりたいときって、あるじゃないですか。そういうときって、映画がいちばんいいのよ」

　荷物を置いてあるからという大義名分があって、とにかくホテルへ連れ込むことには成功した。亜紀も覚悟していたとみえ、シャワーを浴びると、バスタオルをまとって出てきた。そしてそのままベッドに横たわると、自分からライトを消した。バスタオルを剝《は》がし、乳房に吸いついた。

　この数日間期待しつづけていたほどの快楽ではなかった。これまでに比べたらはるかに感激が薄かった。そこにあるものは、そこにあるものでしかなかったといえばいいか。乳房も、性器も、その感触も、すべてがこれまでの延長線上にしかないような気がした。亜紀の躰《からだ》に飽いたり慣れたりしてきたせいだとは思えなかった。静夫の感覚のほうが変調したように思える。それは亜紀にとっても同じだったらしい。いつものように嬌声《きょうせい》をあげはしたが、それほど激しいものではなかった。そのくせ膣《ちつ》の収縮や蠕動《ぜんどう》はいつにもまして大きかった。亜紀のほうから腕をからめてきて、腰の動きを静夫に合わせてきた。演技しているとまでは言えないものの、いくらか誇張が混じり、義務的に消化しようとしている節はうかがえた。明かりは最後までつけさせてくれなかった。だめ、と言った声はそのさなかだったにもかかわらず、はっきりしていて、彼女の醒《さ》めていることをうかがわせた。静夫はなにも考えないようにし、局部に感覚を集中させて自分からしびれようとした。男である以上どんなときでもそれはできる。最後はこれがまぎれもなく亜紀の膣感覚であることをたしかめながら放出した。

ホテルの精算をして、十一時まえののぞみに乗った。岡山までは三十分あまりにすぎない。列車に乗ると、亜紀は丹念に手鏡をのぞきはじめた。来るときと寸分ちがわぬ顔に戻そうとしている。

「きょう神戸へ来ることは、言ってあるの?」

「そんなわけないでしょう。内緒ですよ。五月の営業成績がよかったから、今夜はそのお祝いだということにしてあるの」

「この間、ぼくが訪ねていったときの話を、彼はどのようにしている」

「聞いてないわ。向こうもなんにも言わないし。べつに聞いてみたいことでもないしね」

「彼はきみがどんどん変わっているといって、それに不安を持っている」

「それは前々からよ。はじめから不安でしょうがないみたいだったから。それを嫉妬《しっと》でしか表せないから困るのよ」

「一日じゅう家に閉じこもって、ひたすら、きみの帰りを待つ生活をしていたら、多少は精神の平衡を欠くようになってもしかたないだろう」

「じっと待ってなんかいないわよ。動けるようになった途端、車に乗りはじめたんだから」

「えっ、もう治ったのか」

「といっても、まだろくに歩けないのよ。なんとか車には乗れるというだけなの。オートマだから、右足一本動けば、運転はできるのよね。はじめは病院へ行くだけだったけど、このごろは一日中乗り回しているみたい」

「車で、どこへ行ってるんだろう」

「知りませんよ。発散してくれたほうがありがたいから、なんにも言わないことにしてるの」

車内のアナウンスが岡山到着と接続案内をしはじめた。和気行きはこれが最終となる。乗り換え時間もあまりなかった。亜紀のほうはタクシーだという。ふたりとも列車が止まるまえに席を立ち、降りたあとはろくに言葉も交わさないまま別れた。

21

当初治子は、金、土と、週末をからめて二泊してゆく予定だった。しかし直前になって会社からの要請があり、広島の中国支社の月例支部長会議で一席ぶつことを引き受けた。もともとは福岡で開かれた生命保険士会のセミナーに出席したのだが、会社がそれに便乗して割り込んできたことになる。損保への進出と対応がいちばん早かった治子の経験談を、ぜひして欲しいというのだった。日曜日の午後はどうしても外せない用件が組み込まれているというから、結局土曜日しか岡山にはいられないことになった。

十時すぎに着く治子を岡山駅に出迎え、その場で、あす朝いちばんのひかりの切符を買った。ほんとはそのあとののぞみにしたかったのだが、こちらは新横浜に止まらないから東京を迂回《うかい》せざるを得なくなり、かえって遅くなる。六時のひかりだと、十時すぎにはオフィスへ着くことができるのだった。

病院の面会時間は午後三時からとなっていた。そのまえでも行って行けなくはなかったが、長時間病院にいるのはやはり苦しい。それでひとまず家へ連れて行くことにした。治子がそう望んだのだ。静夫としてはあすは朝が早かったから、今夜は市内にホテルを取るつもりだった。しかしこれも治子が反対した。佐田町の実家は久しぶりなので、そちらに泊まりたいというのだ。

「いったい何年ぶりかしらね。全然知らないところを走っているみたい」

治子はうきうきした声で車窓からの風景に見入った。

「たぶんこの道は、はじめてじゃないかな」

「でも、同じような田舎でも、ふだん見なれている風景とはちがうから、それだけ新鮮だわ。農家のつくりが全然ちがうもの。それに竹林が多いわ。これ、全部人工林なの？」

「堤防や河川敷に植えてある竹は治水のために植えたものらしいよ。しかしそこらの竹林はちがうんじゃないかな。繁殖力がすごく旺盛《おうせい》なんだ」

家の裏山にも竹林がある。竹が風でそよぐ音は独特で、静夫は必ずしも嫌いではなかった。ただし真竹《まだけ》なので、竹細工をしなくなったいま、あまり実用性はなかった。真竹は孟宗竹《もうそう》に比べると筍《たけのこ》もだいぶ味が落ちる。

治子は蔵の横にある夏みかんの木に歓声を上げた。品種改良をしていないから、酸《す》っぱくてだれも食べないのだが、毎年枝が折れそうなくらい律儀《りちぎ》に実をつける。夏みかんそのものは、蜜柑《みかん》の北限になっている東京界隈《かいわい》でも珍しくないのだが、これほど大きな木はなかった。治子がこの家でいちばん気に入っている木だ。この夏みかんの実も、かつては毎年送ってもらってマーマレードにしていた。母が年老いて実をもぐことができなくなり、治子も忙しくなって、いつの間にかその習慣も途絶えた。

「かわいそうね」治子は朽ちかけた家に向かって言った。「このまま腐らしてしまうの、ほんとにかわいそうだわ」

「寿命だと思うほかないよ。すでに終わった家なんだ。この家の持ち主自体が持てあましている。住む人間が必要としなくなったら、もう家とは言えない」

「気持ちの持ち方次第だと思うわ。たとえ年に十日しか住んでいなくても、その家に愛着があって、ここに帰ってくるたび安らぎが得られるようなら、いくら朽ちようと平気のはずよ。あなたは外観で判断しすぎているわ」

「なんでぼくがお説教されなきゃならないんだ。とにかく、遠いところをようこそ」

抱きしめてキスをした。治子も目を細めて唇を返してきた。ただしそれ以上のことをしようとすると、だめ、と跳ね返された。治子は着替えをすると、布団《ふとん》を干したり簞笥《たんす》に風を入れたり、台所の掃除をしたり、食器を洗いだしたり、猛烈な勢いで働きはじめた。働きにきたのか、とあきれて聞くと、母が退院してきたとき、家のなかが荒れ果てていてはかわいそうだからと、わかったようでわからない理屈を述べた。長男の嫁として、ふだんなにもしていないから申し訳ないのだとも言った。おかげで静夫も、風呂場《ふろば》の掃除や窓ガラス磨きをやらされた。二時間たっぷり働いた。病院へ行く用件がなかったら、多分一日働いていたかもしれない。治子は本来躰を使うことが苦にならない女性だった。

病院には四時から制限時間いっぱいの七時半までいた。治子は母に夕食を食べさせ、下着を着せ替えてやって、この間ずっとそばを離れなかった。静夫はお茶を飲みに行ったり、西川のほとりをぶらぶら歩いたり、時間をつぶすのに苦労した。毎日顔を出しているのだから、病室に詰めっぱなしというのは、いまやかなりの苦痛なしにはできないことだった。

母に別れを告げるとき、治子は鼻をつまらせた。母親の小さな目が濡《ぬ》れて光っているのを静夫も見た。感情表現をしなくなり、言葉の出し惜しみをしはじめた感さえする昨今の母だが、聡子との別れ以来、変わったような気がしてならない。気力が衰えてきたような感じなのだ。

それは治子にも伝わったか、病院から出たあとも治子はしばらくしゅんとしていた。それは食事を取りに行ってからもつづき、午前中のような明るい表情はなかなか戻らなかった。

「どうしたんだ?」

「わからないわ。おかあさんの顔を見ていたら、わけもなく悲しくなったのよ。ようやくお見舞いに行ったのに、おかあさんの気持ちまで暗くさせたんじゃないかしら。ごめんなさい。自分でも説明できないのよ」

「母が、なにか言いたそうだったのはたしかだけどね。最近言葉がどんどん失われているみたいなんだ。ボキャブラリーが日に日に少なくなっている。自分ではなんにも言わないし、ぼくも面と向かって指摘《ちほう》したことはない。はっきりいって、それに気づきたくない心理が働いているんだ。痴呆症とはちょっとちがうように思うが、母の躰のうえに、なにか起こっていることはたしかだと思う」

「人間て、どうしてぼろぼろになって死んで行くのかしらね。絶頂のときに死んだほうが、はるかにいいのに」

「おいおい、保険屋さんがそんなことを言っていいのか。ときを選べないから、そこに人間の神秘があるんじゃないか。きみたちの商売もそれで成り立っている」

「そんなにわたしを商売ずくで生きているみたいに言わないで」

静夫はあわてて話題を変えた。それ以上話をつづけると、ますます暗い雰囲気になってしまいそうだったからだ。家に帰ったのは、十時だった。すぐ風呂に湯を満たし、治子から先に入らせた。静夫は客間に布団を敷き、昼間用意しておいた空豆を塩茹《しおゆ》でした。ちゃぶ台を隣の部屋へ運び、グラスと座布団とを並べた。

出てきた治子が肌の手入れをしている間に静夫が入った。五分ほど湯に浸《つ》かっただけの烏《からす》の行水だ。

「お祝いをしよう」

ビールを持ってきて言った。

「なんのお祝い？」

「きみがこの家を訪れてくれたお祝いだよ」

「だったらあなたのお祝いでしょう」

「そう。きみがあのとき来てくれなかったら、いまのぼくたちはなかったかもしれない。いま思ってもあれは、万にひとつの奇跡だったような気がするんだよ」

「おおげさね」

「ぼくとしては、あのとき賭《か》けていたんだ。きみをものにできるかどうか」

「計画的だったの？」

「もちろん。絶対やろうと思っていた」

「ずるいわ。わたしはそんなこと、全然考えてなかったんだから」

栓を抜いてふたつのグラスにビールを満たした。治子が姿見のまえを離れ、向かいへきて座った。

「ありがとう。きみのおかげで幸せな人生を歩いてこられた」

乾杯した。

「雨の夜だったね」

「……」

「あのときの感激をいまも忘れてないよ」

その治子を、隣の部屋の布団に横たわらせたのは二十分後だった。治子の下肢は磨きたてたみたいに輝いていた。引き締まってやわらかく、まぶしくてきれいで、こよなく豊潤《ほうじゅん》だった。

「お願い、明かりを消して」

「いやだ。きみを見たいんだ」

固くなってきた乳首を口にふくみ、手をはわせて、やさしくなで下ろした。腰、太腿《ふともも》までのばして、つぎに陰毛から腹部へとなで上げた。ふくんでいた乳房を替え、手を太腿の内側へと持っていった。治子がわずかに躰をずらせた。そっと顔を盗み見ると、表情はまだ硬い。起き上がって両の腕を下腹部に回し、腿の内側へ顔とともに入れた。二本の指で性器を押しひらくと、治子が抵抗するみたいに足をせばめた。

かまわず股間《こかん》をひろげ、唇を当てた。治子は逃れようと腰をくねらせた。舌の先が局部をとらえた。すぐさま吸いはじめた。非協力的だった治子の下肢から力が抜けた。やさしく、リズミカルに、呼吸を数えながら吸いつづけた。治子のあえぎが、静夫の呼吸と次第に合いはじめた。百まで数えたところで、右手中指の指先を股間にすべらせた。治子が小さく声をあげた。濡れている。その潤《うるお》いを周囲にひろげながら指を上下にはわせた。膣口《ちつこう》から肛門《こうもん》のところまで。分泌《ぶんぴつ》液の量が、ふだんより多いのを感じた。しかも今夜はとくべつ粘っこかった。治子の下腹部が波打ちはじめた。指を膣口に戻し、焦《じ》らすように愛撫《あいぶ》したうえで挿入した。治子の喉《のど》から高い声がもれた。足が布団を掻《か》いている。指をゆるやかに上下させた。治子の声がうわずりはじめた。膣壁を圧迫しながら指を回転させると、背中が反った。漏れてくる声がふだんの倍も大きかった。抑えることができなくなったというより、人の耳を気にする必要のない安心感がもたらしている声だ。静夫は顔を上げてまた治子のようすをうかがった。完全に没入していた。指先の動きだけで歓喜の声をあげている。姿勢を変えようとして中指を引き出してみると、つけ根にたまった白い粘液が指輪のようなリング状になっていた。

横に回って性器を心ゆくまで見つめた。それから局部をなめはじめた。舌先をひたすら集中させた。指をふたたび根元まで挿入してさまざまな回転をくわえた。治子はのたうった。躰《からだ》が弓なりになり、自分から足を大きく開いた。膣の中にときおり空気が溜《た》まる。その音が漏れ出すたび、紙の破れるような音がした。その音をたてるたび、治子は高い叫び声をあげた。舌先になおも力をくわえ、しつこさと速度とをました。膣口から連続的に空気が漏れ、治子は泣くような声をあげながら自分から両足をかかえた。まるめた躰が痙攣《けいれん》していた。漏れ出る声が長く尾を引き、突然途切れたかと思うと苦しそうな呼吸とともにまたはじまった。終わりがなかった。いつまでもつづいた。絶頂感が同じレベルで延々とつづいている。いまや治子は全身を性器にしていた。すべての器官が性感に従属していた。

指についた粘液を自分の性器に塗りつけた。そして治子の足を思いきりひろげ、それを視覚に収めながら挿入した。男根が入って行くときのたぐいまれな潤滑感と、すべてを忘れさせてくれる被抱擁感、これこそ治子に他ならなかった。奥まで挿入すると、静夫は動きを止めて治子の顔を見下ろした。治子のあえぎと呼吸の苦しさはまだつづき、表情は歓喜を通り越して苦悶《くもん》のそれに近くなっていた。多分いま、治子は自分がどういう状況に置かれているかわからないはずだった。くり返しくり返し襲ってくる余韻に打ち据えられ、膣が間欠的な痙攣を起こして静夫の男根を攻撃していた。静夫はうっとりとした顔で治子をながめた。なんといっても治子の躰をここまでにしたのは自分なのだ。

「許して」

治子があえぎあえぎ、ようやく言った。

「だめだ」

「疲れた」

「まだ許してあげない」

「もうだめ。疲れた」

かまわず腰を動かした。

「もっと入りたいんだ、きみの中へ。もっと奥まで、もっと中まで入りたい」

「……」

「きみの、腹のなかまで突き刺してやりたい。躰じゅうを掻き回してやりたい。なぜこれだけしか入れないんだ」

「もうだめ」

治子はかぶりを振った。静夫は一旦《いったん》結合を解き、治子の躰を横に向かせた。左の足を自分の胸の前にかかえ、ふたたび挿入した。このほうがもっと深く挿入できるのだ。腰を動かすと、性器の先端が子宮口に当たった。治子がうめき声をもらした。斟酌《しんしゃく》はしない。新たな刺激を得て男根はより膨張していた。もう止まらないし、止める気もない。治子の左足を持ち上げるように荒々しくかかえると、ここぞとばかりピストン運動を強めた。治子が躰をくの字に折り曲げた。声を殺している。静夫の口からうめきがもれはじめた。尻《しり》と足をつかむ指先に力がこもった。叫んだ。なじるような声。ほとばしりはじめた。治子のなかへ、胎内へと送り出されて行くもの。静夫の喉から出る声が切れ切れになった。最後は悲鳴に近くなった。未練、もどかしさ、満足の果てのさらなる欲求。終わったときからまたつぎがはじまる。

22

開け放した部屋の外へ光が吸いとられていた。その残光のような白い光の下で、ひとつの肉体が彼の目に映しだされていた。ガウンの間から胸の盛り上がりがのぞいている。明らかに見られていることを意識したポーズ。投げ出した足の爪先《つまさき》にまで意識が行き届いていた。

「いやぁね。なに見てるの」

亜紀は静夫に目を預けたままグラスを口に運んだ。なめるくらいしか飲まない。唇が光った。口許《くちもと》がくずれている。酔ったのではない色が目に現れていた。

「目で楽しんでいる」

「なにも見えないじゃない」

「ガウンを通して見えるよ」

「額に汗をかいてるわ。扇風機のスイッチを入れたら？」

「暑いんじゃないよ。これからはじまることで躰が興奮しているんだ」

「すごい余裕。そんなに時間ないのよ」

「終わってしまうまでは、ぼくの時間だよ」

「だめ。遅くなると怒るわ」

「だめ。終わるまでは帰さない」

座敷中を開け放してあった。隣の部屋に敷いた夜具が見えている。明かりはこの部屋だけで、外に月明かり。珊瑚樹《さんごじゅ》の葉がつややかに光り、遠く蛙《かえる》の鳴き声がしている。風は夜に入ってやんでしまった。

立ち上がると、亜紀が焦らすような笑みを向けてきた。手を出すと、素直に躰を起こした。もつれ合いながらとなりの部屋へ歩を運び、そこで抱きすくめた。ガウンを剝《は》ぎ取って、裸体を布団の上に横たわらせた。

両手で亜紀の顔をつつみ、キスをした。それからキスの雨を下へ移していった。乳首に唇を当てて押す。なでるようになめ、口にふくみ、吸い、唇の部分で嚙《か》む。なお唇を下げ、腹部から臍《へそ》、恥丘へと舌を運んだ。それから右の太もも、足の外側をなめて足下へ。足の裏を嚙み、指を一本ずつ口にふくんで吸った。亜紀がくすぐったそうに身をくねらせた。そのつぎは左の足。同じ愛撫でくすぐると、今度は上になめあげていった。全身をなめ回したところで太ものの内側へ。舌をはわせていると、亜紀の躰が反応しはじめた。股間に頭を突っ込むようにして足を開かせた。開いたところへ鼻を入れた。嗅《か》ぐ。石鹼《せっけん》の匂《にお》いがした。今夜も亜紀はきれいに躰を洗っていた。

舌先で性器を開かせた。酸性のぴりっとした刺激が舌先へ伝わってきた。亜紀の臀部《でんぶ》が無意識に揺れはじめた。呼吸に声が混じりはじめている。性器を開き終わったときは、すでにうねりの波間を漂っていた。局部から性器を縦断して肛門まで、しばらく舌先を往復させせた。それから隙《すき》を狙《ねら》ったみたいに、いきなり局部を吸いはじめた。その急襲に亜紀は正確な反応を示した。鋭い叫び声をあげ、以後連続的な声となって響きはじめた。すすり上げ、口許をふるわせ、あえぎ、指を挿入して以後はさらに声が高くなった。先週の治子に比べると、亜紀はまったくといっていいほど自制がなかった。

膣襞《ちつひだ》が脈動をはじめた。それを指で挑発しながらひたすら舌を使った。ときどき顔を上げて亜紀の姿態を目に入れた。亜紀はいまや泣きわめく子どものように全身をふるわせていた。唇と同じように、下肢は弛緩《しかん》して開きっぱなしとなっていた。混じりけのないピンク色の性器と、腹部の激しい波打ちと呼吸、静夫のすることすべてがオルガスムスへと結びついていた。しかもそれは倦《う》むことを知らず、その肉体は打ちすえられても打ちすえられてもすぐさま回復し、貪婪《どんらん》に、ひたすらその感覚をむさぼっていた。性器そのものが亜紀だった。肉体と快楽とがこれほど一体となったものをほかに知らなかった。中指一本では物足りなくなり、人差し指を添えた。二本の指が入っていったとき、亜紀は鋭い叫び声をあげた。宙に浮いた足をわななかせて身もだえした。指二本が新たな摩擦を引き起こすたび、亜紀は手足をばたつかせた。苦悶しているのではなかった。ひとりでに動く腰の回転運動がこれまでになく大きくなっていた。

蒸し暑い夜だ。静夫の胸元から汗が流れはじめた。隣の部屋から扇風機を持ってくるべきだった。しかしそれだけの間がつくれなかった。亜紀のいまの感覚を維持しようと思えば、舌と指による愛撫をやめるわけにいかないからだ。義務の遂行を求められているみたいに、静夫は息を継ぎながらひたすら亜紀をなめつづけた。指を動かしつづけた。亜紀はすでに完全な没我状態にあったが、それでもまだその姿態は、それ以上のことを要求しているように思えた。この肉体は、この先、さらにどんなことでも受け入れてしまいそうだ。静夫ははじめて疲労をおぼえた。すでに彼の知っていることはしつくしていた。自分にできるテクニックはもうなかった。あと残っているのは自分の射精だけだ。

「休ませて、お願い」

亜紀の口から、意外な声が聞こえてきたのはそのときだ。苦しい呼吸の合間に、やっと出したその声を聞いて、静夫はほっとしたように亜紀を見つめた。全身を力なく投げだし、亜紀は息を整えるのに懸命だ。静夫は手を止め、男根をあてがうと静かに挿入した。動かさず、息を殺して感触をたしかめた。微細な生き物のうごめいているような感覚が脳天をふるわせてくる。亜紀の躰を襲っている余韻が、そのまま膣襞の動きとなって男根を包み込んでくる。うねるような、泡立つような、奔流にさらされているような未知の感覚だ。静夫は目を細め、それを脳裏に記憶として送りつづけた。まるで男根がむしばまれているような感触。こういう女が現実にいたのだ。それを自分が、いま思い通りにしていた。そして自分以上の権利を持っている忠洋に対して激しい敵意を抱いた。と同時に、亜紀に対する忠洋の嫉妬《しっと》も理解できた。この女を差しだしたのは、彼にとって取り返しのつかないミスだったのだ。静夫自身いまでは亜紀を失いたくなかった。この女を抱くためならもっと大きな代価だって支払う気になっていた。

亜紀の呼吸が落ち着くと愛撫を再開した。両足を押さえて大きくひろげ、舌を密着させてなめあげた。先ほどは強引すぎたから、今度はよりやさしく、ていねいに、きめ細やかな愛撫を心がけた。亜紀はそれに対し、歌うような声で応《こた》えはじめた。表情もゆるみ、手足がだらんとなって、関節がなくなったみたいに躰が柔らかくなった。また指を挿入したが、今度は中指だけだった。そして今回はひたすら亜紀のために奉仕した。亜紀の声と動きに合わせ、力の加減や速さを調節した。静夫のほうも、先ほどまでのぎらぎらした欲望が消え、いまはこの女体をいとおしむような気持ちになっていた。よりやさしく、よりていねいな愛撫をくり返すことで、その気持ちの表れとした。静夫はそれを三十分以上つづけた。彼がかつてない満足と快感を覚えながら亜紀のなかに射精したのは、はじめてから一時間半以上たってからだった。

放出したのちも、亜紀を抱いて放さなかった。からませてきた亜紀の足をのせたまま、十数分まどろんだ。目が覚めると男根はすっかり小さくなっており、股間や腿に流れだした粘液や精液がくっついてそのまま乾いていた。もう一度という気持ちはあったが、さすがに今夜は、肉体のほうがそれについて行けなかった。

亜紀のほうも目覚めていた。キスをすると、それに応えて頬ずりしてきた。

「帰らなくちゃ」

「泊まっていったら。もう十一時だよ」

「だめ。必ず帰るって約束させられたんだから。いまごろいらいらしながら待ってるはずよ」

「帰ってなにをするんだ」

亜紀は鼻を鳴らして軽くにらみ、静夫の耳たぶを噛んだ。

「同じことをするのか」

「しかたないでしょう。どんなことをされたか、どっちがいいか、しつっこく聞くんだもの。答えないと、ぶったりつねったり、白状するまで許してくれないのよ」

静夫はびっくりして亜紀の顔を見つめた。

「そういう趣味だったのか」

「ばか」

「じゃ暴力まで振るわれて、なぜ我慢してる」

「暴力ってほどじゃないわ。ただのやきもちよ。あなたと寝てきたとなると、かえって我慢できなくなるらしいの。それでなくてもすることしか考えてない人だもの」

「毎晩しているのか」

答える代わりに亜紀はまた耳たぶを噛んだ。

「だからつらいと言ったでしょう。早くいってもらおうとすると、妙なテクニックを使うなと言って怒りだすんだもの。下手にやさしくなれないのよ」

「神戸では、ぼくもなんとなくそういう気がしたんだけど」

「しかたなかったのよ。嘘《うそ》を言って出てきたんだもの。本気になるとうちへ帰ってばれるから」

「黙ってればわからないじゃないか」

「ばか。触っただけでわかるわよ。躰《からだ》は正直なのよ。とくにやさしくされたら」

「ばれそうなときは拒めばいい」

「それができたらいうことないわ。拒絶させてくれないんだもの。生理だろうがなんだろうが、おかまいなしよ」

欲望が甦《よみがえ》ってくるのを感じた。忠洋に対する対抗意識に他ならない。ひょっとすると忠洋のほうも、静夫という存在があるからこそ、より鼓舞されているものがあるのかもしれない。

出した手を払いのけて、亜紀はかぶりを振った。起き上がると、風呂場《ふろば》へ行ってシャワーを浴びはじめた。静夫はシーツにできた皺《しわ》としみとをぼんやり見つめていた。この布団《ふとん》で治子と寝たのはほんの五日まえのことだったのだ。

帰る亜紀を岡山まで送って行った。深夜だったので一時間しかかからなかった。

「なぜ彼と暮らしているんだ。入籍はしていないんだろう」

西大寺の市街へ入ったとき尋ねた。

「入籍なんかするわけないでしょう。いろいろ事情があるのよ」

亜紀は感情のこもっていない声で言った。なにか言うかと待っていたが、それ以上の言葉はなかった。

「先のことは考えていないの？」

「わたし、あんまり先のことは考えない質《たち》なの。面倒くさいのはいや。いまだけで十分よ」

マンションに着いたのは午前一時だった。駐車場のまえで車を止めた。亜紀はおやすみと言って去っていった。彼女の姿が見えなくなってから、静夫は懐中電灯を持って車を降りた。亜紀の車のところまで行って、メーターに光を当てた。三日まえにこっそりやってきて同じことをしている。そのときより走行距離が四百四十キロもふえていた。

23

今回はあらかじめ電話をして、治子のつごうを聞いた。

「できたら十六日にして、どこかで落ち合って食事ができるとありがたいんだけど」

「どうして十六日なの」

「誕生日のお祝いだよ」

あら、と治子は声をはずませた。「おぼえていてくださったの」

「忘れるわけないじゃないか」

「でも今年はわたしのことなんかすっかりお忘れみたいだから」

一瞬返す言葉を失った。

「皮肉を言ってるんじゃないわよ。わたしのほうも忙しくて、すっかり忘れていたの。ありがとう。できるだけその日に時間をとれるようスケジュールを調整してみるわ。二、三日待ってくださる」

「いいよ。平日だからちょっとつらいかもわからないけど、横浜の、きみの借りているホテルでもいい。聡子の返事も聞いてみてくれ」

「ふたりだけのほうがいいわよ」

治子は二日後の電話で、つごうをつけたと言ってきた。ただし、一日遅れの金曜日にしてくれないかという。その日はホテル泊まりの日に当たっていた。聞いてみると、やはり帰れないという。静夫はそれでもかまわないと答えた。考えてみると最近は電話もあまりしなくなっていた。治子の帰りが遅くなり、かけてもいないことが多かったからだ。事務所のほうへ電話することは、よほどのことがない限り静夫のほうで遠慮していた。

その日ホテルには、約束の六時の三十分まえに着いた。ラウンジでお茶を飲んで時間をつぶしていると、治子が十分まえにやってきた。彼女のほうで気を利《き》かして、べつのところに予約をしているという。それで荷物を置き、タクシーで新山下公園に向かった。

「どこなの？」

場所を聞いたが、治子はふふと笑って店の名を言わなかった。着いてわかった。思い出の、とまではいかないが、むかしふたりが何度か行ったことのある海を見下ろせるレストランだった。

「何年ぶりかしら」

窓際《まどぎわ》のテーブルに案内されて治子はうれしそうに言った。店はいまふうにリニューアルされてすっかり様相が変わっていた。しかし目の前にひろがる山下公園や大桟橋《おおさんばし》の夜景は変わらない。最後に来たのはいつだったか、大晦日《おおみそか》の夜、一家三人で十二時に鳴らされる横浜港の汽笛を聞きに来たのが最後だった。いやそのまえにも、家族が四人だったころ来たことがある。

コース料理を注文し、メインが魚だったので、ワインにはホワイトバーガンディを選んだ。乾杯したあと、静夫は持ってきた包みを差し出した。赤いリボンがかけてある。

「まあ、プレゼント？」

治子は胸の前で手を合わせて言った。

「気に入ってもらえるといいんだけど」

「なにかしら。開けていい？」

ゴールドのイヤリングが出てきた。

「あら、すてき」

「シンプルだけど、飽きのこないデザインじゃないかと思ってね。ただし、ちょっと重いかもしれない」

「ほんとう。耳たぶが垂れ下がったらどうしよう」

治子は笑いながら着けていたピアスを外し、つけ替えた。

「どう？」

「すてきだよ」

「ほんとね。わたし、案外こういう大ぶりなものが似合うみたい」治子も手鏡をのぞいて言った。「はなやかな感じするわね。わたしじゃないみたい。よかった。今度の定時総会にはこれをつけていくわ。どうもありがとう」

「気に入ってくれてうれしいよ。けばけばしいものはともかく、まえまえから、もっと大胆なものをつけてもいいんじゃないかと思っていたんだ」

ホタテと鯛《たい》と蛸《たこ》を使った料理が出てきた。バターソースを使ってフランス料理ふうに仕上げてあるが、その割にさっぱりしているのがここの料理の特徴だった。ただし懐《なつ》かしさほどには感銘を受けなかった。自分たちの舌が変わってしまったのか、この店の味が変わったのか、そこのところは不明だが、どこかで、いつも食べているような味がする。全体的なレベルが上がり、どこへ行ってもそこその料理が出てくるようになった平均化社会の不幸かもしれなかった。

食事の間ほとんど治子がしゃべっていた。仕事の厳しさが増しているらしい。行動半径なり運動量なりがひろがる一方だという。かといって、それを苦にしているようすはなかった。楽観的というほどではないにしても、この一、二年のうちに優劣が決まり、自分は勝ち残れるという成算を持っている。治子は軽い躁《そう》状態に陥っていた。

静夫は感心して言った。

「きみは変わったね」

「えっ、どうして?」

「歩く速度がどんどん増している。それが、すこしも無理をしている感じじゃない。はじめのころはね。かわいそうだとか、痛々しいとかいう気が、しないでもなかったんだ。自分ではそれほど意識することなく、気がついてみたらトップ集団を走っていて、もう抜けるに抜けられなくなっていたみたいな、戸惑いがあったように思うんだよ。こんなはずじゃなかったみたいなね。いまのきみにはそれがない。ぼくとしては完全にシャッポを脱いだよ。あとは、きみの邪魔にならないよう、せいぜい気をつけることぐらいしか残されてないんだもの」

「そんなふうに気を回さないで。わたしのほうこそ申し訳なく思ってるのよ。あなたが不在がちなのをいいことに、最近は家事までおろそかになってきてることはたしかなんだから。ただ、あと一年待ってもらいたいの。そのときはきちんとした回答が出ていると思うから」

「自分を責めることはないよ。まあ家にいる間は、ぼくもできるだけのことはするから。最近になって気がついたことだけどね。ぼくは案外、家事のようなものに向いてるみたいなんだ。いい主夫になれると思う。内と外、ぼくたちの舞台が、すこしずれたと考えればいいんだよ」

「そう言ってもらえるとうれしいわ。近ごろは聡子にも悪くてね」

「あの子はしっかり者だから大丈夫だよ」

「そうは思うけど、このところ完全なほったらかしだから」

治子はわずかに顔をくもらせた。八時に店を出た。タクシーでホテルへ帰ると、部屋へはいるなり、明かりを消して治子を抱きしめた。治子が笑いながらシャワーを浴びさせてと言った。暗がりのなかで、その音を聞きながら、静夫は横浜駅前の街を見下ろしていた。

窓から入ってくる外光の下で治子を抱いた。車が通ったり、イルミネーションのまたたきが変わったりするたび、その光が天井や壁を白く駆けぬけた。自分のうごめく影が壁に映しだされた。

治子はやさしかった。あたたかくて、やわらかくて、懐《ふところ》がひろくて、奥行きが深かった。ひかえめに嘆声をもらし、はいってくる静夫を抱きすくめるように迎え入れた。自分から唇をせがみ、顔をこすりつけて耳元で泣くような声をあげた。治子の体内を襲っているうねりの波が、膣《ちつ》の収縮となって静夫にも伝わってきた。静夫は治子の背中に両腕を回し、より躰を密着させてそれを感じつづけた。先月経験したのと同じ治子が腕のなかにいた。静夫のほうが捕らえられていた。彼のほうが、抱擁のなかを泳がされていた。高まりが急激にやってきて、静夫はあわてて離れようとした。しかし治子はしがみついてきた。

「いや」

「ゴムはめなきゃ」

「いいのよ。きょうは安全日だから」

それでそのままにした。治子は用心深かったから、絶対確実と思われるとき以外は、じかに射精することを許してくれなかった。だから長くても、その期間は月に一週間ぐらいしかなかった。静夫は喜んで治子の中へ放出した。そして精液が膣口から外へあふれ出てくるまで治子を抱きすくめていた。

十時すぎ、ファックスがはいりました、という連絡がフロントからあったのを機会にホテルを出た。治子を部屋に残したままだった。相模《さがみ》鉄道に乗った。座れなかったが、ドアのそばのポケットのようなところにもぐり込むことができた。走るほどに、車内は空《す》いてくる。途中で席が取れるくらい空いてきたが、静夫はそのまま立って車外に目を送っていた。頭がぼうっとしていた。まだ先ほどのセックスが躰に残っていた。できたらもうすこし時間をかけて楽しみたかった。

聡子はまだ帰っていなかった。たしかに環境が変わってしまっていた。だれもいない真っ暗な家に帰ってきた経験はこれまであまりなかったのだ。ただし郵便受けの夕刊は消えていた。鍵《かぎ》を取りだしてドアを開け、なかに入ったとき、思ったほど家のなかに昼間の熱がこもっていないのを感じた。居間にはいって明かりをつけ、掃きだし窓を開けた。夕刊がマガジンラックにはいっていた。台所の水切り籠《かご》にコーヒーカップが二組洗って乾かしてある。灰皿も洗ってあった。冷蔵庫をのぞくと、食べ残しと思われるケーキがはいっていた。

廊下に出て二階のようすをうかがったが、明かりはついていないし、聡子のいる気配もない。バッグを開けて、洗濯物を洗濯籠に入れると、自分の部屋へ下りていった。シャワーはホテルで浴びてきたから必要ない。パジャマに着替えていると、上のほうから声がした。

「おとうさんなの」

「なんだ。聡子、いたのか」

「ごめん。ちょっと疲れたから、寝ていたの」

そう言うと自分のほうから下りてきた。

「お客さんがきてたのか？」

「うん、島津さんが来てた。おとうさんの知らない人よ。さっき帰ったところ」

シャツにスカート姿だった。化粧も落としていない。

「そんな格好で寝ていたのか」

「うん。横になって音楽を聴いてたの。そしたら眠くなって」

「調子悪いんだったらお医者さんに行ったほうがいいよ。ケーキとか、ハンバーガーとか、ジャンクフードばかり食べていると、そのうちほんとうに体調をくずしてしまうぞ。それでなくても若い女性は鉄分とカルシュウムが足りないみたいだから」

聡子はまぶしそうな顔をしていた。気のせいか、頬が赤かった。

「おかあさん、今夜は帰らない日よ」

「会ってきたんだ。一緒に晩ごはんを食べた。一日遅れの誕生日のお祝いをしていたんだ」

「あ、ずるい。だったらわたしも行きたかった」

「はじめは、聡子も呼ぼうかと思ったんだ。けど、どうせ友だちづきあいのほうが忙しいだろうと思って」

「かといって、のけ者にすることはないじゃないの。知らせてくれるぐらいするべきよ。おかあさんにはきのう、ちゃんとプレゼントまであげたのに」

「おかあさん、なにも言わなかったのか」

「言ってくれなかったわ」

聡子は部屋のなかまで入ってこなかった。入口のところに寄りかかって、こちらを見ている。そういう不文律があるわけではないが、静夫も聡子の部屋を訪ねたときはそうするだろう。

「コーヒーでも飲もうか」

「うん。ケーキ食べない？」

「それは遠慮しておこう。お腹《なか》いっぱいなんだ」

「じゃわたしがいれてあげるから、おとうさん、先にシャワーを浴びたら」

思わず入ってきたと言いかけた。どこで、と聞かれたら返答に困るところだ。

「ああ、寝るまえでいいんだ」

先に聡子が上がっていった。静夫は心持ち耳をすませて、聡子の足音を聞いていた。一分ほど遅れて上がって行き、聡子が台所にいる物音を聞きながら、玄関をのぞいた。なにも変わったところはなかった。ロックも下りている。しかし靴箱の戸が、わずかだが開いていた。彼が帰ってきたときは、閉まっていたと記憶している。

居間に戻って聡子のいれてくれたコーヒーを飲んだ。その途中、二階で電話のベルが鳴りはじめた。あ、そうか、と言って聡子はカップを置き、ばたばたと足音をたてながら二階へ上がっていった。しばらく下りてこなかった。その間に静夫は台所の隅にあるくず入れをのぞいた。くしゃくしゃにして突っ込んであったケーキの包み紙の下に、煙草の吸い殻が三本捨ててあった。吸い口に紅はついていなかった。

24

洗濯機の回っている音で目を覚ますと、聡子が働いていた。ジーンズにTシャツ姿。静夫の顔を見ると、おはようと自分のほうから言った。時刻が十時すぎにしては外が暗かった。

「学校は?」

「きょうは昼からでいいの」

「雨が降りそうだぞ」

空を見上げて言った。どろんとした曇天だ。関東地方もたしか二、三日まえに梅雨入りしたはずだった。

「お天気と相談している余裕はないのよ。毎日いるわけじゃないから」

聡子が自分から洗濯するのは珍しい。汚れた下着を平気で投げだしていく、と治子がよく愚痴をこぼしていたもので、その点は家にいる特権を最大限に享受《きようじゆ》しているいまどきの娘に変わりなかった。見ると、庭に据えてある家庭用ごみ焼却炉から煙が上がっていた。

「ごみまで焼いているのか」

「うん。ついでだから」

昨夜のくず籠が空になっていた。

「ごはんは」

「いらない。コーヒーにしよう」

「じゃあわたしも飲む」

静夫がコーヒーをいれた。できたよ、というとありがとうと答えたが、すぐにはやって来なかった。静夫はコーヒーをすすりながら新聞をひろげた。聡子が来た。黙っている。ふと顔を上げると、静夫の顔を見つめていた。

「どうしたんだ」

「ううん。なんでもない。ケーキ、捨てちゃったよ」

「どうして」

「だって、けさ食べてみたら固かったんだもの」

水切り籠の食器も、灰皿も片づけてある。

「おかあさん、きょうは何時ごろ帰ると言ってた?」

「お昼すぎのはずだよ。それまでに出かけるのか」

「うん。一時の電車には乗りたい」

「夕食は」

「わからない」

「いったい外でなにを食べてるんだ。顔色、ほんとによくないぞ」

「ちゃんと気をつけてるわよ。わたし、もともと野菜好きなんだから。ピーマンだって、ニンジンだって、小さいときから好き嫌いせず食べてきたじゃない」

「子どものときは、親が気をつけてくれているからいいんだよ。いまはそういう目が届かなくなっている。そうなるとだれでも、好きなものしか食べなくなる」

「それはしかたないんじゃない。家庭環境が変わってしまったんだから。おとうさんだって、おかあさんだって、むかしのおとうさんやおかあさんじゃなくなったし。お互い、自分の生活ができすぎちゃったのよ。家族三人がばらばら。べつに、非難して言ってるわけじゃないけど」

「おとうさんもいいとは思ってないよ。ゆうべおかあさんとも、そのことで話した。おかあさんは聡子に申し訳ながっていた。おとうさんだって、家庭を放棄してしまったみたいで、すまないと思っている。しかしまえにも言ったと思うが、いまは過渡期なんだ。ここ一年ぐらいはしょうがない。そのうち落ち着くと思うし、またそうしなければいけないと思う。そのうちおとうさんがりっぱな主夫になってみせるから、もうすこし時間をくれよ」

「わたしはいいのよ、子どもだから。いずれこの家を出て行くんだし、いつまでも親の臑《すね》をかじっているわけにもいかないし。でもおとうさんは、ここが自分の城じゃない。おとうさんがこの家の主《あるじ》だし、おかあさんはおとうさんの妻じゃない。いくら忙しいからって、週に一回、外泊してくるなんて、勝手すぎない？　生活は派手になるばっかりだし。わたしはおとうさんが寛大すぎるんだと思うな」

「おかあさんも、それははっきり自覚している。おとうさんが、そうまでして働かなくていいと言ったら、おかあさんはやめるよ。それがわかっているから、もうすこし黙って見ていてやりたいんだ」

「わかったわ。言いすぎたんだったらごめん。もうなにも言わないから」

けっして納得した顔ではなかったが、それ以上親を追い詰めてくるような娘でもなかった。子どもっぽい顔をしているが、ときによってひどく老成した表情を見せる。いまがそうで、目に倦怠《けんたい》とも恐れともつかぬ色を浮かべていた。眉間《みけん》には寄り皺《じわ》さえ見える。

親が思っているほど、快活な娘ではないのかもしれなかった。

聡子は洗濯物を抱えて、間もなく自分の部屋へ引き上げていった。出かけるまで下りてくる気はないらしい。静夫は庭に下りてまた雑草の根切りをはじめた。天気予報だと、静岡あたりはもう雨が降りはじめているという。風がなくて蒸し暑かった。

「晩ごはんは、なるべく早く電話するから」

聡子は背中に小さなリュックを背負って、出かけていった。聡子が引き返してこないとわかってから、静夫は手を洗い、二階に上がっていった。

部屋のなかに、洗濯ロープをかけてシーツが干してあった。ほかには、ハンカチとかブラジャーとか、小物が申し訳程度に数点。セミダブルベッドには新しいシーツがかけてあった。持ち物の点検までするつもりはなかった。デスクの上にざっと目を走らせ、出ようとしたとき、本の間に挟まっている白い紙が目に止まった。デスクのまえの辞書に挟んである。引っぱり出してみると、写真だった。ポラロイドカメラで撮影したものだ。

治子が写っていた。なにかのパーティ会場での歓談中のスナップらしい。胸に大きな花をつけていた。歓談している相手は男性で、たぶん業界の関係者だと思われる。静夫より若くてりりしい。体型もスマートだった。もちろんはじめてみる男だ。なぜこんな写真がここに突っ込んであるのか、理解できなかった。ポラロイドカメラはもともと治子が使っていたもので、パーティや集まりのときに写したものをサービスとして客に配っていた。それを聡子が譲り受けていたことは知っているのだが。静夫は写真を元に戻し、部屋を出た。

その直後に治子が帰ってきた。

「あれ、聡子に出会わなかったか。まだバス停にいる時分だが」

「あ、じゃあ、いますれちがったバスだったんだ」居間を見回して治子は声をはずませた。「あら、きれいに掃除してあるわ。あなたがやってくださったの」

「それが、きょうにかぎって聡子なんだ」

「えっ、どういう風の吹き回しかしら。それはそうと、あなた、おひるは」

「まだ」

「よかった。じゃあすぐ支度します。なんか、急に食べたくなって、おこわを買ってきたの。おつゆ、欲しい？」

「ああ、あったらありがたいね」

治子はエプロンをかけて台所に立った。それから悲鳴をあげた。

「なに、これ？」

手に白いものが付着していた。シンクのくず籠についていたらしい。

「ああ、生クリームだろう。聡子が残りもののケーキを捨てたんだ」

「ちゃんと洗えばいいのに、いつも中途半端《はんぱ》なんだから。ケーキ、あなたが買ってきたの」

「いいや。きのう友だちがきていたみたいなんだ」

「だれ？」

治子は眉《まゆ》をひそめた。

「聞いたけど忘れた。ぼくの知らない人らしい」

治子はそれきりなにも言わなかった。静夫も聞かない。気のせいか治子の表情が硬くなった。彼女は黙って食事の支度をした。

食べはじめてから言った。

「このごろ、聡子が反抗的なの」

「なんだ。いまごろ思春期なのか」

「ちょっと、つけあがらせすぎたかしら。自分ひとりで大きくなったみたいな気でいるんだから。自主性を重んじて、放任になりすぎたと思わない？」

「やり合うことがあるのか」

「喧嘩《けんか》まではしないけど。言うことが、だんだん素直じゃなくなってきたのよ」

「親の思い通りにならなくなった、ということはあるな。遅かれ早かれ、避けられないことかもしれない」

「そればかりじゃなくて、親のわたしたちに批判的すぎるわ」

「子にとって、親はいちばん身近な批判の対象なんだ」

「あなたがそんな甘いことを言ってるからいけないんじゃないの。言うべきときにはちゃんと言ってください」

「言ってるよ。ただぼくには、いつも素直な、いい子なものだから」

「それがあの子のずるいところなの。見返りのあるところには、すごく気をつかうんだから。おじいちゃんおばあちゃんなんか、いちばんのお気に入りで、完全に丸め込まれているわ」

「あはは。ぼくのおふくろにもそうなんだ。歯の浮くようなことを、平気で言うからなあ」

笑いに紛らわせてしまう静夫を、治子はやや恨めしそうな目で見つめた。しかしそれ以上の話にはならなかった。

四時まえに聡子が電話してきて、きょうは夕食に間に合うよう帰ると言ってきた。それで夕方、久しぶりに治子とスーパーへ買い出しに行った。一か月ぶりの厚木市内であり、スーパーだった。時間どきとあって、店内はごった返していた。着るものが半袖《はんそで》となり、軽装となった女性の躰《からだ》が目につく。しかしいつも思うことだが、スーパーへ買い物にきている女からは、不思議に性欲を感じなかった。子細に見ればそれなりの女がいるのに、それが単なる、餌《えさ》を漁《あさ》っている生き物にしか見えなくなる。そして静夫は、そういうとき、必ず治子の横顔を盗み見た。ここに群れている女たちに比べれば、治子がはるかにましであることを、あらためて確認するのだった。

スーパーから帰ると、聡子がすでに戻っていた。聡子はごく自然に、エプロン姿で治子を手伝いはじめた。それはむしろかいがいしいくらいで、親娘《おやこ》のやり取りを見ているかぎり、そこになにか問題点があるようには思えなかった。静夫はふたりの間に割って入り、ムニエルのつくり方やドレッシングの合わせ方を教えてもらった。

夕食は親娘三人、笑い声に満ちたものだった。シャブリ一本が食事半ばでなくなったくらいだから、座の盛り上がり方がわかる。相手に対して批判的な言葉や視線はいっさい出てこなかった。

食後のあと片づけは静夫がした。九時からは聡子とソファに腰を下ろして、テレビで放映されている映画をまるまる一本見た。静夫が高校生のころ見た映画だった。そのなかに出てくる女優のひとりは、彼のもうひとつまえの世代の大女優だった、という話を聡子にして聞かせた。治子は話のなかに加わらなかった。結婚以来、彼女はほとんど映画を見ていない。彼が誘えばつき合ったが、もともとそれほど好きではないのだった。その感性のちがいはいまも変わっていない。ふたりが映画を見ている間、彼女は風呂《ふろ》に入り、髪を洗って、隣の部屋でヘヤードライヤーを使っていた。

聡子が十一時半に風呂を使いはじめた。治子が、さきに休みますと言って自分の部屋にこもった。聡子のあとで風呂に入り、静夫が上がっていったときはもう十二時をすぎていた。聡子の部屋の明かりはまだ消えていない。治子の部屋へ入り、布団《ふとん》に忍び込んだ。治子はそこまでは受け入れた。しかし静夫が手を出そうとすると、拒絶した。

「お願い。今夜はもう遅いわ」

「はいるだけでいい」

「やめて。考えなきゃならないことがいっぱいあって、とてもそんな気分じゃないの」

そこまで言われると、それ以上は無理強いできなかった。静夫は布団のなかに五分ぐらいいて、おやすみのキスをすると自分の部屋へ引きあげた。ベッドに横たわり、暗がりのなかで天井を見上げていた。だんだん目が冴《さ》えてきた。それで明かりをつけ、ナイトキャップ用のマッカランを引っかけて、本を読みはじめた。三十分たったがいっこう眠くならなかった。それでスコッチをもう一杯引っかけた。十分後、本を読みつづけるのに飽いて、自分から明かりを消した。

25

赤く染まった空に富士が見えていた。夕陽が落ちて、昼間見えなかった山のかたちがシルエットになって浮かび上がってきたものだ。丹沢の山塊が黒ずんできはじめている。月曜日の夕刻だった。眼下を電車がひっきりなしに走り抜ける。陸橋の上には切れ目のない人波。その向こうに副都心の高層ビル街がそびえている。一年まえまで自分の勤めていた会社のフロアが、目見当でだいたいわかった。といって、なんの感慨もなかった。あわただしくて活気のある光景を、自分の目が鏡になったみたいに写し取っているだけだ。

新宿にできた新しいデパートの外周にあるテラスで、かれこれ一時間をすごしていた。自由に腰を下ろせるベンチやテーブルがあり、ちょっと足を休めるには格好の空間になっている。しかもまだあまり知られていないのか、思いのほか空《す》いていた。治子も聡子もきょうは夕食がいらないというので、思い立って久しぶりに都心へ出てきたところだ。デパートに隣接している本屋をのぞくのが目的だった。時間があるのでどこかで食事をすませ、おもしろい映画でもあったら見て帰ろうかと思い、もっと遅い時間の、帰りの特急券を買っていた。しかし本屋をうろついているうちに、いつものことだがあせりにも似た無力感に襲われてそんな気がなくなってしまった。本があまりにも多すぎる。疲れ果てて外へ出てくると、このベンチが目についたというわけだ。はじめは買ってきた本をひろげていた。しかしいつの間にかそんな気もなくなり、あとはただぼんやりと周囲を見回していた。

向かいのテーブルに若い女性がひとり腰を下ろしていた。ロングヘアに半袖のセーター、幼い顔つき、さっきから煙草《たばこ》を吸いながら静夫のほうを見つめている。最近はやりの裾広《すそびろ》のパンツに、かかとの厚いサンダルをはいていた。買い物帰りらしく、足下に紙袋が置かれている。なんとなく目線を返した。するとその娘が、なにか察したような笑みをもらした。静夫はだれかに向けられた笑みを勘ちがいしたかとうろたえた。しかし彼の周辺にはだれもいなかった。

「なにしてんの？」

その娘《こ》が言った。

「疲れたから休んでいる」

「むずかしい本を読んでるのね。どんな仕事をしてるの」

「失業者だよ」

「うそー。学校の先生かと思った」

「一年まえまで、毎日あそこのビルに通っていたんだ」

静夫の指さしたほうを女の子は振り返った。

「どうして辞めたの」

「いやになったからだよ」

「でも、そんな理由で会社を辞められる男の人っていないじゃない。働かなくても食べられるんだ」

「働かずに食べようと思っているだけだよ」

女の子は一呼吸おいた。

「わたし、つき合ってもいいんだけど」

静夫も時間をかけて女の子を見つめた。

「いくらだ」

「五万円」

「……」

「だめ？　いくらなら出してくれる」

「いくつだよ」

「はたち」

どちらかといえばほっそりした躰つきだが、胸は出ていた。持ち物は紙袋のほかに、革製のザックがひとつ。あのなかになにが入っているか、気になった。高校の制服が入っていないにしても、少なくとも二十になっているはずはない。

「なぜぼくに声をかけたんだ」

「淋《さび》しそうだったから。それに、お金もってそうだし」

後を人が通り抜けるたび、静夫のほうは声が出なくなる。しかし女の子のほうは平気だ。いまではテーブルに肘《ひじ》をついて、より馴《な》れ馴れしい顔つきになっていた。

頭のなかがぐるぐる回りはじめた。女性をホテルに連れ込んだ経験はなかった。この娘を抱くまでの、しなければならない一連の手続きを思い浮かべた。現金は持っている。しかしそれ以上の、運転免許証や、ゴールドカードや、メンバー制クラブの会員証といったものまで持っていた。

「やめとくわ」

「えーっ、どうして」

「きょうはそんな気になれないんだ」

「二万円でいいよ」

「ほかの人に当たってくれ」

女の子はちぇっと言った。もろにふくれっ面《つら》になると、即座に立ち上がった。

「ふん。かっこつけるんじゃねえよ」

憤然とした足取りで去っていった。臀部《でんぶ》のふくらみが敏捷《びんしょう》に揺れた。呼び止めたい誘惑に駆られた。この機会を逃すと、たぶん二度とこういうことはないだろうとわかっていた。現金しか持っていなかったら、たぶん応じていたと思うのだ。

息苦しさが増してきた。度の強いウイスキーを飲み下したみたいに腹のなかが熱くな

って いた。明かりの目立ちはじめた高層ビルを、憤《いきどお》りに駆られた目で見上げた。彼は不機嫌な顔になり、呼吸を荒くしてなにかに耐えていた。周囲を見回した。自分に注目している人間はひとりもいなかった。薄暗くなって周辺の人の顔がはっきり見分けられなくなるまでそこにとどまっていた。それから新宿駅まで戻ると、ロッカーを探して買ってきた本を放り込んだ。そして駅前から、タクシーを拾った。

「どこでもいいんだが、ソープへ行きたいんだ」

実際は息を殺して言った。運転手は四十代の眉《まゆ》の濃い男だった。どういう顔をするか、食い入るような目を向けていたが、運転手はまったく表情を変えなかった。車はそのまま東へと走りはじめた。

「吉原まで行きますか」

新宿御苑《ぎょえん》の近くまで行ってから聞いてきた。

「もっと近いところはないか」

「あるけど、女の子を選ぶなら、やっぱり吉原がいいんじゃないかな。質がちがうもの」

「じゃあまかせる」

以後いっさい会話はなかった。野球中継のない日だったため、ラジオからは言葉過多のディスクジョッキーが流れつづけた。静夫は平静を装《よそお》いながら、シートに深く躰を沈めていた。走り去る街のたたずまいに目をやっている。衆人環視のなかを彼のほうが走り抜けていた。

靖国通りから秋葉原へ出たのはおぼえている。その先から、どこを走っているのかわからなくなった。

「予算はどれくらいですか」

浅草の近くと思われるところで運転手が聞いた。

「五万円くらい」

運転手はうなずいただけ。店の前に、タクシーは横づけされた。戸惑ったり迷ったりする必要はなかった。客引きらしい男が小走りに寄ってきて彼を迎えた。静夫は運転手に二千円チップをやった。あとは赤いカーペットの敷かれた店内に足をのせるだけでよかった。金を払い、説明を聞き、女性を選んで、部屋へ通されたら、それでなにもかも終わっていた。うっすらと汗をかいていたが、静夫は落ち着いていた。少なくともよそ目にはそう見えたはずだ。

二十代後半の、プロポーションのいい女性だった。顔も悪くはなかったが、いかにも風俗っぽい顔つきだった。そういうタイプの女性しかいなかったのだ。笑顔はすれていなかった。しかししゃべったら、お里が知れた。

「はじめてなんだ」

「あら、わたしも今夜はじめてよ」

静夫は傷ついた。女は静夫を腰掛けの上にまたがらせ、性器をしごいてから慣れた手つきで洗いはじめた。それは静夫がこれまで女に求めてきた願望や期待とはまったく異なったものだった。理髪店で髪を洗ってもらっている感覚といっていいだろうか。それは戸惑いと、なにがしかの我慢を強いずにはおかず、女が肌を寄せてきたときでも、欲情とはちがう気持ちのほうが先に立った。これまでになく醒《さ》めていた。それにもかかわらず刺激されると男根のほうは勃起《ぼっき》した。醒めてはいたが萎《な》えてはいなかった。女の注文通りに動き、抱き、なかに入り、自分でも信じられない短時間のうちに射精した。風呂へ入って躰を洗ったあと、さらにもう一度同じことがくり返された。静夫は二回目の射精をさせられた。

現実ではなかったような時間を反芻《はんすう》しながら新宿に戻った。予定していた特急にはなんとか間に合った。しかし列車が動きはじめてから、まだ食事をしていなかったことに気づいた。

厚木の駅前でスタンド式の中華料理店に入り、酢豚定食で夕食をとった。タクシーに乗って、自宅に帰り着いたときは十一時になっていた。

玄関へ入るなり聡子が飛んできた。

「おとうさん大変。おばあちゃんが……」

治子もやってきた。ふたりとも目に涙を浮かべていた。

26

聡子に車で新横浜まで送ってもらい、六時半のひかりに乗ることができた。岡山に着いたのは十時すぎ、すぐさまタクシーで自宅に向かった。

駐車場に車が五台はいっていた。ナンバーはすべて岡山、うち二台が軽だった。タクシーを降りたとき、裏庭から六十くらいの男がひとり出て来た。静夫を見ると足を止め、丁重に悔やみの言葉をのべた。静夫は言葉を返しながらも戸惑いを隠せなかった。町の人物で、顔は見知っているのだが、名前をどうしても思い出せなかった。

「きょうの午後から三日ほど、東京へ出かけなければなりませんので、申し訳ありませんが、お通夜《つや》にも、ご葬儀にも出ることができません。それで、せめてご挨拶《あいさつ》だけでもと思いまして」

「それはどうもごていねいに恐れ入ります。母への長年のご厚誼《こうぎ》、まことにありがとうございました」

家に入ると、靴脱ぎに十足ばかりの履き物が並んでいた。襖《ふすま》を取り払って家じゅう開け放してあり、庭で光っている日差しがまぶしいくらい明るかった。

「あら、静夫さんが帰ってきたよ」

という声が飛んで、満座が彼に注目した。下の妹の美沙子《みさこ》が近寄ってくるなり「おにいちゃん」と言って泣き出した。向こうで上の妹の範子《のりこ》も立ち上がっていた。

「どうも遅くなりまして、まことに申し訳ありません」

静夫は腰をかがめて、集まっていた人に挨拶をした。それから祭壇に歩み寄った。棺は客間に安置されていた。線香がくゆり、蠟燭《ろうそく》がともされている。家にあったらしい写真が額に入れて飾ってある。どう見ても五、六年まえの写真だったが、いまになってみると、頭が白く、頬が落ちて、いかにも弱々しかった。

棺の蓋《ふた》を開けた。妹たちが着せてくれたのだろう、つむぎの着物と羽織を着せられていた。顔色が真っ白なのはいたしかたないが、死に化粧を施して口紅までつけてやっている。瞑目《めいもく》しているほっそりとした顔からは、わずかながら本人が保ちつづけていた矜《きょう》持《じ》のようなものが感じられた。

頬に手を触れた。ドライアイスで冷やされているせいだろう、想像以上に冷たかった。にわかに涙がこみ上げてきた。静夫は意外な感に打たれながら目頭を押さえた。昨夜からこれまで、いろいろな思いが頭のなかを駆けめぐったものの、そのなかに悲しみはなかった。母の棺のまえで、悲しい顔ができるだろうかとさえ思っていた。それがなにも意識することなく、涙があとからあとから噴き出してきた。

「見て、きれいな顔をしているでしょう。看護婦さんたちがていねいに化粧をしてくれてね。着物を着せてあげられて、ほんとうによかった」

叔母の寛子が来て言った。

「叔母さんが着せてくださったんですか」

「臨終には間に合わなかったんだけどね。駆けつけたときは直後だったから、それで、着物があるはずだって、探してもらったの。君子さん、一枚持って行ってたのよ。入院するとき、これを着て行ったの。それを知ってたもんだから。ひょっとすると、これが最後になるかもしれないと思っていたのかしらね」

「叔母さんにはお世話になりっぱなしよ。でもほんとによかった。着せていただいて」

範子と美沙子がそばから言った。

「ありがとうございました。迂闊《うかつ》といえばあまりにも迂闊で、申し訳ありません。きのうはたまたま新宿へ出ていて、むかしの友だちと会って、一杯やっていたんです。十一時すぎに家へ帰るまで、なんにも知りませんでした。携帯電話でも持っていたら、これほどぶざまなことにはならなかったんですが」

母が非常階段の踊り場で倒れているところを発見されたのは、きのうの午後四時ごろのことだった。足を踏み外して転落したとしか思えない事故だったが、すでに虫の息で、五時すぎには絶命した。もちろん臨終にはだれも間に合わず、大原町の叔母だけが、かろうじて直後に駆けつけられた。すぐ静夫のところに知らせようとしたらしいが、自宅にはだれもいなかった。そのため連絡がとれず、早めに帰ってきた聡子の知ったのが午後七時。聡子はすぐ治子に知らせたものの、静夫への連絡は、彼が帰ってくるまでお手上げという状態だった。一方妹たちのほうは、美沙子が六時すぎの新幹線で、範子も八時前に出る最終ののぞみに乗って、なんとか昨夜のうちに病院へ駆けつけることができた。そして一晩、病院の安置室で遺体に付き添ったのち、けさ自宅へ連れ戻ったというわけだった。

「悪かった。まさかこんなことになるとは思ってもみなかったんだ。久しぶりだったんだよ、都心に出ていったのは」静夫はうなだれて妹たちに言った。「だいたい、非常時の連絡方法など、考えてみたこともなかったんだ。そんな必要が、こんなに早く起きようとは夢にも思わなかった」

「しかたないわよ。だれもそんなことは考えてなかったんだから。でもおにいちゃんは、まだ親孝行ができてよかったわ。おかあさん、絶対喜んでいると思う」

「わたしなんか、もう一年半、会ってなかったのに」

範子がまた泣きだした。美沙子のほうは、昨年の年末から正月にかけて帰ってきていたから、まだしも救いがある。範子のほうは、子どもが大学受験をひかえていたうえ浪人してしまったので、昨年の春から一度も帰ってきていないのだった。

「でも、悔しいわ。最後にどんな話をしたか、全然おぼえていないんだもの」

美沙子も言った。考えてみると三人とも、母と一緒に暮らした期間はそれぞれ十二、三年しかなかった。

静夫は集まってくれた人に挨拶して回った。十年以上会っていない顔もあった。母方の木暮一族はまだだれも来ておらず、すべて近隣の、父方の親戚《しんせき》ばかりだった。なかには父親の葬式のとき以来で、名前もよくおぼえていない人までいた。だいたいこの家にこれほど多くの人が集まってきたこと自体が、父の亡《な》くなったとき以来だった。家じゅうの布団《ふとん》が庭へ干してあった。静夫は思わず、先日使った布団を目で追った。それはあった。あのあと、シーツは替えたし、布団のほうも一応干したことは干している。

通夜の手配等はすべて叔母の寛子がやってくれていた。葬儀のしきたりからすすめかた、寺への謝礼など静夫はかいもく知らなかった。美沙子が母の預金から三百万円を引き出してくれていた。彼女は先日義父を亡くし、預金が引き出せなくて苦労した苦い経験を持っていた。それでけさ、真っ先に農協へ行って、普通預金から当座の金を引き出してきたのだという。

美沙子が物陰に静夫を呼んだ。

「お金。おにいちゃんに預けておくから」

現金と預金通帳、印鑑とを静夫にさしだした。母の預金がいくらあるか、子どもたちはだれも知らなかった。だれも経済的援助はしなかったし、母のほうもその必要はないと断っていた。老齢福祉年金はしれたものだし、貸してある田畑からの収入も雀《すずめ》の涙ほどでしかない。それで生活に困っていたようすはなかったのだから、いくら生活費がからないところとはいえ、考えてみれば不思議だった。

預金通帳と印鑑とは、万一のことがあったらということで、三人ともその所在は知らされていた。しかしどういうものがあるかは知らなかった。通帳は二通あった。ひとつは農協の普通預金口座。きょう三百万円下ろしたけど、定期もふくめてまだ五百万円残っていた。こちらはふだんの支払いにあてていたもので、電気代や電話代といった支払いはすべてここから落とされていた。収入のほうも記載されているが、やはり予想以上に少ない金額だった。

もうひとつは岡山市内にある都市銀行の通帳だった。おどろいたことに四千万円をこえる定期預金が預けられていた。満期になるたびに書き換えられており、中間の出入りはまったくない。

「おかあさん、こんなにお金を持っていたのか」

「おにいちゃん、なにも聞いてないの」

「聞いてないよ。心配するなと言ってたから、なにも聞かなかった」

「おじいさんが残してくれたお金みたいよ。おかあさん、ちらっとそんなことを言ったことがあったから」

そうと聞くと、なんとなくうなずけるものはあった。木暮要蔵は情け容赦のない毀誉《きよ》褒貶《ほうへん》の激しい人物だったが、自分の早とちりで愛娘《まなむすめ》をこんな田舎に嫁がせたことには、ずっと負い目を感じていたようだ。それを償うために、こういうかたちで金を残してやったのかもしれない。そういえば以前は、証券会社から定期的な報告書が届けられていたのをおぼえている。

「ひょっとすると、木暮製薬の株をもらっているのかなと思ったけど」

「そうだと思うわ。ほかの兄妹には内緒だったんじゃないのかしら。おかあさん、どうもその株を、木暮製薬が上場したとき、売ったんだと思うわ。そのまま持っていたら、いまごろ大金持ちになっていたんだろうけどね。おかあさん、そんなことは知らなかったと思うから」

「そうだろうなあ。利殖の才能はかけらもない人だったから。現金で持っているほうが、安全だと思ったんだろう」

出前の寿司《すし》が届いたので、全員が車座になってそれをつまんだ。広い家だが、なぜか窮屈で息苦しくなっていた。他人が自分の領域へ入り込んできたからではない。自分のほうが、よその家を訪れている感じだった。くつろいで手足を伸ばせるところがなくなっているのだ。

三時ごろから人がふえはじめた。はじめに聡子が、治子の母親と兄の恒之とを伴ってやってきた。聡子がきょう静夫と一緒に来られなかったのは、デパートへ喪服を買いに行かなければならなかったからだ。一時間遅れて、治子もやってきた。範子の夫、その両親、子どもたちが一緒だった。同じ列車に乗り合わせていて、岡山駅の改札で偶然出会ったのだという。さらに前後して、木暮家側の母の姉妹、甥《おい》、姪《めい》らが、東京からぞくぞくと乗り込んできた。

貸し布団が届いたものの、全員に行き渡るかどうか、そういうことにまで頭が働かなかった。ここでも叔母の寛子が機転を利《き》かし、車で十五分ほどのところにある湯郷《ゆのごう》温泉の旅館に部屋を取ってくれた。母の兄妹一族には、今夜そちらで泊まってもらうことにしたのだ。

お通夜には、地元の人が五十人からきてくれた。最後までこの土地とは関わりを持たなかったとばかり思っていたのに、ひとりになってから交友関係がひろがったらしい。当然静夫もふくめ、子どもたちの知らない人が大半だった。多田夫婦がていねいな弔辞を述べてくれた。

葬儀は翌日の午後一時からということになっていた。朝からはっきりしない天気だったが、昼前から雨になって、葬儀がはじまるころは本降りになってしまった。来客はすべて屋内に収容できたものの、車のほうは、そうはいかなかった。全員が車で来るのだから、その数は五十台にのぼった。家の下にあるもとの畑を臨時駐車場として使ってもらい、その整理や案内には孫や甥、姪たちの手をわずらわせた。

葬儀そのものは型どおりに進行して一時間で終わった。出棺のまえ、静夫は親族を代表して会葬者に謝辞を述べた。昨夜メモを取りながら練った筋書き通りにしゃべった。それから会葬者に見送られて火葬場へ行き、遺体を荼毘《だび》に付して、そのあとみんなで骨を拾った。帰途、山をひとつへだてたところにある菩提《ぼだい》寺の長命寺へ回り、ここで初七日の読経《どきよう》と法要をしてもらった。家へ帰ってきたのは五時半。この間雨はやむことなく降りつづけていた。おびただしい車の出入りで、家の周辺はぐちゃぐちゃにぬかっていた。

自宅には、仕出し屋に頼んであった料理がもう届いていた。しかしかなりの人が、それに箸《はし》をつけることなく帰っていった。きょうじゅうに東京へ帰らなければならない客が、少なからずいたからだ。そのためには、岡山駅へ遅くとも七時半までに到着しなければならなかった。タクシーを四台呼んで、それに分乗して乗って行ってもらった。木暮一族のうちのかなり、あすの勤めがある男等がこのとき帰り、治子の兄恒之もそれに加わった。治子と母の喜子と聡子は残った。治子には帰っていいとすすめたのだが、もう一晩泊まって行くという。明日ここからじかに飛行場へタクシーを走らせれば、昼前に出ても、午後早くにはオフィスへ着くことができるという。結局その夜は旅館を借りる必要がなく、総勢十五人が内村家に泊まった。

精進落としの料理を囲んだのは三十八人だった。宴が終わると内村の一族が帰りはじめ、最後までいた大原町の叔母も九時には帰っていった。そのあと、母の簞笥《たんす》を開け、母の兄妹三人と、範子、美沙子らが心ばかりの形見分けをした。治子も記念ということで珊瑚《さんご》の帯止めを譲り受けた。静夫は聡子と、美沙子の子のさやかに手伝ってもらい、集まった香典の整理をした。香典返しのため住所もひかえなければならず、それだけで二時間かかった。風呂《ふろ》に入ったのはかれこれ一時近くだった。

翌日は雨が上がり、日差しの強い夏の陽気になった。午前中はきのうと同様あわただしかった。この段階でさらに六人が帰り、空港と岡山駅へ、それぞれタクシーを走らせた。残ったのは静夫と聡子、範子、美沙子とその娘のさやかの五人。聡子もはじめの予定ではけさ帰る予定だったが、従姉《いとこ》のさやかが残るため、もう一日残ることにしたものだ。静夫たち三人の兄妹には総勢五人の子どもがいたが、うち女性は、この聡子とさやかだけだったし、年がひとつちがいということもあって、ふたりはけっこう仲がよかった。さやかの弟の博史は、五月からアメリカへホームステイに出かけていたので来ることができなかった。また範子の息子ふたりは年子で、ひとりは浪人、ひとりは高三ということもあって、きのうのうちに、父親と一緒に帰っていた。

午後は葬儀社や仕出し屋への支払いをした。農協へ出かけていた美沙子が、やはり預金の引き出しがストップされたという知らせを持って帰ってきた。地方の銀行員の重要な仕事が、新聞に掲載された死亡広告を見て、その人名をチェック、預金があれば封鎖することだという話は、やはりほんとうだったのだ。こうなると都市銀行のほうの定期も、すぐ必要はないものの、引き出すとなると手間がかかりそうだ。法定相続人、つまり兄妹三人が合意であることを示す文書と印鑑証明書が必要なのだという。

聡子とさやかとが、静夫の車で夕食の買い出しに行き、たまたま兄妹三人が残されるかたちになった。というよりわざわざふたりを使いに出したのだ。

「おふくろの死因だけど」静夫は切りだした。「おまえたちはどう思う」

「わからないわ」

範子がおびえたような顔をして言った。範子のほうは神経が細くて、気が弱い。どちらかというと悲観的な見方をしがちだった。

「自殺する理由なんてないでしょうが」

「叔母さんも、その点はなにも言わなかった。なにか思い当たることはあったみたいだけど。看護婦さんは、ぼけてたわけじゃないけど、最近院内を放浪しがちだったと言ってたわね。どうして非常階段に出たのかは、説明がつかないんだけど」

美沙子も言った。この件に関しては、三人のなかで最初に駆けつけた美沙子が、叔母や看護婦の話を聞いていちばんくわしかった。

「院内を歩き回るといったって、せいぜい廊下の端くらいまでだったよ。春先からすこしずつ動けるようになって、物干し場に出て、日光浴をすることができるようになっていたんだ。躰《からだ》のほうは確実に回復していた。その一方で、言葉はどんどん忘れていた。痴呆《ちほう》というのとはちがうと思うが、脳細胞が急速に失われているみたいな感じはたしかにあった。ぼくはおふくろが、むしろそれを恐れていたんじゃないかと思う。躰は快方に向かっても、どういう状態で生きるかということだよ。自分が人に迷惑をかけて生きる想像に耐えられなかったんじゃないだろうか」

「じゃおにいちゃんは、自殺だと思ってるのね」

範子が顔をゆがめて言った。

「実際には事故だったかもしれない。しかし精神的には自殺だったかもしれないと思うんだ」

静夫は聡子や治子が訪ねてきたときのことを話した。あれは一種の別離の涙だったのではないかと。範子がまた泣き出した。

「それじゃあ、おかあさん、あまりにも悲しいじゃない」

「それは範子の思い込みだよ。けっして恵まれた人生ではなかったけど、おふくろはそれほど自分を惨《みじ》めだとは思っていなかったと思うよ。ぼくたちの想像以上に、強い人だったんだ。だから耐えられたし、自分の命も、自分で選択できたのかもしれない」

「わたしたちのほうが、おかあさんをわかってやろうとしなかったのはたしかだわ。これまでなんにも、話した記憶がないんだもの。早くから東京へ出してもらって、恵まれた生活をさせてもらって、それを当然みたいに考えて、おかあさんがどんな思いでいるかといったことには、全然神経を使ってこなかったんだもの。いまになってみると、ものすごく親不孝だったと思うわ」

「わたしなんか、この十年で何回帰ってきたかしら」範子は指を折りはじめ、途中でやめて目をしょぼつかせた。「片手がまだ余るわよ」

「この件は、それとなく叔母さんにも聞いて、たしかめてみるよ。だからそれまで、三人だけのことにしておいてくれないか」

ふたりの同意を得ると、つぎは、この家をどうするかという問題が残った。

「わたしたちはいらないわ。不動産に関しては、おにいさんが引き受けるべきよ」

範子が言った。範子の夫は都市銀行の役職についているし、美沙子の夫は親の残してくれたビルを経営していた。ともに当面の生活の不安はない。

「ぼくだっていらないよ。正直いって困っている。これで帰ってくる理由がなくなったからますます足は遠のくだろうし、家の傷《いた》み方もこれまで以上に進行するだろう。かといって、ほかに有効な利用方法も思い浮かばない。町が引き取ってくれるなら、喜んで寄付するんだけど」

「こんなぼろ家、引き取ってくれる？　第一叔母さんが元気なうちは、処分することなんかできないわよ」

「処分するとしたら、いったい、いくらくらいの評価になるのかしら」

　美沙子が聞いた。

「五千万円では売れないと思うな。よくって四千万円。山林が十三町歩あるといっても、使いものにならない山だしね。家の評価は、ゼロというよりむしろマイナスだ。前の田んぼだけだろうな。地元の人が喜んで買ってくれるのは」

「固定資産税、どれくらいきているの」

「たしか十万なかったと思うよ」

「じゃあ残しておくほうがいいわね。わたしだって、自分たちの手で、内村の家をなくすのはいやだもの」

「叔母さんには悪いけど、このまま放置して、自然に崩れ落ちるのを見守るのも、ひとつの方法かなと思うんだ。おふくろとともに、実質的に滅んだ家だから、あとは朽ちるにまかせてやったほうがいいだろう。この石垣が墓碑銘になる」

　預金のほうは最終的に三等分することになるだろうが、当面はこのまま封鎖しておくことにした。ふたりはそのあと、母の遺品の整理をはじめた。衣類や装身具はもちろん、アルバムの写真などすべてを改め、欲しいものは持って行かせることにした。なんか浅ましい気がするわね、と言いながら、それでもふたりは嬉々《きき》として持って帰るものを選んだ。選んだ荷物は、静夫が荷造りして、後日宅配便で送ることになるだろう。

翌日、範子と聡子とさやかが帰った。残ったのは静夫と美沙子のふたり。大原町の叔母が線香をあげにきてくれたほかは来客もなかった。静夫は寛子叔母に、この家は当分このままにしておきますと告げた。この先まだ四十九日、一周忌、三周忌、七回忌と、人の集まる機会はある。ただし、七回忌まで家のほうがもってくれるかどうか、その点は心許《こころもと》なかった。叔母に、欲しいもの、必要なものはなんでも持って行ってくれと言ったが、なにも持って行かなかった。自分の先行きだって長くないのだから、もらったってしようがないというのだった。

叔母が帰ると、ふたりで家の整理をはじめた。放置すると決まった以上、家財をそのままにしておくことはできない。まだ使用できるもの、残しておきたいもの、盗まれたくないものは、すべて蔵に収納するほかなかった。これがけっこうな手間だった。純粋な肉体労働だったから、一日でくたびれ果ててしまった。静夫は美沙子にもういいよ、と言った。あとはぼくがひとりでこつこつやるから、必要なものだけチェックしておいてくれと。それで美沙子も翌日帰ることにした。

「おにいさん」最後の夜、布団《ふとん》を並べていたとき、美沙子がぽつんと言った。「おかあさん、やっぱり自殺だったのかもしれないね」

「うん」

「わかるなあ。なんとなく」

翌朝、美沙子は帰り、静夫が和気まで送って行った。

とうとうひとりになってしまった。

27

デパートの外商部がやってきて、午前中は香典返しの手配をしていた。といっても静夫のほうは、カタログを見て品物を選びさえすればいい。葬儀費用一式も、新聞広告代までふくめて葬儀社への支払い一回ですべてすんだ。いまさらおどろくほどのことではないのかもしれないが、こういうシステムの整備されていることには感心するばかりだった。

四十九日は八月第一週の日曜日ということにしてあった。まだ四十日近くあり、その間ずっとここに残っているというわけにもいかない。ただ厚木へ帰るとしたら、その間遺骨をどうするかという問題があった。残しておくわけにもいかないし、持って帰ることもできない。いちばんいいのはお寺に預けることだろう。それで二日後、叔母の寛子のところへ相談に行った。というより、先日の礼を述べがてら、同意を得ようとしたものだ。

寛子は台所で昼食の支度をしていた。現在の牧場の経営者は長男の達郎で、それを妻の千恵子、長男の誠司が手伝っていた。従兄《いとこ》の達郎は静夫より二つ上で、その子はもう二十六と二十二になっている。誠司が父親の跡を継ぐ決意をしたのは最近のことで、それはめでたいのだが、そうなると嫁さんが来てくれるかどうか、それがこれからの悩みだという。本人がどこかで見つけてこない限り、状況は絶望的だからである。

めしを食っていかないかというので、呼ばれて行くことにした。その間に遺骨の件で彼女の同意を得た。

「あのねえ」叔母は声をひそめて言いだした。「美沙ちゃんにはちらっと話したんだけど」

「聞きました。じつはそのこともうかがいたかったんです」

叔母は暗い目をしてうなずいた。

「この間、岡山へ出る用事があったから、帰りに、病院へ寄ったんだよ。十一日だったと思うから、亡《な》くなる一週間ほどまえになるかねえ」

「それは知りませんでした」

「だれにも言ってないんだ。君子さん、病室にいなくてね。トイレにでも行ってるのかと思ったけど、なかなか帰ってこないんだ。それで、探すということもなかったけど、廊下のほうへ出てみたら、非常階段のドアのところから、あの人が入ってきたんだ」

「落ちた階段のところですか」

叔母はうなずいた。

「むずかしい顔をしていたからね。わたしもそんなところを見たことはなんにも言わなかったけど、あとになってみると、なぜあんなところにいたか、気になってきてね。看護婦さんは、このごろ病院のなかを徘徊《はいかい》するようになっていたと言ったけど、わたしはちがう気がしてならないんだ」

「その話を聞くと、思い当たることがひとつあるんです。春先から、屋上の物干し場へよく行ってたんです。ひなたぼっこが目的だとばかり思っていたんですけどね。必ずしもそうじゃなかったかもしれません。物干し場は手すりが巡らしてあって、外には出られないんです。いまになってみると、ひなたぼっこしながらなにを考えていたのか、わかるような気がします。よそ目にはそれが、徘徊しているように見えたんでしょう」

叔母は黙って静夫の顔を見つめた。もともと小柄な女性だったが、最近ますます躰が縮んできて、いまでは背丈が静夫の胸元ぐらいまでしかなくなっている。彼女も寡婦《かふ》になって十数年を数えていた。夫の清太郎が亡くなったとき、静夫は仕事にかまけて帰ってこなかった。それがいまでも負い目となって残っている。

叔母は目頭を押さえた。ありがとうと言って、わたしの手を握ったんだよ」

「帰ってくるとき、ありがとうと言って、わたしの手を握ったんだよ」

「ありがとうございました。ぼくからも、改めてお礼を申し上げます」

「範ちゃんはこのことを知ってるの？」

「ええ。三人だけで話しました」

「いやなことを耳に入れてごめんよ」

「とんでもない。ぼくのほうこそ、息子でありながら、おふくろの考えていることが、なにひとつわかってなかったんです。いまになって、思い当たることばかりで」

達郎たちが帰ってきたので話は打ち切りになった。農学部を出て、自分の理想とする農業を実践しようとしてきたこの従兄に、静夫は畏敬《いけい》の念をおぼえていた。同時にある種の痛々しさも。彼の顔は、いまやそこらの農夫とまったく変わらなくなっている。

静夫は先日の礼を述べ、家族四人と叔母の六人で、一緒に昼食を取った。次男の義明はまだ大学生なのだが、きょうはたまたま家に帰っていたものだ。一家にはもうひとり、高校生の晴美がいるが、きょうはテニスの試合があるとかで、出かけていて留守だった。

「余計なことかもしれないけど、影沼の土地はどうなってるか、静夫は知ってるの」

食事のとき叔母が切りだした。

「いえ。いくらか残っていることは知ってますが、くわしいことは知らないんです」

「残ってるはずよ。わたしがもらった土地だって三町歩あるんだから。いまさら使い道があるとは思えないけど、あとになるほどわからなくなるから、権利関係だけはきちんとしておいたほうがいいよって、君子さんには何回か言ったんだけどね。あの通り欲のない人だから、土地がなくなるわけじゃありませんからと言って、どうもほったらかしだったんじゃないかと思うんだ。あそこにいた人たちが出ていくとき、買い戻したけど、登記まではしてないんじゃないかな。一回土地台帳をのぞいてごらんよ。いまでもにいさん名義のままじゃないかと思うんだけど」

影沼とは、自宅から五キロほど離れた、通称つなぎ山という山の上にある天然沼だった。この沼と周囲一帯の土地が、どうして内村家の所有となったのか、その間の事情は明らかでない。とにかく自家から離れた飛び地として、かなり以前から所有されていたようだ。この土地を、父親の民夫が、戦後の食糧難時代、海外からの引揚者に開拓地として提供し、一時は七家族が住みついて農業をしていた。しかし七所帯もの家族を養うほどの土地ではなく、結局昭和三十年代には全員離農して、もとの荒れ地に戻ってしまった。土地を提供したとき、無償だったのか有償だったのか、父が早く亡くなったため、それすらわからなくなっている。ただそこにいた人たちが去るとき、土地を買い戻すというかたちで、といってもごくわずかな金額だったが、餞別《せんべつ》代わりに内村家が金を出したことは静夫もおぼえていた。夜逃げ同然に黙って出ていった人もいたから、その土地の名義がどうなっているかまでは知らない。正式に買い戻したが、名義はそのままになっている土地もあるということのようだ。もちろんいまとなっては、当時の人たちを突き止めることは不可能だろう。叔母のほうは最近、自分名義の土地を誠司に名義替えしたばかりだという。静夫は調べてみましょうと答えて、叔母のところをあとにした。

帰途、ついでだからその影沼まで行ってみた。現場は菩提《ぼだい》寺の長命寺の裏手に当たり、麓《ふもと》からのでこぼこ道が残っていた。いまでは廃道さながら、荒れ放題となってなんとか登れるにすぎない。

沼は濃い緑のなかで静まり返っていた。周囲六百メートルばかりの小さな沼である。周囲の樹木が伸び放題で、水際《みずぎわ》まで近づけるところは一か所しかなかった。水面の半分が水草でおおわれている。睡蓮《すいれん》の一種と思われる白い小さな花が咲いていた。人間にはじめて遭遇したのか、縞蛇《しまへび》が水際の木陰からあわてて逃げていった。いまは雨期だから水量も沼いっぱいにあるが、夏になると水位は数メートル下がり、ときには水深三十センチぐらいにまでなってしまう。二、三軒ならともかく、七家族もの生活用水や農業用水をまかなえたとはとても思えなかった。結局共倒れになってしまったことになる。もと畑だったところは山林に戻り、建物の跡も消えて、いまではその痕跡《こんせき》すらとどめていない。木立のなかに残っている何本かの電柱が、かつてここに人の住んでいたことをかろうじて物語っていた。

山岳宗教の聖地だったという名残りは、開拓者が入ったことでいっそうわからなくなっていた。むかしは石碑や礎石の類《たぐい》もあったように思ったが、それも取り払われてしまっている。それでも小一時間ばかり歩き回ってみた。忠洋がなぜここへやって来たか、彼ならどういうところに興味を持ちそうか、彼の目になってもう一度見直してみようと思ったのだ。しかしなにも思い浮かばなかった。自分の頭にはひらめきというものがないと、静夫はつくづく思った。例の山の捜索は、その後ずっとお留守になって、いまではその気持ちさえなくなりかけていた。

家に帰ったあと、門の下までおりてわが家をしばらく見上げていた。この家の命運が、母とともにつきたのを改めて確認した。この先にはもう崩壊という名の時間しか残されていない。十年先、二十年先にはどうなっているか。母屋《おもや》の建物は、それすら待たずにくずれ落ちるかもしれない。土塀《どべい》や蔵がそれにつづき、石垣も苔《こけ》むしたり蔦《つた》にからまれたりして、次第にそのかたちを失いはじめる。石と石の間から噴き出すように茅《かや》や蓬《よもぎ》が芽生えはじめ、そのうち崩落するところも出てくるだろう。そこから今度は木が生えてきて、やがてすべてが草木に呑《の》み込まれてしまう。そのときの姿を見届けたかった。

部屋に戻ると電話をかけた。

「きょうはフルタイムだからだめです」

店にかけたせいもあってか、亜紀の返事は素っ気なかった。

「じゃああすは」

「一応早番ですけど」

「それなら、あすはどう？」

岡山に帰ってきているとは言わなかった。わざわざ東京から、そのために帰ってくると、亜紀のほうで解釈してくれたらそれにまさることはない。しかし亜紀は生返事しか返してこなかった。とにかく明日、いつも会っている喫茶店で落ち合うことにした。

翌日は梅雨寒のような気温の低い日だったが、朝から気分がうきうきしていた。もう一週間以上岡山には出ていなかったし、買い物も食い物もすべて近くで調達して、その単調さにあきあきしていた。躰《からだ》の脂《あぶら》っけが抜けて、かさかさになったような気さえしている。こういうときは、オリーブ油をたっぷり利《き》かしたイタリア料理のようなものを無性に食べたくなる。

待ちきれなくなって昼まえに家を出た。はじめに病院へ寄り、母の医療費の精算をした。看護婦の詰め所に顔を出して、婦長以下にお礼の言葉を述べ、買っていった菓子をさしだした。そのあと丸の内まで車を走らせて駐車場に入れ、シンフォニービルの地下でスパゲティを食べて丸善をうろつき、新刊書を一冊買っていつもの喫茶店に入った。

亜紀のくる時間まで一時間以上あったが、その間この本を読んですごすつもりだった。

亜紀は約束した五時十五分きっかりに現れた。いつぞや見たことのある黒のスーツを着ていた。亜紀が静夫に同じ服装を見せたのはこれがはじめてだ。

きのうの電話から感じていたことだが、亜紀の表情は硬かった。言葉も紋切り型だ。なんとなくだが、自分が疑いの目で見られているような気がした。

「今週、つごうをつけられる？」

「本気？」

「きみに嘘《うそ》をついたことはないつもりだが」

「おかあさんが亡くなったばかりじゃないの」

これには静夫が言葉を失った。

「知っていたのか」

「新聞に大きな死亡広告が出ていたじゃない。住所も、喪主の名も、あれだけはっきり書いてあったら、まちがえようがないわ」

「やっと、終わったところなんだ。ひとりになって一週間になる。いつかはこういう日がくるんだから、覚悟はしていたつもりだけどね。事実その最中は、忙しさにかまけて、なにも考えたことがなかった。ひとり去り、ふたり去り、みんないなくなってから、母親がいなくなるとはどういうことか、はじめて実感できるようになった。思いもかけないほど、打撃を受けていたんだよ。予想していた以上に、心のなかに空いた穴が大きかったというか、ダメージが大きい。いまでもそれがつづいている」

「わたしだって、親不孝ばっかりしてきたから、それはよくわかるわ。母親に代わるものはないんだもの」

「きみのおかあさんは？」

「もう亡くなったわ」

静夫は亜紀の顔を見つめた。まだこの女とは、一度も寝たことがないような気がした。その肉体が、思っていたより遠ざかっていた。

「これからは、そうたびたび帰ってこられなくなる。帰ってくる理由がなくなってしまったんだ」

「でも、お祀《まつ》りはこちらでするんでしょう」

「つぎは四十九日に帰ってくる」

「じゃあそれまで、しばらくお別れですね」

亜紀は意地の悪そうな笑みを浮かべて言った。

「死亡広告を見つけたのは、きみ、彼、どっちなんだ」

「あの人は知らないわよ。なんにも言わないし、わたしも言わなかったし」

「きみはどう思うんだ。彼も知っているんだろう」

「たぶんね」

それ以上話は進展しなかった。これ以上歓心を買おうとすれば静夫のほうがみじめになってしまう。三十分ほどで彼女と別れた。

ひとりで夕飯を食った。

翌日、自宅の冷蔵庫のなかのものを全部捨て、午後の新幹線で厚木に帰った。

28

たまらなく長いと思われる日々がつづきはじめた。単に時間が長く感じられるだけでなく、目標も変化も見出《みいだ》せないがための閉塞《へいそく》状況が、それにいっそう輪をかけた。目が覚めてから夜遅くベッドにはいるまで、自分がなにをしなければならないか、その明確な像が最後まで見えてこない。意識が現実に追従しなければならないということは、静夫のような人間にとって、ある意味では耐えがたい苦痛だった。

一方では家事が格段にうまくなった。朝早く起きるのは苦手だったが、ふたりが出かけたあと、コーヒーを飲みながらゆっくり朝刊に目を通し、それから寝直す習慣が身についてしまうと、以後はそれほど苦にならなくなった。じっさい家屋のメンテナンスまでふくめて、一日単位でやらなければならない家事というのは、男にとって大した量でも質でもなかった。静夫は鰹《かつお》がさばけるようになり、胡麻和《ごまあ》えや、ぬたや、なますがつくれるようになった。欲張りすぎてパエリアづくりには失敗したが、ミートソースづくりにはセロリやトマトを隠し味にしてこれまでにない味覚をつくり出した。彼の主夫ぶりが、治子や聡子に高く評価されたことはいうまでもない。内村家はまたも彼を動輪の軸として回転しはじめた。

　それにもかかわらず、静夫の内部に生まれた隙間《すきま》のようなものは、いっこう満たされることがなかった。心身はその後も変わりなく機能しており、コンディションも快調で、体重の増減も終始二キロ以内に保たれていた。そしていまでも三日に一度は治子を抱いた。しかしかつて夢中にさせられた、あの圧倒的な質感や濃密度はいまやどこにもなくなっていた。治子は相変わらず豊かで、細やかで、その感覚は鋭敏そのものだったが、静夫にしばしば新しい発見をもたらした、あの予想外の反応みたいなものはもう見つけることができなかった。仕事のことが頭から離れないのか、没入するまで時間がかかるようになり、持続時間も短く、より淡泊になりはじめた。静夫の射精する回数はまえにもまして減ってきた。むりに最後までやってしまうこともあったが、それはただ溜《た》まっていたものを放出せんがためのセックスにすぎず、かえって後味を悪いものにした。静夫はときどきオナニーをした。いちばんよかったころの治子を脳裏に思い浮かべると、いつでも気分がすぐに盛り上がった。このつぎ、亜紀とするときにはどのようにするか、それを考えることで彼の心は慰められた。そして治子が、できるだけ早くもとの勢いを回復してくれるよう願わずにいられなかった。

そういう若干の瑕瑾《かきん》はあったが、生活は平穏そのものに推移していた。金曜日をのぞけば治子も自宅で夕食をとれる時間に帰ってきたし、聡子もほとんど連日彼らと夕食をともにするようになった。食事の間中話題や笑いが途切れることはなく、ビールの消費量は大幅に増えた。考えてみると静夫の料理の腕は、つまみや肴《さかな》になるものを中心にレパートリーを増やしていた。食卓に並びはじめた色鮮やかな茄子《なす》の浅漬けがその頂点だった。

この一か月に二度、静夫は金子富太郎のところを訪れていた。母親の弔事に対するお礼で一回、富太郎の床上げのお祝いに一回である。床上げといっても文字通り寝ていなくてもよくなったという程度で、社会復帰できる状態にはほど遠かったが、それでも舅《しゅうと》の体力は順調に回復していた。来年は喜子とともに四国八十八か所の巡礼の旅に出たいというのが、彼の掲げた新しい目標だった。

静夫は四十九日の法要が行われる三日まえに岡山へ帰った。山陽本線に乗り替えるまえ、改札口を出て一番街へ回った。亜紀にはこの一か月連絡をとっていなかったが、先日の別れが別れだったので、我慢したということだ。亜紀は店にいなかった。それでそのまま自宅に帰った。

裏口のガラス戸の鍵《かぎ》が壊されていた。強い金属棒のようなものをこじ入れて、閂《かんぬき》ごと引き抜かれている。なかに入って明かりをつけ、とりあえず雨戸を全部開けた。それから被害を調べはじめた。盗まれたものはなかった。壊されたり、荒らされたりしたものもない。廊下に踏みつぶされた煙草《たばこ》の吸い殻が五つも転がっていた。印されている足跡を見ると、侵入者は三、四人、小さな足形がひとつあるところを見ると、中高校生くらいの、悪童たちにちがいなかった。母親が入院していたときは、もっと長期間空き家にしてもいたずらひとつされなかったのに、亡《な》くなった途端侵入されたということは、静夫に予想外のショックを与えた。地元の人間にとって、この家の持つ意味が変わってしまったということなのだ。

翌日寺に行って挨拶《あいさつ》をし、母親の遺骨をもらってきた。法要のあと納骨してしまうと、二度とこの家に戻ってくることはない。せめてあと数日を、この家ですごさせてやりたかった。

自宅にはクーラーがひとつしかなかった。それで今回も、湯郷温泉の旅館を取ることにした。法要後の食事も、そこに頼んである。長命寺にある内村家の墓は、いまでは合葬墓になっており、個人名は傍らに立てられた墓誌へ刻むようになっていた。このまえ帰るとき業者に頼んでおいたので、名前はもう刻まれていた。東京から送らせたお返し用の陶器も届き、それはそのまま旅館のほうへ持ち込んだ。食事のあと、大半の人がそこから帰ってしまうからだ。

前日に範子夫婦と美沙子一家が来た。範子の子供はともに夏期講習の真っ盛りで今回は欠席。美沙子一家はアメリカから帰ってきた博史を伴って、今回は四人全員が顔をそろえた。さやかは聡子がまだ来ていないのをいぶかった。予定ではとうに着いていなければならなかったのだ。三十分遅れて治子が喜子を連れてやってきた。そして聡子が来られなくなったと告げた。なんでもきのうから体調がすぐれず、きょうは気分が悪くて起き上がれなかったらしい。夕方には、母の兄妹がタクシー二台でやってきた。連れ合いも伴って総勢六人という顔ぶれだったが、子どもたちは来なかった。総勢十五人という顔ぶれ。夕食は出前の寿司《すし》を取ってなごやかにすごした。今回集まってきたのが木暮一族ばかりだったせいもあって、親密度が先日より格段にちがっていた。八時すぎに、東京からの六人には、湯郷温泉の旅館へ行ってもらった。

治子が九時すぎに聡子へ電話をした。気分はだいぶよくなって、あすだったらそちらへ行けるかもしれないという。しかし声は物憂《ものう》そうで力がなく、むりしている感じだったからやめさせた。代わって受話器に出たさやかが長いこと話しており、静夫はとうとう声をかけずじまいだった。

法要は翌日の十一時から自宅で行われた。参列者は三十四名、内村、木暮両方の家族数がほぼ半々という構成だった。三十分で読経《どきょう》が終わり、そのあと車を連ねて納骨に行った。すべて終わったのが十二時半。そこからまた車に分乗して湯郷温泉の旅館に向かい、一時すぎから会食に移った。静夫は立ち上がってあらためて謝辞を述べた。このメンバーがふたたび顔を合わせるのは一年後になる。

二時間後、帰る人が出はじめて香典返しを渡した。東京へ帰る木暮一族には、タクシー二台を呼んで岡山駅まで送らせた。叔母の一家をはじめ地元から来てくれた内村一族もこの段階で帰った。ほかのものはひとまず佐田町の実家へ帰り、夕方、範子夫婦と治子、喜子、美沙子の夫が帰った。これも岡山駅までタクシーを出した。

美沙子とふたりの子どもはさらに二泊していった。静夫の頼んだ大工が月曜から来て、戸締まりの補強工事をはじめた。雨戸の弱いところ、脆《もろ》くなったところを、取り替えたり接《つ》ぎたしたりして強度を高めるのが主な仕事だ。今回の侵入口となった裏のガラス戸は、窓枠《まどわく》ごとそっくり取り替えてシリンダー錠につけ替えた。美沙子の子どもたちの要望に応じて蔵の戸を開け、風を入れるとともになかのものを自由に見させた。欲しいものがあったら持って行けというと、博史が四枚羽根の古いGEの扇風機を見つけて欲しいというのでやった。だいぶ使ってなかったので埃《ほこり》にまみれていたが、取りだして通電してみるとちゃんと回った。

美沙子たちが帰るときは静夫が岡山まで送っていった。そのまえに、隙を見て亜紀のところへ電話をした。どうやらスイッチを切っているらしく、応答がなかった。岡山駅の改札口まで彼らを見送り、KIOSKで売っていたマスカットを土産に持たせた。そのあと、一番街に回った。時刻は五時すぎで、亜紀はきょうもいなかった。

　翌日午後まで待って、自宅のほうへ電話した。留守電にはなっていなかった。呼び出し音が四、五回つづき、もしもしという男の声が出た。

「木下工務店さん？」

「ちがいます」

「どうもすみません」

　受話器を下ろしたあと、しばらく動悸《どうき》がおさまらなかった。忠洋とはちがう声が出たのだ。その声に野太い響きがあって、とっさに嘘を言った。つぎに店のほうへ電話をした。

「河内さんはお辞めになりました」

　応対に出た女の子が言った。受話器を下ろしたあと、しばらく呆然《ぼうぜん》としていた。それから思い立って岡山市内に向かった。マンションを訪ねてみようと思ったのだ。しかし市内へ入ったころは、その意気込みもすっかり腰砕けになっていた。

　駐車場の前の道路を素通りした。視界の隅に、亜紀の車のあるのが見てとれた。行きすぎて、車の止められるところを見つけ、徒歩でマンションの窓が見えるところまで近寄った。カーテンがかかっていた。遠回りして玄関周りの見えるほうに回った。こちらも人気はまったくない。人っ子ひとり歩いていない、西日の照りつけている玄関前の道路を通って車に戻った。

　時間をつぶして日が暮れるまで待った。めしを食い、八時になってから、もう一度マンションを訪れた。車はそのまま置かれていた。部屋の明かりはついていない。今度は車を止めもせず、そのまま通りすぎて帰ってきた。

　家のなかにはいると電話のベルが鳴っていた。時刻は九時をすぎている。あわてて受話器を取った。治子からだった。

「ごめん、いま戻ってきたところなんだ」

「ちょっといいですか」

　改まったものを感じた。

「いいよ」

「申し訳ないんですけど、つごうをつけて、できるだけ早く帰ってきてくれませんか」

「まだ、補強工事が終わってないんだけど。どうしたの？」

「聡子が学校をやめると言うんです」

　その言葉を頭のなかで繰り返した。

「やめて、どうするつもりなんだ」

「結婚するそうです」

　わかった。明日帰ろうと静夫は答えた。

　亜紀の自宅にもう一度電話をかけた。今度は留守番電話になっていた。メッセージをどうぞという声が流れはじめ、大いに迷った。しかし、結局なにも言わないまま受話器を下ろした。

　翌日昼まえの新幹線で岡山を発《た》った。横浜駅まで戻ってホテルに入り、そこから電話をかけた。新幹線のなかからおおよその到着時間は告げてあったが、ラウンジで三十分ほど待たされた。五時をすぎて人の出入りが多くなった。治子はいつになく余裕のない足取りでやってきた。表情がきびしく、にこりともしない。遅れたことへの言及もなかった。

「悪いけど二十分しか時間がないの。大事なアポが取れているものだから」

「いいよ。聡子はいま、家にいるの？」

「きょうは学校へ行きましたけどね。べつに、やめたくてやめるわけじゃないみたいだから」

　口調に棘《とげ》があった。いくらかは悲しそうだった。

「なにがあったんだ」

「子どもができたのよ」

覚悟はしていた。きのう電話をもらったあと、そのことが頭にとりついて離れなかった。

「知ってたの?」

「知らない」

「だったらどうしてそんなに落ち着いてるの」

なじるような口調になった。

「どうしてって……。冷静に考えなきゃいけない問題じゃないか。学校をやめるというのは、聡子が自分から言いだしたことなのか」

「そうよ。堕《お》ろすのは絶対いやだって」

声がうわずっている。静夫は治子の顔を見ながらできるだけ間を置いた。

「相手は」

「上級生よ。学年はひとつしかちがわないけど、浪人しているから年はふたつうえ」

「きみはその男を知っているのか」

「一度家へ遊びに来たことがあるわ。でも五人一緒だったから、よく覚えていないの。割合地味だったのよ。男子はふたりいたけど、もうひとりのほうがハンサムで、感じもよかったわ。だからはじめ聞いたときは、てっきりその子かと思った」

「結婚したら、ふたりとも学校をやめるんだろうか」

「彼のほうはあと一年だから、なんとか卒業するつもりらしいわ。ゼミの先輩が勤めているコンピュータのソフトウエア会社に、就職も内定しているらしいし」

両親は荒川で食堂を営んでおり、聡子も一度遊びに行って、すでに面識はあるという。

「これまで、そういう兆候は、まったくなかったんだね」

「あるわけないじゃありませんか。信じきっていたのに。たとえよその子にそういうことがあったとしても、あの子にだけはあり得ないと思ってましたよ」本気でそう思っていたのだろう。口許《くちもと》がゆがんで、涙があふれそうになった。「隠し事なんか全然ない子だと思ってました。あったことは、全部わたしに打ち明けてくれていると」

「ショックはわかるけど、落ち着こうよ。ぼくたちがばたばたしたら、かえってあの子を追い込むことになる。きみはこの問題に関して、どういう意見なんだ」

「あなたはどうなのよ」

「ぼくはやむを得ないと思っている。聡子だって、打ち明けるまえは、それなりに悩んだんだろうから」

「人ごとみたいな返事ね」

「そういう問題じゃないだろう。あの子はもう大人だよ。それが、自分の一生の問題として、ひとつの選択をしたということじゃないか。親のぼくたちにしてみたら、たしかに不本意で、残念な結果かもしれない。しかしお腹《なか》のなかにできた子どもに、責任を持とうとしているのはりっぱだと思う」

「そりゃわたしだって、喜んでやりたい気持ちに代わりはありませんよ。ただ、やっぱり、すこし早すぎるんじゃないかと思うから」

頭では理解しているが、感情がついてこられないのだ。あまりにも唐突すぎるし、その選択に、親はなにひとつ参加することができなかった。治子はなによりも無念なのである。

「それで、うながすみたいだけど、きみは自分の気持ちを、聡子にどういうふうに伝えているの」

「反対しているわけじゃありませんよ。ただやっぱり早いと思うから、せめて卒業ぐらいしたらと言ってるんです。聡子のほうが聞き入れないの。もう学校なんか行かなくていいって」

「できたら堕ろしたほうがいいと思うんだね」

「あなたはどうなの。たとえそう思ったとしても、そんなこと、言えるわけないじゃありませんか」

「ぼくも早いと思うよ。子どもはいつでもつくれるんだから、いまはやめておいたほうがいい。きみも同じ意見なら、ぼくのほうからそう言ってみようか」

「やめてください。自分ひとりの意見だったらいいけど、わたしを巻き添えにしないで。

第一、そんなこと言ったら、せっかく決意している聡子がかわいそうじゃありませんか」

最後は話が堂々巡りをしてしまう。二十分間は短すぎたが、たとえ二時間あったとしても、同じ結果になっていただろう。それだけ治子の心は揺れ動いていた。静夫は治子の本心が、聡子に思い止まらせるよう説得してもらいたいのかといぶかったが、その確信は最後まで持てなかった。かといって、それをじかに聞くこともできなかった。

治子の帰宅がすこし遅くなるというので、ジョイナスの地下でできあいの弁当を買って帰った。明かりはついていない。家にはいると、空気にわずかだが冷気が残っていた。締め切ってあるにしては暑くない。と気づいたときは、耳がクーラーの音をとらえていた。そういえば聡子の靴がある。念のため靴箱をのぞいたが、だれかやってきている形跡はなかった。それでわざと音をたてて入った。クーラーのスイッチを入れ、下へおりて行くとシャワーを浴びた。

Tシャツに着替えて居間へあがって行くと、聡子がひっそりとソファに腰をおろしていた。

「なんだ。帰っていたのか」

「気分が悪くなったから、お昼すぎに帰ってきたの」

「そういえば顔色が悪いな。寝ていていいんだよ」

「うん。もう治った」

「ごめん。おとうさん、弁当をひとつしか買ってこなかったんだ」

「欲しくないわ」

ジーンズにスポーツシャツという服装だった。いつぞやの場面を思い出した。あのときは化粧も落としていなかった。顔が上気していた。きょうはもう化粧を落としている。そのせいか、顔から若さや輝きといったものが消えていた。

「おかあさんには会ってきたの」

「うん。話も聞いてきた」

聡子はお義理に口許をほころばせた。なにも言わない。父親の審判を待っているみたいに、いくらか息を殺していた。

「気分が悪いのは、つわりなんだね」

「そうみたい」

「ひどいの」

「うん。食欲が全然なくて」

「聡子を身ごもったときのおかあさんもそうだったよ。二か月ぐらい、まったく食欲がなかった。きゅうりの匂《にお》いを嗅《か》いだだけで気持ちが悪くなった」

「わたしはごはんの匂いがだめ」

力なく笑った。それから精神的な痛みを伴っている顔になった。

「それで、おとうさんは、わたしのこと、どう思ってるの」

「やっぱりおどろいたよ。しかし聡子が考え抜いて決めたことだろうから、結婚することに反対はしない。素直におめでとうと言ってあげるよ。だが、もっといろいろなことを経験したほうがいいと思うから、大学はなんとか卒業しなさいよ。おとうさんが赤ん坊の面倒はみてあげる」

「いやだ」

拒否の響きではなかった。聡子の笑みはそれほど暗くなかった。

「子どもって、おもしろいと思わない？」

「おもしろいよ。生きものがつくり出した最高の造化の妙だと思う」

「それにかわいい」

「うん」

「だからわたし、その時間を全部味わいたいの。独り占めにできるの、母親だけじゃない」

静夫は聡子の顔を見直しながらうなずいた。

「中学校のときのクラスメートに、十八で母親になった元暴走族がいるのよ。中学生のときから眉《まゆ》を剃《そ》って、一日に煙草《たばこ》を三十本もすぱすぱやるような子だったけど、こないだ偶然会ったら、すっごく元気そうだったの。子どもも元気いっぱいで、そのうち筋金入りのゾクになりそうな顔をして走り回っていたわ。彼女、子どもって、最高におもしろいおもちゃだというの。自分がこんなに精巧なものをつくりだせるなんて思わなかったって。彼女を見ていたら、急に元気がでてきてね。べつに深刻に考えることないんだ。いろんな生きものがいて、いろんな生き方があって、本人が肯定できるなら、それでいいんじゃないかって、すーっと気が楽になったの。後悔なんかしたくないじゃない。なるようになるだろうって、それくらいに考えておくわ」

「聡子がそこまで言うなら、おとうさんはもうなんにも言わないよ。自分の思うようにやってごらん。聡子だったらやれるだろう。コングラチュレイション！」

静夫はそう言うと手を差しだした。

「ありがとう、パパ」

静夫は娘の手を握り、その上になお自分の手を重ねた。そんなに深刻がることではない。娘のほうはとっくに親離れしていたのだ。

お茶をわかして弁当を食べた。聡子は喉《のど》が渇くといってミルクをがぶ飲みした。牛乳ならいくらでも腹に入るらしい。そこへ治子が帰ってきた。仕事が予定より早く終わったので、すぐ帰ってきたというのだ。ふたりともまだ食事を終えていないかもしれないと思い、彼女もできあいのおかずを買ってきていた。静夫はもう終わっていたが、そのうちのいくつかをつまんだ。聡子はまったく箸《はし》をつけなかった。

片づけは静夫がした。治子はその間に着替えをし、聡子は居間でテレビを見ていた。静夫はふたりのようすをそれとなく観察していた。これまでとちがうものは感じられなかった。それでも微妙な違和感はあった。用もないのに聡子が居間にとどまっていること自体がそうで、いつもだったらとっくに自分の部屋へ引き上げている。そういえば聡子のほうに、なんらかのこだわりがあるときほど、親のいるところで時間をすごす傾向があったように思う。

落ち着くと、静夫はコーヒーをいれて飲んだ。ふたりにもすすめたのだが、彼女らはいらないと答えた。当たり障りのない会話がつづき、十時すぎに聡子は自分の部屋へ引きあげた。治子が風呂《ふろ》に入っている間、静夫は朝夕刊に目を通していた。

風呂から上がってきた治子の態度がよそよそしかった。気のせいか頬がふくらんでいる。それを見て、静夫はにわかに狼狽《ろうばい》した。治子が聡子の結婚問題について、三人で話したがっていたのかもしれないということに、ようやく思い当たったのだ。ひょっとすると聡子も、それを望んでいたのだろうか。静夫は落ち着かなくなった。急いで自分の部屋へ引きあげようとすると、治子が向かいに来て腰を下ろした。

「話したんですか」

咎《とが》めるような目で言った。推測はまちがっていなかった。静夫は話したと答えた。そして今夜の会話のもようを、おおまかに話して聞かせた。

「それじゃあなたは賛成したのね」

「結果としてはそういうことになるんだろうけど、賛成もなにも、もともとあの子の話を聞いてやることしかないはずなんだよ。聡子だって内心は、相当不安を持っているはずなんだ。それでもやってみるというんだから、親としては祝福してやるほかないだろう」

「聡子はどう答えたんです」

「ありがとう、パパと言ったよ。ほかにないでしょうが」

「いつもそうなのよ。あの子のまえだと、あなたはいつも、自分ひとりいい子になるんだわ。わたしひとりに、理解がない親の立場を押しつけて」

「それは誤解だよ。聡子だってきみには十分感謝している。ただ母親と娘とでは、距離が近いから、父親のようにはいかないというだけでしょうが。逆にいうと、たしかにぼくのほうが、きれいごとですませているという批判はまぬかれないけど。父親としては、一歩身を引いてそれはよかったね、と言ってやるしかないんだよ。ずるいと言われたら、それまでだけど」

「わたしだって、なにもあの子に反対しているわけじゃないわよ。ただ二十やそこらで、人生経験もほとんどないまま家のなかにこもり、子育てに追われることがあの子にとってほんとうにいいことかどうか、それを心配するからこそ、あれこれ考えるんじゃありませんか。わたしだって人一倍あの子の幸福を願ってます。なんといっても、わたしのお腹を痛めた子なのよ。しかもいまはあの子ひとりしか残ってないの」

「わかったよ。ぼくが出しゃばりすぎていたんだったら謝る。あすの夜にでも、あらためて三人で話す機会をつくろう。ぼくも、聡子も、きみに対して感謝こそすれ、ないがしろにしたり、のけ者にしたりする気持ちは毛頭ないんだ。いいね。あすもう一度、やり直しさせてくれ」

なんとか言いつくろって自分の部屋へ逃げ帰った。まさに自分の巣穴へ逃げ込んだ感じだった。少なからず動揺していた。治子の心の底に、いまもって昇が癒《いや》しがたい存在として残っていることに、あらためて気づかされたからだ。治子はまだ、長男昇の死を忘れていなかった。ただ忘れている振りをしていただけなのだ。

昇は五歳のとき、交通事故に遭って他界した。近所の子と外で遊んでいて、十九の若者が運転する車にはねられて即死したものだ。いま生きていればたしか二十三、四になるはずだが、静夫のほうは、昇の死後その年を数えてみたことはない。その記憶に触れたくなかったというより、五歳までの記憶を凍結させて生きることを選んだ。十三回忌をいつやったか、いまではおぼえていないくらいだ。その命日がまもなく巡ってくる。だから静夫は夏が嫌いだ。できたらその季節なしですませたいと思っている。恐らく治子も、思いは同じだろうと思っていた。しかし実際にはちがっていた。治子はいまだに昇とともに生きていた。彼女の心のなかで、昇はいまでも成長しつづけていた。この先もそれは、けっしてやむことはない。だからこそ治子は、残されたもうひとりの娘が、自分の手の届かないところへ去っていこうとしていることにこだわっているのだ。

29

山形県警の佐々木という刑事から電話がかかってきたのは、暑さが心持ちやわらぎはじめた八月二十日のことだった。時刻は午後の一時すぎで、静夫はこれから、シャワーを浴びて昼寝をしようとしていた。

「内村静夫さんですね」

「そうです」

「岡山のご出身で、久米郡佐田町にご自宅がおありですか」

「あります」

慎重に答えた。警察という言葉を聞いたときから、頭のなかがフル回転しはじめていた。

「ちょっとおうかがいしたいんですが、河内忠洋という男をごぞんじですか」

「会ったことはあります」

「親しいつき合いをされてました?」

「いいえ。一、二回会ったことがあるだけですが」

「清田征一という名前に心当たりは」

「ありません。はじめて聞きます」

「あなたが河内忠洋としてごぞんじの男の本名です。じつはその河内を逮捕いたしまして、ただいま裏づけ捜査をしているところなんです。ところが、思わぬことで内村さんのお名前が出てきたものですから、事情をうかがいたいと思いまして」

「どういう容疑で逮捕なさったんですか」

「業務上横領、公文書偽造、詐欺《さぎ》、そんなところですが」

「それで、警察はぼくのことを、どういうふうにお考えなんでしょう」

「それをこちらからおうかがいしたいんです。お差し支えなければこれからうかがいますが、ちょっと時間を取っていただけますか。われわれ、いま東京へ出てきているところなんです」

「ぼくのほうはかまいませんが」

いま新宿だというので、厚木からのバスと、停留所からの道順を教えた。わからなければ、停留所の脇《わき》の公衆電話からもう一度連絡をくれと。

それからの一時間は落ち着かなかった。思いあぐねて、亜紀のマンションにも電話してみた。こちらに帰ってきてからははじめての電話だった。この電話は現在使われておりません、という声が流れてきた。しばらく憮然《ぶぜん》としていた。連絡をとるのが遅すぎたのだ。気を落ち着けるためにコーヒーをいれ、それをなめながら考えはじめた。刑事にどう答えたらいいか、問答を想定してその対策を考えておかなければならなかった。

思いのほか時間がかかって、彼らがやってきたのは四時すぎだった。来たのはふたり、佐々木幸作という名の刑事のほうがきちんと警察手帳を見せた。五十半ばの、頭の白くなりかけた農夫然とした男で、紫外線が躰《からだ》の芯《しん》まで染《し》み込んだみたいな色黒だった。ヘビースモーカーなのだろう、歯が煙草のヤニで黄色かった。もうひとりのほうは相沢と名乗っただけ。こちらも五十近い年で、背丈に比して肩幅の広いがっしりした体軀《たいく》を持っていた。目つきが鋭くて、シニカルで、佐々木に比べたらはるかに刑事という風采《ふうさい》をしている。この男が自分をどのように見ているか、以後静夫はその目を終始意識せざるを得なくなる。

とりあえず遠路をやって来た彼らの労をねぎらい、アイスコーヒーを出した。佐々木はしきりに家をほめ、相沢のほうは黙って部屋のなかを見回していた。

「それじゃあはじめさせていただきます」

声をあらためると佐々木は言った。訛《なま》りはそれほどなかったが、発声そのものは明瞭《めいりよう》でなかった。

「どういういきさつで清田と知り合われました？」

「そのまえに、あの男が具体的になにをしたか、教えてくれませんか」

「公金を拐帯《かいたい》して逃げていたんです」

「どれくらい」

「千二百万円。実際はもっと多くなると思います」

「すると彼は、公務員だったんですか」

「いいえ。公益法人の職員でした。正式には理事です。くわしいことは、現在まだ捜査中なので申し上げられませんが」

「わかりました。それではお聞きください」

「では、知り合われたいきさつから」

「電話でおっしゃった久米郡佐田町の家はぼくの生家でして、岡山市から車で一時間ばかりなかへ入った山のなかにあります。今年の四月、彼が同じ町のなかの山林で転落して、大怪我《おおけが》をしたことがあるんです。それをぼくの知っている老夫婦が発見して、救急車を呼んでやった、というのがはじまりなんです」

これまでのいきさつを一通り説明した。この段階で隠さなければならないものはなにひとつなかった。車を見つけてやったこと、亜紀という娘に、その夫婦のところへ礼を言いに行かせたこと、あとで忠洋が訪ねてきて礼を述べたことまですべて。

「それだけですか」

佐々木はいくらか拍子抜けした体で言った。

「それだけです。だいたい、ぼくの名がどうして出てきたんですか。それをむしろ不審に思っていました」

「あの男の住んでいた舟橋町のマンションに、あなたのおかあさんの会葬御礼の礼状と香典返しとが残されてましてね」

「会葬御礼？」

「あなたの名前で印刷された礼状と、香典返しとして配ったハンカチですよ。あの男が葬儀に出席したのをごぞんじなかったんですか」

「まったく知りませんでした」静夫はかぶりを振った。「百人からの人たちが来てくれましたし、当日は強い雨だったものですから、全部の人の顔を見届けたわけではないんです。それに、もらった香典のなかに、河内という名前はなかったものですから」

「すると、香典も出さずに参加していたということになりますか」

「ちょっと待ってくださいよ。名前だけしか書いてなくて、住所不明の、どういう方だかわからない香典が三つあったんです。叔母や親戚《しんせき》の者たちに聞いてみたんですけど、心当たりがないというので、困っていたんですが、ひょっとすると、そのうちのひとつだったかもしれません」

失礼と言って静夫は座を外し、自分の部屋へ戻ってノートを持ってきた。葬儀関係の詳細、収支、会葬者の一覧などが書きつけてある。ふたりの前にそれをひろげて見せた。

「ここにある三人が、心当たりのない会葬者なんです。母の交友関係を全部知っていたわけではありませんので、調べようがなくて困っていました。おいでいただいた方には、住所も書いていただくようになっていたんです。ところがこの三人の方は、書き忘れたみたいで」

林琢己、栗田修一郎、中島春彦と、すべて男性だった。

「ひょっとすると、この、中島という人物かもしれません。ふたりの方が三千円なのに、この人は一万円くれています。それなのに、だれも知らないんです」

「しかし、仮にそうだとしても、どうして偽名で参列しなきゃいけなかったんですかね」

「わかりません。本人はなんと言っているんです」

「本人のことはいいんです。われわれとしては、それよりもっとなにか、つながりがあったんじゃないかと疑っているんですけどね。ふつうその程度の知り合いで、おかあさんの葬式に出席しますか。まして偽名を使わなければならない理由は思いつきませんが」

佐々木よりも相沢の視線が気になった。目つきに隙《すき》がなく、その視線にさらされているだけで、頭に血が上ってくるような不安をおぼえた。しきりにこみ上げてくるのが生唾《なまつば》だ。いくらかなりと心構えをしていたつもりが、支離滅裂になってしまった。こういう問答はまったく予想していなかったからだ。

「すると警察としては、ぼくと彼とに、特別なつながりがあるとでも思ってらっしゃるんですね」

「まあ、申し訳ないですけど、端的に言えばそうなります。疑うのがわれわれの仕事ですから」

「じゃあ、ぼくにかかっている嫌疑はなんでしょう」

「まあまあ、そう開き直らずに」佐々木は微笑を見せて言った。「いくらわれわれでも、まさかあなたが、あの男の犯罪にかかわっているとまでは思っていませんよ。要するに、関係がないということを納得するまでは、仕事の性質上引き下がれないということなんです。申し訳ありませんが、内村さんのご経歴を、すこしうかがわせていただけませんか」

それで自分のこれまでを、家族構成までふくめて簡単にしゃべった。

「そうですか。プライベートなことまでおうかがいして、すみませんでした。なかなかご立派な経歴で、清田とつながりそうな部分のないことはよくわかります。だからこそ、それがよくわからない」

「向こうがぼくに親近感を持っていたらしいことはたしかなんです。ぼくには山のなかにある民間信仰の、遺跡を探して歩いていると言いました。あの辺の山のなかには、まだ知られていない古墳や遺跡がけっこうあるんです。ぼくの家の地所になっている山の上にも、室町時代の山岳宗教の遺跡があるんですけど、彼はそれを知っていましたしね」

「それで、清田という男をどんなふうに思われました？」

「あんまり人に好かれるタイプではないと思います。人の話には耳を貸さず、自分の言いたいことはいくらでもしゃべるという印象を受けましたから」

「あの男の暮らし向きには興味を持たなかったんですか」

「暮らしですか。そちらは全然。あの顔つきから見ても、定年退職したという言葉を信じてました。親娘《おやこ》にしては顔が似ていない印象を受けましたが」

「親娘って、ほんとうにそう思ったんですか」

はじめて卑猥《ひわい》な笑みを浮かべた。

「ぼくのほうは、それを疑う立場にありませんでしたから。内心ちがうんじゃないかなと思っても、ふたりの生活を見ているわけではありませんし」

きっぱりという口調で言った。静夫は佐々木と相沢、ふたりの顔に目を送った。

「ちがうんですね」

「ちがうみたいです」

「すると、あの女も彼の犯罪を知っていたんですか」

「それがむずかしいところなんです。立証するのがね。善意の第三者だと力説されたら、それを覆《くつがえ》すだけの証拠をそろえなければなりません。はっきり言うと、こちらはそれどころじゃないんです。女がこれまでに受け取っていた金は、見逃さざるをえないでしょう」

「金をもらっていたんですか」

「でなきゃあんな男の情婦になるわけないでしょうが。二年契約だったそうです」

「いったい、いくらもらってたんですか」

「月百万。二年で二千四百万。すでに受け取ってました」

「先ほど、横領額はたしか千二百万円とおっしゃったようですが」

「ですからもっとあるんです。くわしいことはまだ申せませんが。競輪、競馬、ギャンブルに入れあげたふりをして、相当な偽装工作を施しているんですよ。実際はそんなばかな男じゃありません。遊興費に使ったとみせて、大部分は隠しているはずです」

「まさか」静夫は苦笑いを浮かべた。「まさかぼくに、彼の横領した金の一部が流れていると思ってるんじゃないでしょうね」

「その、まさかなんです」佐々木も同じような笑みを返した。「われわれの当面の目標が、あの男の隠した金の回収に当てられているものですから」

「天地神明に誓って申しますが、ぼくは一銭の金も受け取っていません」

「だれでもはじめはそう言います。あなたもそうだという意味ではありませんけどね」

「しかし、おどろきましたね。まさか自分に、そういう疑いがかけられているとは思いもしませんでした。このうえは、どうやって潔白を証明したらいいんですか」

「すべてをしゃべっていただくことです」

「ですから、隠してはいません。彼がぼくのことをどう言ったか知りませんが、少なくともぼくには、彼に陥《おとしい》れられる理由がありません」

「急に強気になられましたね」

相沢がはじめて口を開いた。笑みを浮かべているが、実際は笑っていない。

「疑われている理由がわかったからです。横領した金の一部が流れているんじゃないかということであれば、絶対にと言わざるを得ません」

「するとほかのことであれば、不安をおぼえるようなことがあったんですか」

「それはあります。突然警察から電話がかかってきて、これからうかがうから話を聞かせてくれ、それも山形から来た、と言われて不安をおぼえない人間がいるでしょうか」

「この中島という人物のくれた香典袋は残ってますか。できたら筆跡を確認したいんですが」

佐々木が言った。

「岡山のほうに残っているはずです。まだ処分しておりませんから。当日受け付けをやってくれた葬儀社の人にも、足の悪い参列者がいたかどうか聞いてみましょう」

「近々向こうへ帰られる予定があるんですか」

「ないこともありません。というのも先日、母が亡《な》くなって一月ほど空き家にしてあった間に、もう空き巣に入られましてね。取られて困るものは蔵へしまってましたから実害はなかったんですが、戸締まりが不十分だったことを反省して、補強工事をしてもらっていたんです。それが終わらないうちに用ができて帰ってきたものですから、もう一度、機会を見て行こうと思っています」

「その、清田が車を乗り捨てた場所というのはわかります？」

「わかりますよ。目標がないので距離感がつかみにくいところですけど、現地へ行けば簡単にわかります」

ノートのページを一枚切り取って地図を描いた。頼まれて、ついでに地名、電話番号、家までの略図も書いた。

「家になにか特徴はあります？」

「ぐるりに石垣を巡らせた一軒家ですから、通りかかったらすぐわかります」

「もしいつかあちらへお帰りになるようでしたら、われわれのほうへもご一報いただけますか」

「いいですよ。しかし、ということは、まだぼくは被疑者みたいな立場なんですね」

「まあ、そこまで疑ってはいませんけどね。ただこれからも、なにかお聞きすることはあると思いますので、その節はよろしくお願いします」

彼らが中途半端《はんぱ》なままで帰って行く印象を受けた。納得をしていないことも。とにかくひとまずは切り抜けた。静夫はソファにうずくまったまま、しばらく動けなかった。

30

岡山駅へ着いたときは雨が上がったばかりだった。日差しが強いため、歩きはじめたころはむっとする熱気が垂れこめ、季節が一か月もぶり返した感があった。風はまったくない。それは旭川沿いの土手に出ても変わらず、コンクリートの路面の上ではゆらゆら陽炎《かげろう》が揺れていた。河川敷を掘り込んでつくったレジャーボートの係留場にも人気はまったくない。

駐車場のアルトはなくなっていた。空いたスペースはまだふさがっていない。マンションのほうをしばらく見守っていたが、いつかと同じように静まり返っている。しばらくためらっていた。それから玄関に入っていった。507の郵便受けにはチラシの類《たぐい》が見える。エレベーターで五階へ上がった。廊下に出ると外から丸見えになる。背中がこわばるような思いをしながら507号室のボタンを押した。

応答がなかった。間を置いてもう一回押した。なかでチャイムの鳴っているのが聞こえる。隣の部屋へ行ってボタンを押した。二回目に、インターホンを通じて女性の声が聞こえてきた。

「すみません。お隣の507号室を訪ねてきたものですが、ちょっと教えていただけませんか。電話してもお出にならないもので」

ドアが開き、タンクトップ姿の女性が乳児を抱いて出てきた。

「出ていかれたみたいですよ」

「いつですか」

「二週間ぐらいまえでした」

「河内さんの姿をそのとき見かけられました？」

「いいえ。業者の方しか見ておりませんけど」

「引っ越し先はわからないでしょうね」

「はい。ふだんからおつき合いしてませんでしたので。出て行かれるときも挨拶《あいさつ》はありませんでしたし」

「どこの引っ越し業者だったか、おぼえてらっしゃいませんか」

「さあ、気をつけてみなかったものですから」

一階のホールに掲示されていた管理会社の電話番号をひかえて引き上げた。その足で、近くにある県立図書館へ向かった。

二階で新聞の閲覧をした。清田征一が岡山市内で逮捕された記事は、さほど大きな扱いではなかった。どの新聞にも一通り出ていたが、記事の内容が同じであるところをみると、警察発表をそのまま載せたものだろう。清田の肩書きは団体職員となっていて、容疑は業務上横領となっていた。同居していた亜紀については、一言も触れられていない。先ほど話を聞いた女性の態度にも、興味本位の色がなかったところをみると、マンションの住民にはわからずじまいだったのかもしれない。

管理会社に電話して聞いてみたが、亜紀の行方はわからなかった。引っ越し業者のほうは、電話帳を見ただけでうんざりするくらいあった。それでそちらへは手をつけないまま自宅へ帰った。

夜、小田原にある亜紀の実家へ電話した。

「岡山の坂本という者ですけれども、亜紀さんはいま、そちらへお帰りになっていらっしゃいますか」

「おりませんよ」

まえのときも応対に出てきた年輩の女性が切り口上に言った。

「わたくしは表町でサカモトというブティックを経営しているものなんですけど、亜紀さんが一番街のジルをお辞めになったと聞いたものですから、できたらうちへ来ていただけないかと思いまして、お電話したようなわけなんですが」

「ああ、そうですか。でも、知らないんですよ。どこへ行っているのか、なにをしているのか、本人がなんにも言ってこないものですから」

「ジルをお辞めになったことはごぞんじでしょう」

「いえ、それも知りません。家を出て、だいぶになるんですから。ずっと音沙汰《おとさた》なしなんです。あの娘《こ》がなにをしようが、わたしらとは関係ありません」

とりつく島がなかった。

翌朝は未明に起きた。手早く身支度すると、車に乗って家を出た。天候は晴、きのうにまして、きょうも気温が上がりそうだった。別当神社のなかに車を乗り入れると、外を通る人間からは見えないところで止めた。べつに持ってきたぼろズボンとシャツに着替え、靴を履き替えて車を降りた。きょうはナップザックも持ってきた。なかに水の入ったペットボトルと、空腹時用のカロリーメイトが入っている。例の林道に徒歩で向かった。着替えたのは正解だ。林道に分け入ると、下半身がたちまちぐしょ濡《ぬ》れになった。下草が朝露をふくんでいるうえ、この数日の雨で下も軟弱だったのだ。

杉林に着いた。地面を観察する限り、その後も入ってきた車はなかった。今回はそこから、直登で忠洋が転落した急斜面をめざした。距離的にはこちらがはるかに近いのだ。十分後に、忠洋の隠していたスコップを掘りだした。それをベルトの後に挟み、背負って急斜面を登りはじめた。

尾根筋へ出るまで十五分かかった。全身水を浴びたみたいに汗をかいた。下半身は泥だらけ、下が予想以上に水分をふくんでいて、何度も足を滑らせた。登りだったからまだしもよかったが、下りだったらとても無事にはすまなかった。

一息入れて靴についた泥を払い、それから目を皿のようにして歩きはじめた。方向としては南、上がってきたところより奥をめざした。忠洋があの急斜面を下っていったということは、そのとき帰途についていたからだ。とすると、金の隠し場所はここよりもっと奥でなければならない。

忠洋になったつもりで考えようとした。特徴のある木、特徴のある岩の下が隠し場所とみてまちがいないだろう。のちのちの手がかりとなると記憶だけだから、四方の状況も照らし合わせ、絶対にまちがえないところを選ばなければならない。そのための目印が必要だ。ただしそれも、簡単に人の近づけるところはだめだ。行楽客や、ハイキング客が、なにかの拍子に見つけないとも限らないからだ。スコップについている土をあらためて調べた。もうほとんど落ちているが、それでもやや白っぽい、粉のような土が柄と金属の接合部のところに食い込んでいた。岩が風化して堆積《たいせき》した石英質の砂だ。尾根筋近辺の土であることはまちがいなかった。

今回はためらうことなく、これはと思うところにスコップを入れてみた。ほかのところよりやわらかい土質を第一の目標にした。隠して四か月、たとえ少々表土を叩《たた》いて固めてあったとしても、掘って埋めもどした以上、地面が締まってくるとどうしても凹《へこ》んでくるはずだし、土質もほかのところと比べてやわらかいはずだ。

ある岩の下で、表面のくぼんだ、不自然な隆起を見つけた。胸が高鳴った。ようやくそれらしいところを見つけたからだ。ためらわずスコップを入れた。やはり、ほかのところよりやわらかい。しめた、と思った。しかしなにも出てこなかった。野獣が掘ったのかもしれないただのくぼみだったのだ。

そのつぎに見当をつけた岩の下にも、同じようなくぼみがあった。すぐさま掘ってみたが、結果は同じだった。なにも出てこない。がっかりして息を整えているとき、突然ある考えが頭に閃《ひらめ》いて飛び上がった。静夫は形相を変え、もう一度その穴にスコップを入れた。周囲五十センチ、深さ五十センチくらいの広さで地面が掘り下げられていた。まちがいなくこれは人間の手によるものだ。それも、比較的最近掘った穴の跡だった。

愕然《がくぜん》としてその穴を見つめた。すでにここへ、だれかが同じ目的で、清田の隠したものを探しに来ているのだ。掘ったあとを、埋めもどしてもいない。あとのことは考えてもいない完全な掘りっぱなし。それを雨が洗い流して、いかにも自然なくぼみのように見せかけていたのだった。

河内忠洋こと清田征一が逮捕されて、すでに二か月たっていた。彼が逮捕されたのは、母親の葬儀が行われた五日後のことだ。そのころは忙しくて、新聞に目を通すどころか、テレビすらろくに見ていなかった。亜紀がジルを辞めていたのを知ったのが二週間まえで、いくらか不審に思いはしたものの、刑事が訪れてくるまでは、そのような事件になっていようとは思いもしなかった。その間一度もここは訪れていないから、そこらじゅうを掘り返す時間はたっぷりあったことになる。

気を取りなおして先へすすんだ。すると、あとからあとから同じような掘り跡が見つかった。敵も相当苦戦している。一日かぎりの作業量ではけっしてなかった。何日も来ている。たいへんな執念と、根気と、努力。静夫はそれを途中でやめてしまったのだ。

一時間後、疲れ切って、大きな岩の上で腰を下ろしていた。眼下に立会川がのぞいている。展望台と名づけた例の木陰の岩の上だった。下が空いているためだろう。涼しい風が吹き上がってくる。持ってきた五百ミリリットル入りのペットボトルの最後を、いま飲み干したところだ。水はあと一本残っているものの、体力、気力とも萎《な》えかけていた。敵がまだ金を見つけていないらしいことにわずかな慰めを得ているが、それは、いまのところということであって、この先の結果はどうなるかしれたものではなかった。

カロリーメイトをふたつ腹に収めると、ようやく力が戻ってきた。岩の上に立ち上がり、深呼吸をして、肺の空気を入れ換えた。岩から下りようとしたとき、十メートルほどくだった木の根っこに、なにか引っかかっているのを見つけた。腰を下ろしているときは見えなかったのだ。木の枝と灌木《かんぼく》をつかみながら、静夫は慎重に下っていき、それを拾いあげた。引っかかっていたのは、ビニール袋だった。

無色透明、無地の袋だ。大きさは米の五キロ袋ぐらい、生地の厚さも米袋くらいある。袋は三重になっていた。なかにはなにも入っていない。それを手に斜面を戻ってくるときの静夫の表情は恐怖でゆがんでいた。岩のところまで戻り、再度ビニールを点検した。この袋がどういう状況で使われていたか、その痕跡《こんせき》を物語るものはなにひとつ印されていない。しかし、ひとつの使い方しか考えられなかった。静夫はおびえきった目で、もう一度岩の上にもどった。そして周囲を見回した。

すぐ下りてきた。そして後の茂みに分け入り、木立を縫って上のほうへ登っていった。深い藪《やぶ》になっている。それをかき分けて十数メートル行くと、ぽっかり空間が現れた。岩がひとつ転がっていた。直径にして三メートルくらい、この山にある岩としたら、むしろ小さいほうだ。高さも一メートルくらいしかなく、木立に呑《の》み込まれて、展望台の岩の上からでも、よくよく注意して観察しないと見逃しそうな岩だった。

その岩の根もとに、直径七、八十センチはあろうかという穴が口を空けていた。雨で洗い流されたいまでも、深さが三十センチくらいある。スコップを入れてみると、五十センチぐらいの深さまで掘られていた。むろんなにひとつ残っていない。静夫は泣き出しそうな表情でそれを見つめた。

惚《ほう》けたような足取りで山を下りてきた。杉林や林道に自分の足跡を残そうがもう平気だった。車に戻ると服を着替え、脱ぎ捨てた衣類をそのビニール袋に押し込んだ。そして途中の集落にあった町営のごみ収集ボックスに捨てた。スコップは吉野川の淵《ふち》に投げ込んだ。

31

午後、静夫は山形県警の佐々木幸作に連絡を取った。佐々木は不在で、連絡をくれるよう伝言しておくと、五時すぎになって相沢から電話がかかってきた。佐々木のほうはまだ帰ってきていないという。

「きのうから岡山に帰ってきているんですが、例の中島という人物の香典袋が出てきましたので、お送りしましょうか。葬儀社に聞きましたら、ちょっと足の悪そうな人がいたとのことです。その人物が中島かどうかは確認できませんでしたが」

「帰るまえにお電話くださいと申し上げませんでしたか」

「………」

「まあ、帰られたものはしかたがないですけど。これからは事前に言ってください」

「それは命令ですか」

「ご協力のお願いということですけどね。香典袋の件は、佐々木が帰ってきたら報告しておきますから」

静夫はむっとした顔で受話器を置いた。

夜になって電話がかかってきた。佐々木ではなく、篠原《しのはら》と名乗った。

「あした、そちらにいてもらえませんか。うかがいますので」

「ここまでいらっしゃるんですか」

「行きます」

「何時ごろになります」

「それはちょっとわからないんですけどね。できるだけ早く行きますよ。清田の車を見つけたという山へ案内してください」

「山ですか」

「山ですよ。ほかのもんに興味のないことぐらいわかってるでしょう」

「わかりました。ここんとこ雨がつづいたみたいで、下がやわらかくなっています。汚れてもいい靴を用意されたほうがいいと思いますが」

「それはそれはごていねいに。ではそのつもりで用意していきますよ」

言葉遣いに終始ぞんざいな響きがあった。いつまでも脳裏に残る耳障りな声といえばいいか。山ですよ、と言った言葉が焼きごてでも当てられたみたいに頭へこびりついて離れなかった。

夜、季節外れの蚊遣《かや》りをくゆらせながら縁側から外を見ていた。静寂が耳から躰《からだ》のなかへ食い込んでくる。目の前に庭木の陰影があって、頭上に空、暗さが渾然《こんぜん》と溶け合っていた。風が吹きはじめ、木の葉の上になにかこぼれ落ちるような音がしはじめたと思ったら雨だった。雲が垂れこめて空が舞台の書き割りみたいに低い。そのぶん夜気が圧縮して感じられた。

翌日はどんよりと曇っていた。昨夜の通り雨はここらをかすめて行ったようで、地面はほとんど濡れていなかった。ただなんとも蒸し暑く、森では山鳩《やまばと》がしきりに鳴いた。食欲がなかった。喉《のど》ばかり渇いた。きのう買ってきたパンをインスタントコーヒーでむりやり口へ押し込んだ。

黒塗りの大型乗用車が坂を上がってきたのは十二時まえだった。男が三人乗っていた。

ガラスが曇っていてリアシートはよく見えなかった。品川ナンバーだ。降りてきた男に見覚えはなかった。

前から降りてきたふたりは作業服で、足下に作業用のブーツをはいていた。服、靴のどちらにも泥がついている。運転していた男が後のドアを開けた。頭のうすくなった太った男が降りてきた。この男だけ背広にネクタイという服装。袖口《そでぐち》からは金張りの腕時計がのぞいていた。

「ほう、なかなかの家だな」

降りてくるなり左右を見回して言った。背丈のほうもけっこうある。年齢は七十すぎか、首筋がピンク色に染まっていた。

「どれくらいまで遡《さかのぼ》ります？」

静夫に聞いた。

「墓のいちばん古いのは貞享《じょうきょう》になっています」

「三百年か。そりゃ重荷ですな。家をつぶすとご先祖さまに祟《たた》られる」

家のなかへ案内した。男はしばらく家の造作に気を奪われていた。

「相当いたんでますな」

「四十年、手を入れていないんです」

「惜しい。かといって、いまどき使い道もないしな」

つぶやくように言うと、以後はもう建物に興味を示さなかった。鴨居《かもい》の下では心持ち首をすくめた。暑いというので、母の使っていた居間へ案内して、クーラーを入れた。座布団《ざぶとん》を出すと当然のように上座へ行って腰を下ろした。お茶を出そうとすると、それより水をくれと言った。グラス一杯のミネラルウオーターを一息に飲んだ。押しの強さと、他人に対する思いやりの欠如、人の痛みがわかるタイプではない。

「名乗らなきゃいけませんか」

座卓に肘《ひじ》をのせて言った。よく響く声で、しゃべり慣れており、自分の言葉に自信を持っている。助手席に乗っていた男が黙って男の左側に座った。

「べつにかまいませんが、どうお呼びすればいいんですか」

「村上と呼んでください。ある団体のまとめ役をやっております。どうしてもお知りになりたければ、佐々木くんに聞けばいいでしょう。世間体のいいことでうろうろしているわけではないので、あんまり名乗りたくないということです」

そこへ運転手が入ってきた。手にしているものを見て、静夫は目をみはった。きのう吉野川に投げ捨てたスコップだったのだ。

「こいつは軍隊仕様でね。水に浮くんです。どういうことか、わかりますね」

静夫は三人を見回した。助手席の男がわずかに冷笑した。しかし三人とも無表情に近い。運転手がいちばん後にひかえた。

「ビニール袋のほうは鑑識へ回しましたよ。運がよければ、清田と、あなた以外の人間の指紋が出てくるでしょう。問題はあなたの立場だ。われわれを納得させられる説明ができますか」

「ここへ帰ってきたのはおとといです。山に入ったのがきのう」

村上の目を見ながらしゃべりはじめた。清田征一の転落事故へ話を戻し、これまでの経過を説明した。

「清田という男が隠したものを、探そうと思ったんです」

「要するに、人のものを猫《ねこ》ばばしようと思ったんだ」

「……………」

「そうですな」

「はい」

「これまでに、何回探したんです」

「三、四回」

「それにしちゃあ不熱心だが」

「金だとわかっていたら、もっと執念深く探したと思います。それほどの確証がなかったんです」

「金だとわかったのはいつです」

「佐々木さんの話を聞いてからです」

「あなたがビニール袋を持って下りてきたことは知っています。金は持っていなかったことも。まさか掘りだして、べつのところへ埋めてきたとも思えない。すると何者かが、われわれを出し抜いて、先に持ち去ったということになる」

「そうだと思います」

「あなたは地元の人間だから土地勘がある。時間も十分あったはず。それが、どうして見つけられなかったんです」

「なにか隠すとしたら、岩の下だろうとは思ったんです。しかし面積が漠然としすぎているうえ、岩の数も多くて、突きとめることができませんでした。自分の探そうとしているものがなんなのか、肝心のことがわからなかったから、もうひとつ力がこもらなかったんです」

「金だとわかっていたら、掘り出せていたと思うかね」

「わかりません。ぼくの観察力、ないし洞察力《どうさつ》が足りなかったことは事実です。のちになって掘り出しに来るとき、いちばん大切なことは、隠した場所がすぐわかるかどうかだと思うんです。それが、いざ突きとめてみると、絶対に見誤るはずのない、絶妙な目印のあるところでした。いま考えても、そこしか考えられないようなところなんです。それがわかったときは、正直いって、大変ショックを受けました」

「出し抜いた人間に、心当たりは？」

「ありません。きのうも見張られていることに、気がつかなかった人間ですから、これまで探しているところを、だれかに見られていたのかもしれません。行楽客も、ハイキング客も来ないところなんです。それが油断につながったのではないかと思います」

「どう思う？　おまえたち、信じるか」

村上はふたりのほうへ顔を向けた。

「どうですかね」

助手席にいた男が薄ら笑いを浮かべて言った。その声で、昨夜の篠原と名乗った男だとわかった。

「現場を見てみないと、わかりませんね」

「見て来いよ」

「またですか」

「しょうがないだろう。それがおまえたちの仕事だよ」

村上は静夫のほうへ向き直った。

「やつはね。公《おおやけ》にできない金に手をつけたんです。逃げても、逃げ切れないことまで計算に入れていた。そのときに、私的制裁を受けないよう、つまり、同じお尋ね者になるなら天下のお尋ね者になって、警察に逮捕されることを望んだんです。一千万円程度の横領なら、起訴されたって刑はしれている」

彼の懐中で電話のベルが鳴りはじめた。村上はポケットから携帯電話を取りだした。

「いま面談中なんだ。五分ばかり、待ってくれるか。折り返しこっちからかけるよ」

そう言ってポケットにしまった。

「その山は険しいのかね」

静夫に言った。

「四百メートルくらいの標高です。ここらではふつうの山ですが、道があるわけではありませんので、登りはちょっときついかもしれません。往復二時間ぐらいかかります」

「このふたりを連れて、行ってきてもらえんかね。わたしはここへ残らせてもらう。やたら喉の渇く持病があるんだ。山登りはごめん願っている」

あらかじめそういう手はずになっていたのだろう。ふたりの男が心得顔で腰をあげた。

「道が狭いので、あの車ではむりです。ぼくの車で行ったほうがいいと思いますが」

「そのようですな」

篠原が言った。静夫はズボンだけはきかえた。靴はきのうのもの。泥もまだざっと落としていない。運転は静夫がした。隣に篠原が乗り込み、もうひとりが、ビデオカメラを持ってきて、後部座席におさまった。静夫は軍手とタオルを彼らに渡した。

「このタオルは、汚して捨ててもかまいませんから」

「そいつは豪気だ」

「母親が病院で使っていたものです。洗濯はしてありますけど」

ふたりを乗せて出発した。道中無言。篠原はおもしろくもなさそうな目を周囲に向けていた。どちらかといえば仏頂面《ぶっちょうづら》に近い。運転手のほうはまだ一度もビデオカメラを回していなかった。杉林まで乗り入れて降りた。きのうの雨はほとんど影響していないが、それでも下は、まだ乾くところまでいっていない。最初の説明をして、運転手がはじめてビデオカメラを回し、清田の残した轍《わだち》を撮影した。スコップのあったところは口で説明して、通常の登山コースに向かった。

篠原が山になれていないことはすぐにわかった。坂の登り方というものをまったく知らない。しかも相当な汗かきだ。シャツの背中がぬれて、たちまち背中に張りついた。年が四十ぐらい。骨格のあるいい体格をしているのに、鍛えも手入れもしてこなかったのだろう。皮下脂肪がついて、動きそのものが鈍かった。警官だとはとうてい思えない。

運転手のほうは、それに比べれば三十すぎと若く、頑健だった。ただし基礎体力があるということで、その鍛え方はフィールド向きではなかった。息の苦しいこともあって、三人とも、途中まったく会話をしなかった。尾根筋にたどり着いたときは、篠原の軍手が泥だらけになっていた。靴はもちろん、膝《ひざ》にも泥がついている。

「参った」自分から休ませてくれと言いだした。「しかし、なんの因果で、こんな山のなかを毎日毎日歩き回らなきゃならないんだ」

げっそりした顔をしていた。シャツが前も後も躰にくっつき、いかにも気持ち悪そうだ。もうひとりの男はそれほどでもなかった。篠原に対しても冷淡で、知らん顔をして四方の風景をビデオカメラに収めている。

「これからはほとんど平坦《へいたん》です」

「喉が渇いて死にそうだ。水はないか」

「ありません」

十分ほど休んだ。それから縦列になってすすみはじめた。先頭が静夫、それから篠原、運転手の順。しばらく行くと岩が現れはじめた。静夫は説明したが、ここらの岩には、試掘跡は残っていなかった。その跡がはじめて現れたのは、さらに十分以上たってからだ。

「なるほどな。少なくとも盗《ぬす》っ人《と》のほうも、手探りだったってぇわけだ」

最初の穴を見て篠原が言った。

「いつごろ掘ったものか、わかんねえかな」

運転手がビデオカメラを向けながら言った。

「わかりません。このところ、比較的雨が多かったようですから」

「しかしおもしろい岩がずいぶんあるなあ。おれは岡山の山が気に入ったよ」

状況が一通りわかったので、つぎは展望台まで直行した。

「おう、けっこう上がってきたなあ」いくらか元気を回復した篠原が、立会川を見下ろして言った。「この岩か。たしかにこいつは、いい目印だ。これまでのなかでも、最高だよ。あいつの思考パターンが読めてきたけどよ」

きのうの雨が少なかったので、静夫が掻《か》き回した跡はまだそのまま残っていた。

「なぜこんなに執念深く引っかき回したんだ」

「どのくらい深く埋めてあったか、たしかめてみたんです」

篠原は携帯電話を取りだすと、しばらく静夫の視界から消えていた。戻ってくると、遺留品はないか探してみようと言いはじめた。三人で手分けして、周辺の茂みを探した。なにも残されていなかった。

「おかしいと思わんか。金さえ掘り出したら、スコップなんかもう用はないわけだろう。ふつうなら捨てて行くはずだが」

「よそから来た人間だと、捨てて行くかもしれません」静夫が答えた。「しかし、地元の人間だと、持って帰ります」

「飲み食いしたかすとか、空き缶、ペットボトルなんかもか」

「ぼくだったら持って帰ります」

「さすが東大。マナーもいいんだ」

静夫は笑いでごまかし、以後いっさい自分の意見を言わなかった。

彼らは黙りこくって帰途についた。車まで戻ってくると、ふたりは用済みとなったタオルで靴の泥を拭《ふ》きはじめた。そのタオルをそのまま捨てたから、静夫が拾って車のトランクに入れた。

「おやおや、きのうはスコップを捨てたくせに」

静夫は照れ笑いを浮かべて聞き流した。篠原がまた携帯電話を取りだし、いま下までおりてきたところ、これから帰りますと報告した。

村上は同じところに腰を下ろして待っていた。水をさらに飲んだらしい跡があったほかは、なにも変わったところがなかった。

「ご苦労」村上は言うと、静夫にまえと同じ席につくよう顎《あご》でうながした。「それでは、もう一回おさらいをしてみよう」

口調が変わったわけではないが、これまでなかった違和感をおぼえた。出発まえと、微妙に空気がちがっていた。

「そろそろほんとうのことを話してくれませんか、内村さん」

「………」

「わかりますね。これ以上は隠してもむだだ。こちらの我慢や忍耐にも、限度があるということです。この期《ご》に及んで、まだぬらりくらりと言い逃れされるようだと、われわれとしても法的手段を執らざるを得ない。あとはあなたが、これまでの経歴に傷をつけ、家族、知人にことの次第がばれ、社会的信用を失い、それでもなおかつまだ抗戦する決意があるかどうかだ」

「ぼくがまだ、なにか隠していると思っているんですか」

「あなたの不在中に、この家の家捜しをしてもよかったんだ。あの程度の蔵の鍵《かぎ》なら開けるのは簡単です。しかし、そういうところに隠すわけがないと思うから、あえてしなかった。こちらとしては理をつくしている。あとはあなたが人間としての理をつくすべきでしょう」

「なにか誤解されているようです。ぼくが河内こと清田の隠匿《いんとく》したらしいものを、あわよくば横取りしてやろうと思ったことは事実です。そのためにこれまで、何度も山に入って探したことも否定しません。先日佐々木さんから事情聴取を受けたときは、まだ隠せると思ったんです。しかしきょう、捨てたスコップがそちらの手に渡っているのを見て、いかに浅はかであったか、はっきり思い知らされました。自分の負けを認めています。だから以後は……」

「内村さん」

村上は声を荒らげて静夫をさえぎった。顎がやや上がり、目が細くなって、恫喝《どうかつ》の表情になっていた。

「その言葉が、なによりもまだ、隠そうとしている証拠でしょうが」

「いったい、ぼくになにを望んでらっしゃるんです。抽象的な言葉でなく、具体的に、はっきりおっしゃっていただけませんか」

「それじゃあ言いましょう。清田からなにか預かりませんでしたか」

「……」

「金目のものじゃありません。他人にはなんの値打ちもないものです」

静夫はゆっくりとかぶりを振った。

「はっきり申します。なにも預かっていません。なにも依頼されていません。彼との間で、いかなる物品のやり取りもしていません」

「じゃあ、あの身上書はなんだったんです」

「身上書？」

「市内の興信所に、あなたの身元調査結果のコピーが残ってましたよ。あなたと清田との間がおっしゃるとおりのものだったら、あの男はなぜ七十万もの金をかけて、あなたの身元調査をしなきゃならなかったんです」

「その件で、清田は、なんと言っているんですか」

「清田の言葉は必要ありません。あの男はしゃべっていいこと、悪いこと、どこまでが許容領域で、どこから先が身の安全を確保できなくなる限界か、計算してしゃべってます。こちらの探しているものが、あいつにとっても唯一《ゆいいつ》の切り札なんです。金はただ、その目くらましに使われているにすぎない。あとはこちらが、やつの手を借りずにそれを突きとめるよりない」

「あの男がぼくの身元を確認しようとしたのは、自分の行動に、ぼくが疑問を持っているらしいのを知って、不安になったからではないかと思います。自分は怪我《けが》をして動けないから、ぼくがどういう人間か、調べることもできない。それで、人を使って調べさせたのだと思います」

「ばかなことを言っちゃあいけない」村上の声はさらに不機嫌になった。「わたしはあの男をよく知っている。あいつはそんな、まどろこしい男じゃありません。目的のないことはしないし、するときは手段を選びません。そんな取るに足りない理由で、人のプライベートを暴《あば》いたりすることは絶対ない」

「彼が単刀直入型の人間であることはたしかです。ろくに歩けもしないとき、ぼくのところへ、直接乗り込んできたくらいですから」

「それで？」

「彼はぼくに、余計な詮索《せんさく》をしないよう、なぞをかけてきました。その段階で、ぼくがどういう人間か、身元調査をしてつかんでいたからだと思います」

「それから」

「そのまえに彼は、ぼくに女を抱かせました。ぼくがその罠《わな》にはまると、その直後に乗り込んできて、ぼくの弱みを握ったことを匂《にお》わせました。そして以後なにもしないなら、その女を引きつづき抱いていいとほのめかしたんです」

「あなたはその誘いにのったのか」

静夫はうなずいた。村上の目だけを見て、篠原たちの顔は見なかった。膝の上で組んだ手の、親指がわずかに動いていた。

「その女とは？」

「彼と一緒に暮らしていた女です」

「なんだと？」不意をつかれたか、村上の声が大きくなった。「性欲処理用に飼っていたあの女か」

「……………」

「あなた、あの女が清田に、毎晩どんなサービスをしていたか、知らなかったのか」

「見当はついてました」

「それを知って抱いたのか」

「……………」

「こいつはおどろいた。清田というのは、女がないと、夜も眠れない男なんだ。女ならなんだっていい。そのために買ってきた肉丼《にくどん》みたいな女を、あんたは抱かせてもらった。

清田とはおまんこ兄弟だったわけだ」

篠原と運転手との冷笑が、いやでも目に入った。村上の表情までゆるんでしまった。

「それで、これまで、何回やらせてもらった？」

「五、六回」

「理解できないな」村上は明快に言った。「あなた、女がないと、夜、眠れないのか」

「そう思うときもあります」

「あんな女のどこがいい」

「なんでもよかったんです。女房以外の女とはしたことがなかったもので」

村上は顔を起こして静夫を凝視した。視線が顔の上をくまなく往復した。肩を心持ち落とした。彼はゆっくり息を吐きだした。それからつぶやくように言った。

「人間、真面目《まじめ》ということは必ずしも美徳じゃないんだ。勤勉、実直、温厚、誠実、むなしい言葉だな」

彼はふたりのほうへ振り返った。

「おい。こいつはとんだ眼鏡ちがいだったかもしれんぞ」

篠原が首をすくめた。運転手が鼻をふくらませた。ふたりとも自嘲《じちよう》の色を浮かべていた。

「勝手に深読みして、勝手に回り道してしまった。とんだ茶番劇だった。引き上げよう」

顔を静夫に戻した。それから宣告するみたいに言った。

「なかったことにしましょう。いままでのことは、あなたが忘れるなら、こちらも忘れる。口外無用。どこかで顔を合わせても、そのときはお互い、見も知らぬ他人だ」

彼は立ち上がった。運転手が先に出ていった。足音が遠ざかった。静夫はひとり残されて、置かれていったスコップを見つめていた。車の走り去る音が聞こえた。

その晩のうちに雨戸を閉めて回った。早々と家を出るつもりだったが、寝つかれなかったので夜更《よふ》かししてしまい、目が覚めたら朝の十時すぎだった。家を出ると徒歩で国道に向かい、二十分歩いて国道のバス停に着いた。そこでさらに十五分待ち、一時間に一本しかないバスで岡山へ出た。

厚木に帰り着いてから駅前でめしを食った。ビールを一本と銚子《ちょうし》を三本取ったから、家に帰り着いたときは八時になっていた。明かりがついていて、治子がもう帰っていた。

静夫が入っていってただいまと言いかけると、治子はしっと指を唇に当てた。

「聡子が寝ているんです」

静夫はうなずき、黙って下へおりていった。湯船に湯を満たし、いつもより時間をかけて浸《つ》かっていた。その間にアルコールが抜けた。喉《のど》が渇いたので、なにか飲むつもりで上へあがっていった。

治子がソファに腰を下ろして新聞をひろげていた。くつろいでいる。

「聡子がどうしたのか、聞いてやろうとしないんですか」

見かけほどきつい言葉遣いではなかった。

「ごめん。まだつわりが治らないのか」

「流産したんです」

おどろいて治子の顔を見返した。

「無事か」

「あたりまえですよ。そんな、おおげさなことじゃありません。精神的なショックを受けているだけです。一晩中、ディスコで踊っていたらしいんです」

「なんでまた、そんなばかなことをしたんだ」

「あの娘《こ》が自分でしたんです。泣いてます。相手の男性がひるんじゃったんです。堕《お》ろしてくれと、向こうから言いだしたらしくて」

静夫は向かいに腰を下ろし、治子の落ち着き払っている姿を黙って見つめていた。

「明日起きてきたら、励ましてやってください」

治子は寛大でやさしかった。そしていつもより機嫌がよかった。

32

大陰唇《いんしん》に舌先を入れ、押しつけるようになめながらクリトリスを開かせた。治子の太ももが心持ち持ち上がり、喉から擦過音のような呼吸がもれた。恥毛がからみついている。それを舌で左右へ選り分け、股間《こかん》を両手でさらにひろげた。大陰唇と小陰唇にくり返し舌をはわせ、唾液《だえき》で十分に湿らせた。それからクリトリスを吸いはじめた。自分の呼吸と合わせながらその回数をかぞえる。手で太ももの愛撫《あいぶ》をつづけた。治子の呼吸がすこしずつ大きくなった。抑えた声がもれはじめた。百回吸って、その数をさらに五十回ふやした。左手の指を肛門《こうもん》に這《は》わせると、治子が身をよじらせてその刺激から逃れようとした。右手の中指の先で膣口《ちつこう》をまさぐった。湿潤を探り当てると、指先を細かくふるわせてそれを周辺へひろげた。それからゆっくりと指を突っ込んだ。治子がはじめてうめき声をもらした。

舌先の愛撫をクリトリスへ集中させた。治子のもらす声が大きくなった。下腹部の脈動しはじめたのがわかる。挿入した指を回転させながら、その感触をたしかめた。膣液の濃度が指に伝わってきた。指先で膣壁を圧《お》したりゆるめたりして反応をうかがった。

それから顔をあげ、治子の右足を持ち上げ、指をそのままにして、治子の顔のほうに上体を乗りだした。闇《やみ》がいつもより濃かったが、それでも目を閉じているのがわかった。口が開いて歯がのぞいていた。左手で頰ずりをし、髪を愛撫してキスをしようとした。治子がかぶりを振って顔を背けた。静夫は治子の右足をもとに戻し、もう一度唇を奪おうとした。治子はまた拒否して顔を振った。そこへ吸いつき、今度は両足を折り畳むように引き上げて、性器をさらに露出させた。あふれ出した粘液は肛門のほうへなすりつけた。小陰唇をまるごと口にふくむと、口をすぼめて強く吸った。に挿入した指をさらに激しく回転させた。治子の声が高くなり、哀願するような泣き声なった。

左の指先でクリトリスをいっそう露出させた。舌先をその一点に這わせる。軽く触れたり、押したり、圧迫したり、緩めたり、回転させたり、含んだり、かと思うと指と舌との動きを切り放し、リズムと強弱をばらばらにして治子の感覚を混乱させたりした。持続と破綻《はたん》とが治子の知覚をより鋭敏にし、分泌《ぶんぴつ》液をふやし、濃度をさらに濃いものにした。あふれ出てきた粘液は、いまでは指で導いてやらなくてもひとりでに流れていた。あげる声は自制がなくなり、腹部の波打ちは痙攣《けいれん》かと見紛うほど大きくなった。また治子のようすをみた。治子は没入していた。いまでは二本の足を自分から浮かせていた。指をすこしでも動かすと、足が反応して爪先《つまさき》は宙を引っ掻《か》いた。

姿勢を入れ替えて、股間の下に回った。闇に目が慣れて、開ききった性器が詳細に見えた。磨かれたような光を放っている。舌の先を当ててゆるやかになめあげた。治子はむせび泣くような声をあげた。力を抜いてひたすらなめた。そのたびに的確な反応があった。いまやどこに舌を当ててもかまわなかった。どんな動きをしてもよかった。舌の当たっているところが小陰唇だ。なめているところがクリトリスだ。運動量をもっと大きくした。治子はのけぞってあえぎ、両足が爪先まで真っ直《す》ぐ左右へ開いた。出している声がきれぎれになった。一瞬舌先へぴりっとする刺激が走った。尿道口から尿がもれ出したのだ。さらに愛撫を強くすると、治子は叫び声とともに全身を痙攣させた。今度は上体をまるめ、自分から両足をかかえた。悲鳴と裏腹になった声をあげ、首をはげしく左右に振った。舌の全面を性器に押しつけ、かまわず、ひたすらなめあげた。耐えきれなくなった治子が、後にのけぞって倒れてしまうまでそれをつづけた。

ふたたび治子のようすをうかがった。陶酔は持続されていた。くり返し痙攣に襲われていることが目、指、両方でたしかめられる。治子はなにも拒んでいなかった。肉体と、いまという時間がそこにあるだけ。また面を伏せ、愛撫を再開した。なめ、吸い、唇で挟んで、ひたすらしゃぶった。治子と一体となっているものを、指でやさしく、ていねいに、隅から隅までまさぐった。

治子の躰《からだ》がぐったりとした。全身に張りつめていた力が抜け、もれる声がくぐもった嘆声へと変わった。その肉体を襲っている波が、下腹部から胸部へと達してひとつのうねりになっている。静夫はふたたび顔を起こした。そして指を入れたまま、治子の顔のほうへと上体を乗りだした。

治子は目を閉じていた。唇は開き放しで、あえぎとともに吐息がもれている。隙《すき》をうかがうようにして、舌先でその上唇をなめた。反応はなかった。拒絶もない。もはや感じていないかのように、治子はその感覚を開き放しにしていた。口のなかへ舌を差し入れた。今度は拒まなかった。それはずっと奥まで挿入され、治子の舌をとらえた。からみつかせると、治子の舌が突然目覚めた。鎌首《かまくび》を持ち上げて静夫の舌をとらえようとした。引っ込めようとすると、物狂おしそうに追ってきた。指の動きと舌の動きとを同調させた。治子の口が閉じられた。彼女は強い力で静夫の舌を吸いはじめた。

33

金子富太郎の快気祝いは、長男恒之、次男保、長女治子の連名で一族に呼びかけられ、陰暦九月九日の重陽《ちょうよう》の日に厚木市郊外の根岸山で開かれた。根岸山というのは地元の人がなんとなく呼び慣わしている愛称で、根岸定吉という人物が所有していたことからきている。近くに飯山観音で知られる長谷寺があり、麓《ふもと》には飯山温泉があって、付近一帯は森林公園となっていて、シーズン、とくに桜の季節は行楽客で賑《にぎ》わう。標高はそれほど高くなく、いちばん高い白山で三百メートルたらずだった。重陽の日といっても、実際の暦の上では十月末の日曜日に当たっていた。調べてみたところ、たまたまそれが重陽の日だったということで、よくはわからないけどどうやら縁起がいいみたいだから、ということでこの日に決まったものだ。

根岸定吉というのは、この地方の戦前の大金持ちで、生糸で産を成し、のちに男爵《だんしゃく》や貴族院議員にまでなった立志伝中の人物だった。この人の別邸というのがこの山の麓にあった。いまでは人手に渡り、さる電機メーカーが買い取って敷地の大半を研修所として使っていた。建物のほうはとうに建て替えられているが、裏山に当時の茶室と付属の東屋《あずまや》が残っていて、月見の宴や茶会がひらかれるときよく使われていた。保の会社がこのメーカーに燃料を供給していた関係で、ここの茶室を借りることができたのだ。茶室といっても、もともとちょっとした集まりに使うことを目的としてつくられたもので、開け放してしまえば二十四畳の部屋が取れる。茶室の展望はまだそれほどでもないが、東屋まで上がると眼下に相模平野がひろがり、遠く横浜、天気がよかったら新宿副都心まで望める。ここを借り切って、ひとときの宴を張ろうというのだった。

実際の手配は保がやったため、恒之も治子も現実にはなにもしなくてよかった。ほかの招待客同様、当日は身ひとつで来ればいいという。もっとも治子はお土産の選定をまかされて、バカラのグラスセットを手配していたし、恒之のほうも孫に呼びかけてなにかセレモニーを企画していた。当日の出席者は金子家の一族十四人全員と、富太郎の兄妹、甥《おい》、姪《めい》、喜子の親戚《しんせき》代表らも加わって総勢三十一人が集まった。

茶室が午前中使われていたということで、午後三時からの開催になった。その代わり終わりは七時まで、半日借り切りということになっている。静夫の一家は二時半にタクシーを呼んで会場に向かった。空に鰯雲《いわしぐも》の浮かぶ快晴の日だった。空気が乾いて肌触りが心地よい。絶好の行楽日和《びより》だったせいか人出も多かった。切れ目のない渋滞がほとんど現地までつづいた。

別邸の敷地は全部で三町歩くらいあった。ただしそのうちの二町歩あまりは庭園で、それも裏山を利用したものだ。庭園や茶室を使う人がそれだけ多いのか、研修所の入口横から別個の道路が上に通じており、当日はそのゲートが開けられていた。百メートルほど上がったところに駐車場が設けられている。二、三十台の収容能力はあったが、その日は酒食が供されるとあって、車できた者は少なかった。駐車場の先に四つ目垣が巡らしてあり、その先が庭園の敷地となっている。上のほうに茶室と東屋が見えていて、すでに人影がちらほらしていた。タクシーがUターンして止まり、静夫たちは車から降りた。四、五台止まっている車のなかにワゴンが一台あった。ボディに書かれている文字を見て静夫はぎょっとした。亜紀という文字がそこにあったのだ。お料理、仕出し、割烹《かっぽう》とあって、亜紀の字がひときわ大きい。ちゃんと金を出してデザインしてもらった字体だ。ワゴンともども真新しかった。店の所在地は小田原となっている。

「仕出し屋を呼んだのか」

静夫は動揺を隠しながら言った。

「出張料理ですって。台所がついているから、実際にここでつくってくれるらしいの」

そこにつぎのタクシーがやってきて、老夫婦が降りてきた。座間で養豚をやっていた富太郎の妹夫婦だった。やっていたと過去形で述べたのは、すでに二十年まえ、農業からは足を洗っているからだ。いまではアパートを建て、無職を生業《なりわい》にしている。静夫一家はこの老夫婦と挨拶《あいさつ》をかわし、一緒に庭園のなかへ入っていった。

庭園といってもだだっ広いだけで、手入れは一応されているものの、下草を刈り払ってある程度で金はかけられていなかった。もとはちゃんとした庭園だったのだろうが、茶室の周辺をのぞけば、その面影はほとんどなくなっている。勾配《こうばい》が平均的に均《なら》され、周囲の山容と一線を画した明るさを持っているから、人工の空間らしいとわかる程度だ。庭園につきものの大きな木がほとんどなかった。巨大な切り株がいくつか目についたところを見ると、逼迫《ひっぱく》したおりにでも切って売ったか、薪《まき》にでもしたのではないだろうか。人工の滝と石組みも一部残っているが、むろん水はない。当時の原型を唯一《ゆいいつ》とどめているのが、敷地のいちばん上に見えている東屋だった。和傘を一本開いて立てたようなかたちをしていて、その脇《わき》にテラスが設けられベンチが配されていた。

茶室は北と西を生け垣で囲われ、南面に開いていた。平屋で、数寄屋《すきや》ふうの純和風建築、前庭には芝生が張ってある。すでに十人ぐらいが、縁側で思い思いに雑談していた。標高はここら辺りで百二、三十メートルというところだろう。左右に山があるから視界はそれほど広くないが、東南方向にはさえぎるものがなくてなかなかの眺望を持っていた。

「うわー、こんなところに住みたいなあ」

聡子が振り返って嘆声をあげた。

「暮らすとなると、不便だわよ。第一、水が上がるかしら」

「そんなの、へっちゃらじゃない？　モーターで汲《く》み上げればいいんだもん」

静夫は茶室に見えている人影をずっと目で追っていた。板前ふうの若い男が裏のほうに一瞬見えたが、女の姿はない。

挨拶をして上にあがった。部屋は二間あり、襖《ふすま》を取り払ってひとつにしてあった。それぞれがほぼ同じつくりの十二畳、ただし床の間は東の間にしか設けられていない。建築当時の原型がどのようなものであったかは知らないが、いまでは相当手が加えられていた。天井は張り替えてあるし、照明も現代のものだ。壁も最近塗り替えられている。

白いクロスをかけたテーブルが庭に向かって逆コの字型に配されていた。メニューと箸《はし》が等間隔に並べられている。メニューは和紙に筆記体で印刷されており、『金子富太郎さま快気祝いの宴お献立て』となっている。構成は一応懐石風。しかしイシモチの香草風味バターソース添え、といったものもあって必ずしも純和風ではなかった。最後に鯛《たい》めしとあった。メニューにも、箸袋にも、亜紀の名が記載されている。

「きょうはどういう趣向の料理なの」

静夫はさりげなく保に尋ねた。台所は裏手にあって、人の気配がしている。

「うん、魚が中心だけど、スタイルにはこだわってないんだ。なんでもありの無国籍料理かな。ありきたりの懐石より、おもしろいかと思って」

「この店をよく知っているの」

「うん。最近できた店だけど、なかなかうまいものを食わせるよ。おれの友だちの倅《せがれ》が板前をやってるんだ。あとで紹介するからひいきにしてやってよ」

その板前と思われる人物が出てきて保に声をかけた。準備ができたことを告げにきたものだ。三十すぎの眉《まゆ》の濃い男だった。白ずくめの服装をしていることもあって、動きがきびきびしていた。ほかに、年配の女性の顔も見える。そして若い女。これはただの手伝いのようだ。

みんなにはやしたてられながら、山北からやってきた富太郎の弟一家四人が最後に到着した。道路が混んで、どうしようもなかったと言っている。たしかに行楽シーズンの246号線くらい最悪の道路はない。

「さあ、それではそろそろはじめましょう」保が呼びかけた。「席は決めてないので、適当に座ってください」

正面に富太郎、喜子夫婦が座り、その左右へほかのものが思い思いに席を見つける。静夫はこういうとき、いつも富太郎にいちばん近いところ、つまり上座に座らされた。年齢、序列には関係ない席でも、必ずそうだった。このときも、まん中のほうに座ろうとすると、保がやってきて、静夫さんはあそこに座ってよ、と当然のように席を指定されたのだ。隣には保のところの次女で、孫のなかではいちばん年下の、高校生の美由紀が腰を下ろした。

保が型どおりの挨拶をして、富太郎が謝辞を述べた。そのあとで美由紀が孫を代表して富太郎に花束の贈呈をした。それからきょうの料理を担当した板前と女将《おかみ》が出てきて挨拶をした。その女将が亜紀だった。着物姿だったせいもあって、別人かと思うほど印象がちがった。しかしそれほどミスマッチではなかった。多少痩《や》せたというか、躰をしぼったようで、むしろ洋装のときほど体型が目立たない。静夫には気がつかないらしく、愛想のいい声で挨拶をした。艶《つや》やかさが増していた。その間にもほかの者たちの手で料理や飲み物が運ばれた。

乾杯の辞は静夫が述べさせられた。静夫は立ち上がって富太郎への祝福の言葉と、一族全員の健康と幸福を願う旨《むね》を述べて乾杯の音頭を取った。会食がはじまると、亜紀が下座から、挨拶とお酌《しゃく》をしながら座のなかを回りはじめた。静夫はその姿を終始目の隅におさめながら待っていた。治子は静夫と同列の下座のほうにいて、直接目には入らない位置にいた。聡子が斜め前方にいる。やや耳の遠い富太郎の弟の隣で、もっぱら聞き役に回っていた。

「おれ、あんたとこを知ってるよ」

富太郎と話していると、いきなりそう言う声が聞こえた。隣の隣にいる喜子の義兄の服部という老人だった。

「さっきの挨拶を聞いてびっくりしたんだ。たしか住まいは小田原のはずだ。おふくろの実家が、法事のたびにお宅から仕出しを取っていたからよ」

「えー、そうだったんですか。それはどうも、ありがとうございます。お名前はなんとおっしゃいます？」

亜紀が伸びやかな声で言った。

「松原だよ。南町の」

「あ、松原屋さん。え、よく存じております。その節は、いつもごひいきいただきまして」

「そうか。あんた、河内さんの娘か。たしか、おとうさんが亡《な》くなって、商売やめたんだったよな」

「そうです。もう十五年になります」

「はー、もうそんなになるのか」

「はい。それをなんとか、こういうかたちで、再開することができました。これもみなさまのおかげだと思っております。これをご縁に、どうかよろしくお願いします。あとで母に、ご挨拶に来させますから」

手伝いの女性のなかに、ひとり年寄りが混じっていた。するとあれが母親のようだ。陰気な顔つきの、小柄な女性だった。そういえば眉の下がり方に共通点がある。

「どうぞ」

亜紀は前に来ると、悪びれない態度でビール瓶を差しだした。どう解釈していいかわからない笑みを浮かべていた。思っていたほどの動揺も、照れも感じなかった。グラスを自然に前へ出した。静夫ははじめてゆっくり亜紀を見た。亜紀は笑っていた。客に対する愛想笑いでもあるし、彼にだけ向けた特別な笑みのようでもある。

「栄町のどこですか」

箸袋に印刷されている住所を示して聞いた。

「郵便局をごぞんじですか。あそこの一本裏の通り、郵便局の真裏になります」

「献立に鯛めしが入っている」

「ええ。特別に入れさせていただきました」

「特別ですか」

「ええ、特別です。うちの名物にしようかと思っているんです」

「いつオープンしたんですか」

「今月の朔日《ついたち》からです。どうかよろしくお願いいたします」

亜紀は一礼すると、富太郎の前に回った。静夫はその横顔を無遠慮に見つめた。顔がこわばっていた。もの言いたげで、苛立《いらだ》ちと恐れとがこもごも顔を出している。そして向かいの聡子の視線をずっと気にしていた。老人の相手をしている聡子の目が、一見すると静夫を見つめているように見えたからだ。亜紀のほうは営業用の微笑で完全武装していた。静夫の目には気がつかないふりをしながら、いまは富太郎に愛想を振りまいている。

亜紀は向こうへ回ってしまった。足の裏を重ねるように正座している。腰のふくらみがわかる。それは静夫のところからずっと遠のいていた。彼女はそれ以上回ってこなかった。静夫を避けたわけではなく、忙しくてそういう時間がなかったのだ。つぎの料理を出すタイミングとか、間の取り方とかは、彼女が座の雰囲気を見ながら指図を出していた。その指示は的確で、注意力や気配りには疎漏《そろう》がなかった。水を得た魚みたいに生き生きしていた。

一時食事が中断し、余興があった。聡子が富太郎の前にすすみ出て、オーバーなジェスチュアをまじえながら、彼に対する孫一同からの感謝状を読み上げた。賞品は正賞が竹製孫の手、副賞が飛驒《ひだ》のオークビレッジ製アームチェアだった。アームチェアのほうは、後日メーカーから自宅のほうへじかに送付されるということで、会場では写真による目録だけが公開された。それから今度は恒之の子のゆかりが、富太郎の妻喜子に対する感謝状を読み上げて、彼女のこれまでの労をねぎらった。賞品として豪華客船飛鳥《あすか》による太平洋クルーズ一週間の同伴ご招待券と、カセットテープ全十巻からなる日本民謡大全集とが贈られた。写真が何枚も撮られた。撮影担当は恒之の長男の耕治ということになっていたが、聡子もポラロイドカメラを持っていて、もっぱら富太郎夫婦に焦点を合わせていた。富太郎夫婦はうれしそうで、気恥ずかしそうで、照れながら、戸惑いながら、拍手と歓声を受けていた。快気祝いまでこぎつけはしたものの、富太郎は乾杯のビールに口をつけただけだった。料理も箸をつけている程度だ。

余興が終わった段階で、料理はまだ半分しか運ばれていなかった。しかしビール瓶や銚子《ちょうし》を持った男たちが勝手に移動しはじめたため、座は一気にばらばらになってしまった。話の輪があっちこっちにできて、全体の調和も、会の趣旨もどこかへすっ飛んでしまった。まったく箸をつけられないままの料理がふえてゆく。静夫の隣にいた美由紀も、いまでは孫同士のところへ行ってしまい、それっきりだ。もともと好き嫌いの多い子で、料理にはほとんど手をつけていなかった。

　静夫はもっぱら富太郎夫婦の相手をしていた。だれかが酌をしに来ると受けたが、自分から返杯はしなかった。喜子とふたり、出てくる料理はあまさず食べた。静夫は個人的なこだわりから、喜子は食い物を残せない世代の習性から。治子が来て、ビールのお酌をしてくれ、おじいちゃんとおばあちゃんのお守りごくろうさまと言った。

「べつに義務感でここにいるんじゃないよ。あっちへ行くよりここがいいんだ」

「わかってます。でも飲みすぎないでね。いつもより顔が赤いわ」

　そこへ鯛めしが運ばれてきた。給仕の先頭に立った亜紀がこちらめがけてやってくるのを見て、静夫は緊張した。亜紀がそれをだれのところへ運ぼうとしているか、わかったからだ。事実亜紀は富太郎を素通りして、第一に静夫のところへそれを持ってきた。

「鯛めしでございます。お茶のほうはすぐ持って参りますから」

「ごめんなさいね。乱れちゃって。せっかくのお料理がもったいなくて。でもとてもおいしいですよ」

　治子が言った。亜紀が催促するような目を静夫に向けた。

「ぼくの女房です」

「あ、そうでございますか。はじめまして。河内亜紀と申します。このたびはどうもありがとうございました。一生懸命務めさせていただきますので、どうかこれからもよろしくお願いいたします」

亜紀は畳の上に三つ指をついて挨拶をした。

「おたく、どこにあるんですか」

「郵便局の裏です」

「ああ」

治子は曖昧《あいまい》にうなずいた。地理がはっきりしないようだ。

「じつははじめたばかりなんです」

「さっき服部さんが言ってたけど、まえからあった古い仕出し屋さんらしいよ。おとうさんが亡くなって、しばらく休業していたのを再開したんだって」

「ああ、そうですか。栄町なら便利だから、今度小田原で集まりがあるときは利用させていただこうかしら。保にいさんにも言われているのよ。板前さんがお友だちのお子さんなんですって」

「そうなんだそうですねえ。ほんとうに、みなさんに助けていただいて、ありがたいことだと思っております。これをご縁に、なにとぞ、よろしくお願いいたします」

最後のフルーツが出たときはもう四時になっていた。会場にはいくつかのグループができ、車座になってそれぞれ話が盛り上がっている。金子一族の集まりは、たいていいつもこうなった。放歌こそなかったが、声高な話し声が飛び交い、ふつうに話していたのでは、隣にいる人の声も聞き取りにくいくらいにぎやかになる。静夫が彼らのなかに加わることはまれだった。誘われることも少なかった。こうしていつも上座を与えられているのは、体よく敬遠されているのかもしれない。

気がつくと部屋の人数が減っていた。男たちが何人か見えなくなっている。外のほうで声がしていた。これからまだなにかあるようなのだ。夜の七時まで借りているというから、これで終わりのはずはなかった。きょうなにが行われるのか、静夫はまったく知らされていなかった。彼はいつもお客さんだった。

治子が来たから聞いてみた。

「のぞいてごらんなさい」縁側を示して言った。「あなたのきらいなものよ」

縁側に出て山の上のほうをのぞいた。東屋《あずまや》の脇《わき》のテラスに、男たちが黒いボックスを据えていた。アンプとスピーカーが見える。どうやらカラオケがはじまるらしい。金子家の一族で、自宅にカラオケ設備がないのは静夫のところぐらいのものだった。保のところなどはミラーボールからスクリーンまで完備されていた。

四時半に用意がととのった。宴会は終わり、これから東屋での二次会がはじまると告げられた。そのまえに庭へ出て、全員で記念写真を撮った。撮影が終わった段階で、喜子方の親戚《しんせき》ふたりが先に帰った。彼らと入れちがいに、三人の人間がやってきた。男がひとり、女がふたり、女性は治子のオフィスで働いているスタッフだった。ひとりが花束を持っていた。男性のほうは知らない。しかし、まるっきり知らない顔ではなかった。いつぞや聡子の部屋で、辞書に挟んであった写真の男だったからだ。静夫は周囲を見回した。そして自分のほうを見つめている聡子の視線にぶつかり、あわてて顔を背けた。あの写真が意図的にあそこへ挟んであったことに、いま気がついたのだった。

「あらまあ、どうしましょう。みなさん、来てくださったんですか」治子がびっくりして駆けだしていった。「ごめんなさい。わたし、なにも、そんなつもりで言ったんじゃなかったのに」

男がにこやかな笑みを返してなにか言った。こちらに黙礼し、治子について富太郎のほうへすすみ出た。治子が紹介した。

「おとうさん、宮下さんと、貝塚さんは知ってるわよね。それからこちらは森本さん。むかーし、横浜支社にいらした時代に、一回うちへ来てくださったことがあるんだけど、おぼえてる？　いまは、今度できた損保会社の社長さんなのよ」

「どうも、森本でございます。もう十五、六年ぐらいまえになりますが、一度お目にかからせていただきました。そのころと、ちっともお変わりないようで。このたびは、どうもおめでとうございます。お元気になられてなによりでした。これはわたしどもからの、心ばかりの粗品でございますが」

リボンをかけた本くらいの大きさの箱を差しだした。女性が花束を贈り、拍手がわいた。

「せっかくのお休みを、こんなに気を遣っていただいてすみません。なんとも申し訳なくて」

「いやあ。内村さんは、いまうちがもっとも頼りにしている人ですから、これくらいのことはあたりまえです」

治子が男を静夫の前に連れてきた。

「主人です」

「はじめまして。森本と申します。奥様と一緒に働かせてもらっています。どうぞよろしくお願いいたします」

名刺をもらった。治子の所属している生保会社の名を冠した新しい損保会社だった。その代表取締役、森本千尋とある。

「すみません。きょうは名刺を持ってなくて」

「いえいえ、けっこうです。こちらこそ、いきなり押しかけてきて申し訳ありません」

「しかし、代表取締役がなぜまたこんなところへ……」

「いやあ。それが、できたばかりで、名乗るのも恥ずかしいような、小さな会社なんです。だからこそ、ぼくみたいな人間が社長をやらされているんでして」

静夫とは同年配かと思えた。背丈は変わらないが、全体的に引き締まって顔もほっそりしている。色は浅黒く、眼窩《がんか》が深い。透明感のある、生気のある目をしていた。精力的な口許《くちもと》と、青黒い髭《ひげ》の剃《そ》り跡も目立つ。ブルーのスーツにイタリアンカラーのネクタイを締めている。手の甲にうっすらと毛が生えていた。

挨拶《あいさつ》に来ただけという彼らを、治子たちは帰さなかった。飲み物も軽食も用意されているから、一緒にすごしていってくれといって、強引に同意させた。彼らは一族の拍手と歓声に囲まれ、東屋に向かって上っていった。静夫はいちばん遅れてつづいた。手のなかの名刺をいつまでも持っていた。

34

手伝いにきていた亜紀のスタッフの何人かが、使用ずみの食器をワゴンに積んで帰って行くのが見えた。しかし亜紀はまだ帰っていない。引きつづき飲み物や軽食のサービスがあり、東屋がその基地になって二十代の男がひとり詰めていた。ビールやウイスキー、ソフトドリンクと、好きなものが飲めるようになっている。軽食のほうはナッツ類やサンドイッチ、果物など。男の顔が亜紀と似ていた。体型からすると弟のようだ。

テラスはもとからあったものではなく、近年になって建設されたもので、一種の展望台になっていた。茶室のところから五十メートルくらい上がっていて、ここからだと展望が抜群によかった。途中は砂利を入れた遊歩道で結ばれていた。遊歩道はほかにも何本かあった。

カラオケはそれほど盛り上がりをみせていなかった。老人たちが多いから、出演人物が限られ、かなり単調なショーと化していたのだ。ただ老人たちは一曲終わるごとに拍手をし、律儀《りちぎ》な微笑と賛辞とを惜しげもなく送っていた。静夫は献杯除《よ》けともいえる水割りグラスを手に、ベンチの端のほうに腰を下ろして彼らの歌うのをながめていた。彼の足下には、下から延々と引いてきたコードが横たわっていた。研修所の本館から引いてきているのだ。

森本千尋とは一回話した。彼は比較的早い時期に指名され、「北酒場」という演歌を歌って大喝采《かっさい》を受けた。こぶしのきいたなかなかの歌いぶりで、なによりも場慣れしていた。そのあとで、彼のほうからやってきたのだ。

「どうもごくろうさまでした」

「いえいえ、なにをおっしゃいますか。汗顔のいたりでして」

「しかしうまいもんですね。ぼくなどとても真似《まね》ができない」

「商売柄、いろいろなところへ顔を出しますのでね。歌わざるを得ないんです。だったらすこしでも喜んでもらえるほうがいいかと思いまして」

「さっきの話ですけど、鳶尾《とびお》の家をお訪ねになったことがあるそうですね」

「はい。もうずっと昔の話ですけれども。内村さんのお友だちで、広瀬さんという方が、うちで働いていらっしゃったんです。そのとき彼女が、内村さんをうちへ連れてきてくださったのが、お目にかかったはじまりでした。そのとき、どうですか、こういうお仕事をしてみませんか、と声をかけたのがきっかけなんですよ。まあそれだけじゃなかったでしょうが、内村さんをこの世界に引っ張り込むきっかけをつくったのはぼくだったわけで、その点ではひそかに自負しているんですけどね」

「そうでしたか。すると以来ずっと一緒に？」

「いいえ、それが、彼女がうちへ来るようになってすぐ、ぼくは福岡へ転勤になったものですから、その後全然縁がなかったんです。横浜支社に内村治子あり、という声は早くから聞いてましたけどね。昨年からですよ。今度できる損保をやれと言われて右往左往していたとき、彼女が颯爽《さっそう》と現れたのは。そして、わたし、やります、と言ってくれたんです。うれしかったですねえ。いまやぼくの片腕的存在なのですから」

「そうですか。どこまでやれるか知りませんが、よろしくお願いします」

「いいえ、こちらこそ。内村さんと知り合えたのは、ほんとうにラッキーでしたよ。この業界は慢性的な人手不足ですからね。ぼくなんかも、はっきり言うと、だれかれなしに声はかけるんです。いいかげんということではないんだけど、そのたびに、適当なことを言うんですね。そういうなかから彼女のような人が出てきたということは、ほんとうにおどろき以外の何ものでもありませんでした。人間というものは、どういう可能性を持っているかわからないものだ、という意味ではものすごく教えられたと思っています。彼女と知り合えたことで、ぼくはまえより謙虚になりましたもの」

治子がやってきた。

「なにを話してらっしゃるの」

「きみのことだよ」

「あら、いやだ。噂《うわさ》していただくほど、中味がありますか」

「とんでもない。内村さんの個性について、いまふたりで全面的な意見の一致をみていたところです」

「それはどうも光栄です」

治子は落ち着きはらっていた。おだやかで、華やかで、自信にあふれていた。形のいい唇の円弧とその赤い色を見ると、静夫はこれまでにない息苦しさをおぼえた。

「でもずいぶん家がふえましたねえ」

治子は晴れやかな顔で前方を見下ろした。

「ほんとですねえ。ぼくがこの地区を自転車で走り回っていたころは、いっては悪いんですけど、ほんとうの片田舎でしたもの。そこらじゅう藁葺《わらぶ》き屋根ばっかりだったんですよ」

「そういえば、藁葺き屋根がありましたね」静夫も言った。「はじめのころは、ぼくの田舎より草深いと思ったもの」

「お国はどちらなんですか」

「岡山です」

「ああ、そうですか。ぼくは広島に四年いたものですから、あの辺り、わりあい好きなんです」

「森本さんはどちらで」

「いえ、ぼくは東京なんですけど」

兄の恒之がビール瓶を持って回ってきたので、話はそこまでになった。恒之は真っ赤な顔をしており、足下がふらついていた。

「ちょっと、おにいさん、もうやめたほうがいいわよ。ビールがこぼれてるじゃないの」

妻の良子がやってきてビール瓶を取り上げた。さっきから夫について歩いている。

「おとうさん、だめよ、もう、これ以上は。言うことを全然聞いてくれないの。どこか、寝かせられるところはないのかしら」

「茶室で寝かせてもらったら？」

「そうね。そうするわ。ね、おとうさん、行きましょう。ほら、あっち」

「ばか、しょんべんするんだ」

「トイレは向こうよ」

恒之は聞き入れなかった。テラスの向かい側の木陰に行くと放尿をはじめた。静夫たちは黙ってしまい、甥《おい》、姪《めい》連中の歌に耳を傾けた。そこらじゅうに飲み物やつまみがこぼれていた。

「しかし、よくここまでコードを引っぱってきたね。どこの家にあったんだ」

「レンタルよ。カラオケの注文はいちばん多いらしくて、どんな設定にも応じてくれるらしいわ」

「日本人のメンタリティは、最後は歌なんですね。太古の歌垣以来連綿とつづいている民族的伝統の強さを感じます。農耕民族は多かれ少なかれみんな同じでしょう」

ふいに視線のようなものを感じて、静夫は振り返った。東屋のなかから、聡子がソフトドリンクを飲みながらこちらを見ていた。静夫はすぐさま視線を逸《そ》らした。それから治子たちのそばを離れると、自分も東屋に行った。

「ウーロン茶があったらもらおうかな」

缶を受け取ってから聡子に言った。

「聡子は歌わないのか」

「わたしの歌は宴会ソングじゃないもん」

言葉にも顔にも棘《とげ》があった。

「つき合いが悪いな」

「じゃあおとうさんはどうなの」

「おとうさんは歌えないんだ」

「じゃあわたしも歌えない」

いつもの口調ではなかった。目にそれとわかる苛立《いらだ》ちがあった。

「みんな自分勝手に楽しんでいるんだから。肝心のおじいちゃんはそっちのけじゃない」

富太郎、喜子夫婦は、舞台の後のベンチに腰を下ろして、無礼講になったカラオケ大会の成り行きを見守っていた。彼らはひっそりと座っていたが、顔は満足そうだった。

「おじいちゃんたち、べつに不満はなさそうだよ。みんながこうして、安心して騒いでいるのを見るのが楽しいんだ。嘘《うそ》だと思うなら聞いてごらん」

「それはそうだと思うけど……」

それでも聡子は不満そうだ。ポラロイドカメラはもうケースに納められていた。

小一時間もすると、また座がばらけてきた。庭の遺構を見回っているものがあるかと思えば、写真の撮りっこをしているものもある。茶室にしかないトイレに行って、そのまま帰ってこないものもある。年寄りたちも、いまではすこしくたびれてきて、カラオケのスピーカーから遠ざかっていた。

亜紀がこちらへ上がってくるのを見て、静夫はテラスを離れた。和服を着替えてジーンズになっている。視界が黄ばんで山の影が前方に落ち、明度がふたつに色分けされていた。研修所のガラスや金属が夕陽を鋭く跳ね返している。すべての建物が黄金色に輝き、日没がはじまっていた。テラスへ戻る途中の喜子が、坂の中間で立ち止まって、腰を伸ばしながら下を見下ろしていた。

「きれいやねえ」彼女はほほえみながら言った。「あそこが横浜かね？」

「あそこは藤沢ですよ。横浜はほら、その左側。高いビルがかすんで見えるでしょう。あれがランドマークタワーです」

「ふーん。たいしたもんだなあ。けど、これじゃあ百姓をする土地もなくなるわ」

彼女がゆっくり戻っていくのを見送っていた。亜紀がお盆と、空になったアイスペールを手に下りて来た。静夫はそれを待ち受けて、アイスペールを持ってやった。

「まあ、ご親切に、どうもすみません」

「さっき言ったことなんだけど」静夫は並んで歩きながら言った。「ずっと気になってるんだ」

「あら、なにか、お気に障るようなことを言いました？」

「ぼくのために、わざわざ鯛《たい》めしを献立に加えたみたいな言い方をしただろう。きょうぼくと、会えることがわかっていたのか」

「金子さんにはごひいきにしていただいているんです。そのとき一度、妹の夫ということで、あなたの名前が出てきましたから。そんなに、気を回していただくほどのことじゃありません」

「じゃあ聞くけど、なぜ葬儀に出てきたんだ」

「あら、わかりました？　後のほうにいて、お焼香まではしなかったんだけど」

「え、きみがきたのか？」

「きみがって、あの人が行くわけないでしょうが」

「それは、きみ自身の意志だったのか。それとも行けと言われたのか」

「わたしが自分から行くと言ったんです」

「会葬お礼の挨拶状が部屋のなかに残されていたそうなんだ。そのために、警察の事情聴取を受けた」

「それはごめんなさい。そこまでは考えなかったものだから。きれいな奥さまね」

上目づかいに見上げると、なんらかの意味を込めて言った。媚《こ》びとも、揶揄《やゆ》ともつかぬ色を浮かべている。残念ながら茶室に着いたので、そこで別れなければならなかった。

トイレを使うと、庭のほうへ出ていった。縁側に腰を下ろして、富太郎の弟の敬二と妹婿《むこ》の松本弘文が話していた。座敷はもうすっかり片づけられており、そのまん中で恒之が大いびきをかいて寝ていた。躰《からだ》に毛布がかけられている。傍らで良子と敬二の妻の登美子とが足を投げ出してこれも雑談していた。廊下にはだれかの飲みかけたビールとグラスとが残されており、庭先には煙草《たばこ》の吸い殻がいくつも落ちていた。静夫もしばらくその話に加わっていた。母親の亡《な》くなったことで、あらためて慰めの言葉を受けた。

「しかしおにいさんも、いい子どもたちに恵まれて、ほんとにしあわせだわ」

登美子が言った。彼女は相模原に住んでおり、ほんのこの間までゴルフ場のキャディをやって働いていた。

「ほんとだ。三人が三人、よくできてるわ。保はいま、スタンドを五つ持ってるんだってな」

「治子もいい婿さんもらったしねえ」

「うちの人がいちばん見劣りするわ。飲んだくれで」

「恒之だって、やり手じゃないか。今度またアパートを建てたろうが」

「あれは税金対策なんですよ。なんかもう、いたちごっこになっちゃって」

離れる機会をうかがっていた。裏で声がしたのを機に、建物の西へ回った。防風用の竹垣と山茶花《さざんか》の植え込みがあって、勝手口になっている。戸は開け放されていた。なかをのぞこうとして、足を止めた。亜紀と板前とが立ち話をしていたからだ。板前のほうは立って煙草をふかしていた。手にはビールグラスを持っている。静夫はそのまま生け垣の外へ出ていった。

庭の東端まで行ってみた。歩いてみるほどの庭ではなかった。茶室や東屋《あずまや》までふくめ、どう利用するのがもっとも効率的か、それが決まるまでの遊休地という感じだ。敷地の境界に張られているフェンスも錆《さ》びついて一部では破れている。見上げると空がいっそう赤くなり、いまでは関東平野の端から端までが太陽の裏側になっていた。

板前が食器のケースを車に運んでいるのが見えた。彼は二回往復し、その車を運転して帰っていった。亜紀がテラスへ行って空き瓶類を下げてきた。どうやらあとは、若い男とふたりしか残っていないようだ。茶室にいた連中が上へ戻りかけていた。恒之をのぞく全員がそろっている。静夫は亜紀を追って下りていった。上に帰る連中が静夫を見て上へと手でうながした。トイレに行ってからと手真似で答えた。

恒之は毛布をはね飛ばして寝ていた。勝手口をのぞくと、亜紀がグラスを洗っていた。彼女ひとりだ。コンクリートの流し台があって、その横に調理台。飲みかけのビールとグラスが載っていた。台所は完全に現代のもので、ステンレスが張られている。大きな冷蔵庫がひとつ据えてあった。ガステーブルは携帯用が使われている。亜紀の名を書き入れたポリバケツに残飯が山のように捨てられていた。

亜紀が静夫に気づいてにっと笑った。悪びれたところはない。彼女は手を休めなかった。上がりかまちに腰を下ろし、しばらく横顔を見つめていた。恒之のいびきがここまで聞こえてきた。

「警察のほうはもう終わったの？」

あれこれ考えてから切りだした。

「もちろん。でなきゃ商売なんかはじめてないわ」

顔は向けたが手は止めなかった。

「青天白日の身になったんだね」

「もともとそうですよ」

「しかし、じつにすばやい変わり身だ」

「探していたんです。一年まえから。いまの店が居抜きで出ていて、値段も手頃だったから、OKを出した途端だったの、警察が踏み込んできたのは。契約より半年早かったけど、せっかくのチャンスだったから」

「きみはあの男が、お尋ね者だったのを知っていたのか」

「知らないと言いましたけどね、警察には。そりゃうさんくさいお金かもしれないとは思ったわよ。けどわたしはわたし、あの人とは関係ないんだもの。万一の場合を考えたわけじゃないけど、契約書みたいなものを書いてもらっていたの。月々いくら支払うというメモみたいなものだけど、出るところへ出たらちゃんとした法的効力を持つのよね。警察にはさんざん嫌みを言われたけど」

「ぼくのことも契約に入っていたのか」

「もういいでしょう、そんなこと」

洗い終わって亜紀は手を拭《ふ》きながら振り返った。そして調理台の上にあったグラスに手をのばした。飲みかけのビールが入っていた。乾杯というふうにそれをちょっと持ち上げた。赤い舌がのぞいた。彼女はビールで喉《のど》を湿した。

「すんだことはすんだことでしょう。過去のことなんか忘れましょう。わたしはべつに、なにもこだわっていませんから。ま、ブルガリをもらったから当然かもしれないけど」

「ぼくはきみが葬儀に来てくれたことに、まだこだわっている」

「おかしな人。善意というものを信じないんですか」

「それだけじゃないだろう。ようすを見に来たんだ」

「なんの？」

「………」

「わたしになにが言いたいんですか」

「忘れてもいいんだ。これからも過去のつながりがつづくなら」

亜紀はちょっといたずらっぽい目つきをして笑った。それからからかうみたいにかぶりを振った。左手の小指を立てて見せた。

「いるんです」

「だれが？」

「きょうご挨拶《あいさつ》させました」

「板前か」

「籍はまだ入れてませんけどね」

「だったらまえと同じでもいいじゃないか」

「ばーか」

外で足音がした。忍ばせているような足音だった。急ぎ足に遠ざかって行く。静夫は戸口へ出て、腰を落とすと、生け垣越しに外をのぞいた。顔が一瞬にして凍りついた。治子の後姿が見えたのだ。彼は狼狽《ろうばい》して庭越しに座敷のほうへ戻った。恒之の躰にまた毛布がかけられていた。治子はテラスへつづく坂道を上がって行く。いつトイレに下りてきたのか、まったく気がつかなかった。

台所に戻ると、力なく腰を下ろした。

「どうしたの？」

「……………」

「そろそろ戻ったほうがいいんじゃありませんか」

「戻れなくなった」

「わたしは片づけに行きますけど」

亜紀はそう言うとグラスの残りを飲み干した。行きかけて、顔を向けた。淫《みだ》らな笑みを浮かべていた。

「ねえ。あの山でしたのがいちばんよかったわ」

彼女は出ていった。台所が暗くなりはじめ、恒之のいびきが大きくなった。スピーカーからの声が聞こえてくる。では最後に、デュエットで、と言っているのは進行係の保の声だ。それから歌が聞こえてきた。「銀座の恋の物語」だ。聞きおぼえのある声が歌っている。

外に出た。真っ赤に熟れた空の下で、治子と森本が肩を並べて歌っていた。

頭上の空はただれた赤紫になっていたが、東の空にまだ青が残っていた。ともりはじめた明かりが見るともなく増えてくる。白、赤、青、そしてオレンジ、またたかない光が視界をにじませた。空気は透明度を増しつつあるように思われ、駐車場で話している声がすぐそこからのように聞こえてくる。気温が落ちてきて、夜露をふくんだ湿り気が頬をつつんできはじめた。

機材撤収組の保や手伝いの甥《おい》などが、コードを巻き取りながら本館の敷地内へと入ったところだ。茶室と駐車場には数人の人影が見え、呼び寄せた車やタクシーが来るたびその人数が減った。さっきまではそのなかに治子の姿もあった。帰る森本たちを送っていったものだが、いまでは姿が見えなくなっていた。

テラスに残っているのは静夫ひとりだった。東屋にはまだいくらかプラスチックケースが残っていて、若い男が車との間を行ったり来たりしていた。亜紀はさっきちりとりと箒《ほうき》を手にやってきて、テラスをきれいに掃除していった。静夫には一言も口をきかなかった。

空の色が沈んできた。わずかに紅のさした青が、薄墨色となった山の上をおおっている。地上では電光が増し、街路の明かりはあらかた出そろった。地面をはい回っている車がライトをともしはじめた。静謐《せいひつ》が舞い下り、蛇《あぶ》の羽音のような車の騒音が聞こえてくる。駐車場へ上がってくる車のエンジン音までがいまでは鮮明に聞こえた。

「どうしたの?」

後で声がした。振り向くと、聡子が立っていた。夕闇《ゆうやみ》よりもっと暗い顔をしていた。いつ来たのか足音も聞かなかった。

「どうしたのよ、おとうさん。こんなところでなにをしているの」

「いたのか」静夫はぼんやりした顔で見返した。「聡子のほうこそ、なにをしていたんだ」

聡子は背後を指さした。四、五十メートル先から敷地外となって、登り勾配《こうばい》が急になる。上は鬱蒼《うっそう》とした自然林だ。

「そこらを歩いていたの」

「どうだった」

「どうだったって、ただの山よ」

「そうだね」

「へんだよ、おとうさん。まるで抜け殻になってるじゃない」

「そう見えるか」

「うん。まるで終わっちゃったみたい。わたしを残したことで役目が終わったみたいよ」

聡子は四、五メートル離れたところから、静夫を見つめた。その表情がはっきりわからなくなりかけていた。

「きついこと、言うなあ」

「だったら、もう帰ろうよ」

うんと答えた。

「そうだね。先に行っててくれ」

しかし腰を上げなかった。聡子の後姿をただ見送っていた。駐車場へきた車のライトがちらちらしている。いまではひとりひとりの影が、周囲に溶けこんで判然としなくなっていた。だれかが歌をうたっている。西へ向かう航空機が赤い航法灯をともして空をよぎっていた。

だれかに見られているような気がして後を振り返った。山の端に星が出ていた。頂上の先端に引っかかりそうな近さでまたたいていた。静夫は四方へ目をやった。ほかにはまだどこにも星は出ていない。

またたいている。揺れている。静夫はふらっと立ち上がると、山の頂上に向け、その星のほうに向け、歩きはじめた。

星が十文字に光っていた。

目がうるんでいるのだった。

この作品は一九九七年十月新潮社より刊行された。

北方謙三著　風樹の剣　―日向景一郎シリーズI―

「父を斬れ」。祖父の遺言を胸に旅立った青年はやがて獣性を増し、必殺剣法を体得する。剣豪の血塗られた生を描くシリーズ第一弾。

北方謙三著　降魔の剣

黙々と土を採む焼物師。その正体は、ひとたび刀をとれば鬼神と化す剣法者・日向景一郎――。妖刀・来国行が閃く、シリーズ第二弾。

北原亞以子著　東京駅物語

ある者は夢を、ある者は挫折を胸に秘めて――。明治・大正・昭和の激動期、東京駅を舞台に複雑に絡み合う人間模様を描く連作短編集。

北原亞以子著　傷　慶次郎縁側日記

空き巣のつもりが強盗に――お尋ね者になった男の運命は？　元同心の隠居・森口慶次郎の周りで起こる、江戸庶民の悲喜こもごも。

黒川博行著　大博打

なんと身代金として金塊二トンを要求する誘拐事件が発生。驚愕する大阪府警だが、犯行計画は緻密を極めた。驚天動地のサスペンス。

黒川博行著　疫病神

建設コンサルタントと現役ヤクザが、産廃処理場の巨大な利権をめぐる闇の構図に挑んだ。欲望と暴力の世界を描き切る圧倒的長編！

小林信彦著

唐獅子株式会社

任侠道からシティ・ヤクザに変身！　大親分の指令のもとに背なの唐獅子もびっくりの改革が始まった！　ギャグとパロディの狂宴。

小林信彦著

和菓子屋の息子
―ある自伝的試み―

東京大空襲で消滅した下町、商家の暮しぶりを、老舗の十代目になる筈だった男がここに再現。ようこそ、幻の昭和モダニズム界隈へ。

小林信彦著

日本の喜劇人
芸術選奨受賞

エノケン、ロッパから萩本欽一、たけしまでの喜劇人たちの素顔を具体的な記述の積み重ねで鮮やかに描きだす喜劇人の昭和史。

神坂次郎著

今日われ生きてあり

沖縄の空に散った特攻隊少年飛行兵たちの、この上なく美しくも哀しい魂の軌跡を手紙、日記、遺書から現代に刻印した不朽の記録。

小池真理子著

水無月の墓

もう逢えないはずだったあの人なのに……。生と死、過去と現在、夢と現実があやなす、妖しくも美しき世界。異色の幻想小説8編。

小池真理子著

欲望

愛した美しい青年は性的不能者だった。決してかなえられない肉欲、そして究極のエクスタシー。あまりにも切なく、凄絶な恋の物語。

沢木耕太郎著
チェーン・スモーキング
古書店で、公衆電話で、深夜のタクシーで――同時代人の息遣いを伝えるエピソードの連鎖が、極上の短篇小説を思わせるエッセイ15篇。

沢木耕太郎著
彼らの流儀
男が砂漠に見たものは。大晦日の夜、女が迷ったのは……。彼と彼女たちの「生」全体を映し出す、一瞬の輝きを感知した33の物語。

沢木耕太郎著
一瞬の夏（上・下）
非運の天才ボクサーの再起に自らの人生を賭けた男たちのドラマを〝私ノンフィクション〟の手法で描く第一回新田次郎文学賞受賞作。

佐江衆一著
江戸職人綺譚
中山義秀文学賞受賞
凧師、化粧師、人形師……。江戸の生活を彩った職人たちが放つ一瞬の輝き。妥協を許さぬ技と心意気が、運命にこだます る。

佐江衆一著
黄落
92歳の父と87歳の母を、還暦間近の夫婦が世話をする。老親介護の凄まじい実態を抉り出す、壮絶ながらも静謐な佐江文学の結実点。

矢作俊彦著
スズキさんの休息と遍歴
またはかくも誇らかなるドーシーボーの騎行
スズキさんは40歳。今では立派な中年だ。しかし20年前のあの日々、何者かであった筈なのだが……。全共闘世代の現在を描いた話題作。

佐々木 譲著

ベルリン飛行指令

開戦前夜の一九四〇年、三国同盟を楯に取り、新戦闘機の機体移送を求めるドイツ。厳重な包囲網の下、飛べ、零戦。ベルリンを目指せ！

佐々木 譲著

エトロフ発緊急電

日米開戦前夜、日本海軍機動部隊が集結し、激烈な諜報戦を展開していた択捉島に潜入したスパイ、ケニー・サイトウが見たものは。

佐々木 譲著

黒頭巾旋風録

駿馬を駆り、破邪の鞭を振るい、悪党どもを懲らしめ、風のように去ってゆく。その男、人呼んで黒頭巾。痛快時代小説、ここに見参。

篠田節子著

家鳴り

ありふれた日常の裏側で増殖し、出口を求めて蠢く幻想の行き着く果ては……。暴走する情念が現実を突き崩す瞬間を描く戦慄の七篇。

篠田節子著

天窓のある家

日常に巣食う焦燥。小さな衝動がおさえられなくなる。心もからだも不安定な中年世代の欲望と葛藤をあぶりだす、リアルに怖い9編。

篠田節子ほか著

恋する男たち

小池真理子、唯川恵、松尾由美、湯本香樹実、森まゆみ等、女性作家六人が織なす男たちのラブストーリーズ、様々な恋のかたち。

椎名誠著

新橋烏森口青春篇

明るくおかしく、でも少しかなしい青春――小さな業界新聞社の記者として働くシーナマコトと同僚たちの〈愛と勇気と闘魂〉の物語。

椎名誠著

哀愁の町に霧が降るのだ（上・下）

安アパートで共同生活をする4人の男たち。椎名誠とその仲間たちの悲しくもバカバカしく、けれどひたむきな青春の姿を描く長編。

篠田節子著

アクアリウム

ダイビング中に遭難した友人の遺体を探すため、地底湖に潜った男が暗い水底で見た驚くべき光景は？ サスペンス・ファンタジー。

白川道著

流星たちの宴

時はバブル期。梨田は極秘情報を元に一か八かの仕手戦に出た……。危ない夢を追い求める男達を骨太に描くハードボイルド傑作長編。

白川道著

海は涸いていた

裏社会に生きる兄と天才的ヴァイオリニストの妹。そして孤児院時代の仲間たち――。男は愛する者たちを守るため、最後の賭に出た。

真保裕一著

ホワイトアウト

吉川英治文学新人賞受賞

吹雪が荒れ狂う厳寒期の巨大ダムを、武装グループが占拠した。敢然と立ち向かう孤独なヒーロー！ 冒険サスペンス小説の最高峰。

重松清著 見張り塔からずっと

3組の夫婦、3つの苦悩の果てに光は射すのか？ 現代という街で、道に迷った私たち。新・山本周五郎賞受賞作家の家族小説集。

髙橋治著 風の盆恋歌

ぼんぼりに灯がともり、胡弓の音が流れる時、風の盆の夜がふける。死の予感にふるえつつ忍び逢う男女の不倫の愛を描く長編恋愛小説。

髙橋治著 別れてのちの恋歌 柴田錬三郎賞受賞

祭太鼓を打ち続ける若い男に心を奪われた人妻。不倫の汚名を負い、12年後の再会を誓って別れた男女に、今約束の時が訪れる……。

髙村薫著 神の火（上・下）

苛烈極まる諜報戦が沸点に達した時、破天荒な原発襲撃計画が動きだした——スパイ小説と危機小説の見事な融合！ 衝撃の新版。

髙村薫著 リヴィエラを撃て（上・下） 日本推理作家協会賞／日本冒険小説協会大賞受賞

元IRAの青年はなぜ東京で殺されたのか？ 白髪の東洋人スパイ《リヴィエラ》とは何者か？ 日本が生んだ国際諜報小説の最高傑作。

髙村薫著 黄金を抱いて翔べ

大阪の街に生きる男達が企んだ、大胆不敵な金塊強奪計画。銀行本店の鉄壁の防御システムは突破可能か？ 絶賛を浴びたデビュー作。

帚木蓬生著
閉鎖病棟
山本周五郎賞受賞

精神科病棟で発生した殺人事件。隠されたその動機とは。優しさに溢れた感動の結末――。現役精神科医が描く、病院内部の人間模様。

帚木蓬生著
逃亡（上・下）
柴田錬三郎賞受賞

戦争中は憲兵として国に尽くし、敗戦後は戦犯として国に追われる。彼の戦争は終わっていなかった――。「国家と個人」を問う意欲作。

帚木蓬生著
安楽病棟

痴呆病棟で起きた相次ぐ患者の急死。新任看護婦が気づいた衝撃の実験とは？　終末期医療の問題点を鮮やかに描く介護ミステリー！

坂東眞砂子著
桃色浄土

鄙びた漁村に異国船が現れたとき、惨劇の幕はあがった――土佐に伝わるわらべうたを素材に展開される、直木賞作家の傑作伝奇小説。

坂東眞砂子著
山妣（上・下）
直木賞受賞

山妣がいるてや。赤っ子探して里に降りて来るんだいや――明治末期の越後の山里。人間の業と雪深き山の魔力が生んだ凄絶な運命悲劇。

連城三紀彦著
恋文
直木賞受賞

結婚十年目にして夫に家出された歳上でしっかり者の妻の戸惑い。男と女の人生の機微を様々な風景のなかにほろ苦く描いた5編。

新潮文庫最新刊

筒井ともみ著
舌の記憶
母手製のおはぎ、伯母のおみやげのマスカット。季節の食べものの味だけが、少女時代の思い出のよすが――。追憶の自伝的エッセイ。

石田千著
月と菓子パン
猫みちを探索する。とうふやを巡る。友だちと会う。何気ない日常こそが愛おしい。絶賛を浴びた、女性エッセイストの処女作品集。

飯島夏樹著
ガンに生かされて
生きるのに時があり、死ぬのに時がある。末期ガンの宣告を受けた世界的プロウィンドサーファーが、最期まで綴り続けた命の記録。

R・ラドラム
山本光伸訳
暗殺のアルゴリズム（上・下）
組織を追われた諜報員が組みこまれた緻密な殺しの方程式。逃れるすべはあるのか？巨匠の死後に発見された謀略巨編の最高傑作！

C・サンプソン
後藤由季子訳
ついてないことだらけ
シングルマザーのロビンを襲う災厄の数々。ついには殺人容疑まで。どうして私がこんな目に!? 闘う女のノンストップ・スリラー。

S・シン
青木薫訳
暗号解読（上・下）
歴史の背後に秘められた暗号作成者と解読者の攻防とは。『フェルマーの最終定理』の著者が描く暗号の進化史、天才たちのドラマ。

情《じょう》事《じ》

新潮文庫　し-35-4

平成十二年十月一日発行
平成十九年七月十五日十二刷

著者　志《し》水《みず》辰《たつ》夫《お》

発行者　佐藤隆信
発行所　株式会社 新潮社
郵便番号　一六二―八七一一
東京都新宿区矢来町七一
電話　編集部(〇三)三二六六―五四四〇
読者係(〇三)三二六六―五一一一
http://www.shinchosha.co.jp
価格はカバーに表示してあります。
乱丁・落丁本は、ご面倒ですが小社読者係宛ご送付ください。送料小社負担にてお取替えいたします。

印刷・二光印刷株式会社　製本・憲専堂製本株式会社

ISBN978-4-10-134514-7 C0193